创意写作书系

如果，怎样？

给虚构作家的109个写作练习

第三版

［美］ 安妮·伯奈斯（Anne Bernays）
帕梅拉·佩因特（Pamela Painter）
著

叶炜　杨玥　军雨
译

WHAT IF?
WRITING EXERCISES
FOR FICTION WRITERS（3e）

中国人民大学出版社
·北京·

"创意写作书系"顾问委员会

作者的其他作品

安妮·伯奈斯

小说

《战利品之家》（*Trophy House*）

《罗密欧教授》（*Professor Romeo*）

《地址簿》（*The Address Book*）

《教科书》（*The School Book*）

《富起来》（*Growing up Rich*）

《第一个知道的人》（*The First to Know*）

《确实精明》（*Prudence，Indeed*）

《纽约骑行》（*The New York Ride*）

《短暂的欢愉》（*Short Pleasures*）

非虚构作品

《回到那时——两个人在 1950 年的伦敦》（*Back then；Two Lives in 1950's New York*）

［与贾斯汀·卡普兰（Justin Kaplan）合著］

《名字的语言》（*The Language of Names*）

（与贾斯汀·卡普兰合著）

帕梅拉·佩因特

《了解天气》（*Getting to Know the Weather*）

《长长短短》（*The Long and Short of It*）

前言

《如果，怎样？——给虚构作家的 109 个写作练习》旨在帮助初出茅庐的作家开始写作，并持续写下去，直到完成其短篇或中长篇小说。多年来，我们在无数工坊使用过这些练习，当然有时也决定不使用练习。我们发现，到目前为止，练习是每个作家写作工具箱中应有的比较有效的方法。我们不会把时间浪费在"写作是否可以被教授"这个令人讨厌的问题上。我们同意约翰·巴思（John Barth）的观点，他在《纽约时报书评》（*New York Times Book Review*）上说："我不会讨论它是否可以被教授，因为它可以。"

本书中的练习主要分为三类：拓展想象力的练习，小说作者必须具备的提高敏感度的练习，以及专注于特定技能或工具的练习。每一个练习都旨在关注激发想法并将其扩展为一篇强大的小说的一个小方面。这些练习很短，就像钢琴音阶或体育锻炼一样随意。很少有人是"天生"的作家，知道如何才能讲出一个好的、引人入胜的故事。我们大多数人都需要一些指导，这就是本书中的练习想要做到的。

《如果，怎样？》于 1990 年首次以较简短的版本出版，没有故事，练习更少。从那以后，这本书得到了老师、写作学生以及其他有兴趣学习写一个令人信服的故事所需技能的人的热烈响应。这本书比任何其他指南都更重视写作过程和实践，而不是理论、抽象概念或情感方法。学生学习写作不是通过思考写作或与自己的感受进行谈判实现的，而是通过坐下来真切地练习来完成的。

方法和组织

传统的智慧促使初学者重视他们的感受。我们确信这些感受就像野马；作为作家，我们的工作是将它们围拢起来，驯服它们，让它们按照我们希望的方式行事。从这一信念中产生了第二个信念，即这种结构有助于而不是阻碍那些刚刚开始探索新领域的人。绝对的自由，就像"回家写故事去吧"这样的话，会让学生陷入困境，一次又一次地犯同样的错误。通过分解小说的要素，我们让学生有机会一次掌握其中的一个。

第三版的形式与之前的版本基本相同。本书围绕以下主题展开：开头；人物塑造；人称、视角和距离；对话；人物的内心世界；情节；风格的要素；作家工具箱；创意和一点灵感；修订：改写就是写作；突发小说、闪小说、微小说、纳米小说：写小小说；向伟大的人学习；笔记本、日记和备忘录。

与之前一样，每一章都以简短的介绍开始，然后提供属于当前主题的练习。每一个练习都以介绍开始，然后给出如何做练习的说明，接着是解释其目标，最后在大多数练习后，是我们的学生如何完成特定练习的示例——学生范例。〔我们很高兴地注意到，《如果，怎样？》早期版本中包含的许多学生范例现在已经成熟，并在《大西洋月刊》（*The Atlantic*）、《微光列车》（*GlimmerTrain*）和《北美评论》（*North American Review*）等杂志上发表。〕

保留的特点

和之前的版本一样，这个版本也包括了其他小说作家提供的练习，这些小说作家同时也是老师——道格拉斯·鲍尔（Douglas Bauer）、罗恩·卡尔森（Ron Carlson）、德威特·亨利（Dewitt Henry）、赫斯特·卡普兰（Hester Kaplan）、威廉·基特里奇（William Kittredge）、玛戈·利夫西（Margot Livesey）、戴维·雷（David Ray）、弗雷德里克·雷肯（Frederick Reiken）和梅拉妮·蕾·索恩（Melanie Rae Thon）等人，其中不乏著名和睿智的作家，无论是在世的还是已经去世的。

新增内容

我们没有在这个版本中添加新的章节，因为上一个版本的各个章节对我们的学生很有帮助且已足够。但我们在大部分章节中添加了全新的练习，以便在每个章节的工具箱中放置更多的工具。例如，新的练习"让第二句话另辟蹊径"就通过这一练习打开了一个充满可能性的世界。"第二天早晨"让你的人物在经历了一整晚，也许是一个失眠的夜晚之后，面对一个艰难的处境，反思自己的所作所为。"五年后……"说明了这句话如何影响故事结构取决于它是在故事的开头还是结尾。"如何推进叙事"要求学生作家在读故事时假装自己踩着油门，以确定叙事继续前进的快慢以及产生的预期效果。阿斯彭作家基金会的乔丹·丹恩（Jordan Dann）的"故事交换"要求作家穿着别人的鞋行走。我们还增加了实验形式的练习：学生被要求写一个全是问题的故事，或者在"他说/她说"的对位二重唱中探索潜台词，或者写我们称之为"纳米小说"的小故事。我们已经删除了关于幽默的部分，因为这是一门非常困难和存疑的课程，尤其是在这种形式下。然而，我们确实敦促开始写作的作家记住，幽默并不会削弱故事的严肃性，而是需要我们明智地运用幽默来增强故事的严肃性。因此，现在我们关于幽默的练习更多的是一篇题为"幽默：一只完整的青蛙"的小短文。

《如果，怎样?》这本书首次出版后，已为本科生课程、研究生写作项目、写作会议和高中写作课程所使用。独自写作的人亦会使用它。关于它的推荐内容出现在数百个博客上。我们的写作朋友反馈说，当他们开始一部新小说或在故事中遇到棘手的问题时，他们会翻开这本书，寻找灵感和方向。

关于如何使用《如果，怎样?》的建议

我们认识的许多教师都是以本书及基于本书的课堂教学大纲为基础开创自己的道路的，最终形成的课程面貌可能像冰屋、帐篷和三层小洋楼一样不同。一位老师可能以"笔记本、日记和备忘录"开头，另一位老师则可能以"人物塑造"或"向伟大的人学习"开头。一位老师以我们的练习结构为模型，要求学生根据他们所欣赏的作家的作品创作自己的练习。这项作业鼓励学生像作家一样阅读。另一位老师指导她的学生每周写五个第一句，这样在学期结束时，每个学生都会有五十到七十五个可能的新故事要讲。这位老师在学期中途告诉她的学生，要他们在刚完成的三十个新的第一句中添加第二句。其他老师已经想出了使用被引用的名言的方法。其中一位老师要求她的学生每周写一小段话，以回应《如果，怎样？》中的一句名言，这成为他们自己写作过程的个人标志。还有一位老师告诉她的学生从作家的采访中寻找名言，并将这些名言带到课堂上，贴在本书里，到学期末，他们的课本上就会充满新的智慧。但最重要的是，我们鼓励适龄学生和作家通过《如果，怎样？》找到自己的道路，然后多尝试几次，真正记住"如果，怎样"这句话。

致谢

在本书的修订过程中，我们得到了很多人的帮助、鼓励和建议。我们要感谢所有完成练习并提出建议的学生。我们感谢亚利桑那州、加利福尼亚州、康涅狄格州、马萨诸塞州、密歇根州、俄亥俄州、田纳西州、犹他州、佛蒙特州、哥本哈根和巴黎的学生提供了他们的范例。范例篇名不胜枚举，但令人欣慰的是，我们看到许多学生的范例经过修改后得到了发表。

我们要感谢使用了《如果，怎样？》商业版的小说教师，他们帮助完善了我们的工作，特别感谢那些为《如果，怎样？》后续版本付出努力的人——盖尔·加洛韦·亚当斯（Gail Galloway Adams），西弗吉尼亚大学；安·基尔南·戴维斯（Ann Kiernan Pavis），道尔顿州立学院；安妮·格林（Anne Greene），卫斯理大学；卡尔拉·霍纳（Karla Horner），查塔努加州立技术社区学院；莫娜·霍顿（Mona Houghton），加利福尼亚州立大学北岭分校；乔-安·马普森（Jo-Ann Mapson），奥兰治海岸学院；玛丽·奥康纳（Mary O'Connor），南达科他州立大学；凯伦·皮科尼（Kanen Piconi），艾奥瓦州立大学；约翰·雷普（John Repp），宾夕法尼亚州爱丁堡大学；克里斯·罗伯茨（Chris Roberts），克拉克州立社区学院；罗纳德·斯帕茨（Ronald Spatz），阿拉斯加大学安克雷奇分校；戴维·沃贾恩（David Wojahn），印第安纳大学。

我们还特别感谢那些为本书贡献了自己练习方法的老师：托马斯·

福克斯·埃夫里尔（Thomas Fox Averill）、托尼·阿迪佐内（Tony Ardizzone）、道格拉斯·鲍尔、弗朗索瓦·卡莫因（François Camoin）、罗恩·卡尔森、乔治·加勒特（George Garrett）、凯瑟琳·哈基（Katherine Haake）、克里斯托弗·基恩（Christopher Keane）、威廉·梅尔文·凯利（William Melvin Kelley）、罗德·凯斯勒（Rod Kessler）、威廉·基特里奇、伊丽莎白·利贝伊（Elizabeth Libbey）、玛戈·利夫西、艾莉森·卢里（Alison Lurie）、罗比·麦考利（Robie Macauley）、戴维·马登（David Madden）、卡罗尔-林恩·马拉佐（Carol-Lynn Marrazzo）、克里斯托弗·诺埃尔（Christopher Noël）、戴维·雷、弗雷德里克·雷肯、肯·里瓦德（Ken Rivard）、洛尔·塞加尔（Lore Segal）、塔利亚·塞尔兹（Thalia Selz）、詹姆斯·托马斯（James Thomas）和梅拉妮·蕾·索恩。我们感谢现在的学生和以前的学生，他们允许我们在《如果，怎样？》中引用他们整篇作品：德里克·阿布勒曼（Derrick Ableman）、凯瑟琳·布莱克本（Kathleen Blackburn）、安妮·卡迪（Annie Cardie）、安东尼亚·克拉克（Antonia Clark）、奇普·奇克（Chip Cheek）、凯特·冈索（Kat Gonso）、李·哈林顿（Lee Harrington）、布赖恩·欣肖（Brian Hinshaw）、赫斯特·卡普兰、莫莉·兰扎罗塔（Molly Lanzarotta）、肖恩·兰尼根（Sean Lannigan）、金·莱希（Kim Leahy）、玛丽埃特·利波（Mariette Lippo）、马特·马里诺维奇（Matt Marinovich）、梅丽莎·麦克拉肯（Melissa McCracken）、希恩·麦吉尔克（Sheehan McGuirk）、克里斯蒂娜·麦克唐奈（Christine McDonnell）、汤姆·麦克尼利（Tom McNeely）、乔西·米利肯（Josie Milliken）、朱迪斯·克莱尔·米切尔（Judith Claire Mitchell）、特里·特朗（Terry Theumling）和凯特·惠勒（Kate Wheeler）。

我们还感谢以下人士在编辑和情感上的支持：贾斯汀·卡普兰（Justin Kaplan）、罗比·麦考利、赫斯特·卡普兰、安妮·布拉什勒（Anne Brashler）、艾利斯·霍夫曼（Alice Hoffman）、亚历山德拉·马歇尔（Alexandra Marshall）、吉川真子（Mako Yoshikawa）、里克·科特（Rick Kot）、丽莎·穆尔（Lisa Moore）、芭芭拉·桑托罗（Barbara

Santoro)、汤姆·梅格林（Tom Maeglin）、吉娜·麦克科比（Gina Maccoby）、罗伯塔·普赖尔（Roberta Pryor）、科琳·莫海德（Colleen Mohyde），以及我们在哈佛大学、莱斯利大学、佛蒙特学院、爱默生学院尼曼基金会的同事。

安妮·伯奈斯

帕梅拉·佩因特

目

录

导论

第一章　开头

练习1　第一句：从中间开始　　　　　　　　　　　　　　/ 10

练习2　让第二句话另辟蹊径　　　　　　　　　　　　　　/ 16

练习3　罗比·麦考利：开始一个故事的方法　　　　　　　/ 19

练习4　威廉·基特里奇：以给定的第一句开始故事　　　　/ 23

练习5　德威特·亨利：从随机的句子中自由联想　　　　　/ 26

练习6　罗恩·卡尔森：人物、地点和韵律　　　　　　　　/ 27

练习7　虚构如乱炖　　　　　　　　　　　　　　　　　　/ 30

练习8　新闻中的缪斯：安·兰德斯和国民调查员　　　　　/ 32

练习9　勇于冒险　　　　　　　　　　　　　　　　　　　/ 34

第二章　人物塑造

练习10　噢！那种人　　　　　　　　　　　　　　　　　/ 39

练习11　关于你的人物，你都知道什么？　　　　　　　　/ 43

练习12　小道具　　　　　　　　　　　　　　　　　　　/ 46

练习13　你的人物想要什么？　　　　　　　　　　　　　/ 48

练习 14　道格拉斯·鲍尔：展现英雄们的缺点　　　　　　/ 51

练习 15　罗比·麦考利：设计人物的出身、场所、环境和圈层　/ 52

练习 16　把你的人物放入一份工作中　　　　　　　　　/ 54

练习 17　第二天早晨　　　　　　　　　　　　　　　/ 58

练习 18　他或她：转换性别　　　　　　　　　　　　/ 61

第三章　人称、视角和距离

练习 19　第一人称或第三人称　　　　　　　　　　　/ 67

练习 20　约翰·加德纳谈心理距离　　　　　　　　　/ 69

练习 21　转变视角　　　　　　　　　　　　　　　/ 71

练习 22　儿时的记忆（第一部分）：儿童叙述者　　　/ 74

练习 23　儿时的记忆（第二部分）：全知叙述者　　　/ 77

练习 24　不可靠叙述者　　　　　　　　　　　　　/ 81

练习 25　凯瑟琳·哈基：家庭故事和家族神话　　　　/ 83

第四章　对话

练习 26　塔利亚·塞尔茨：听起来真实的口语风格　　/ 88

练习 27　写对话：何时直接用对话，何时概括对话？　/ 90

练习 28　谁说的？　　　　　　　　　　　　　　　/ 97

练习 29　看不见的场景：在动作中穿插对话　　　　　/ 99

练习 30　口语之舞：不一定是场斗争　　　　　　　/ 102

第五章　人物的内心世界

练习 31　内心世界的幻想与痴迷　　　　　　　　　/ 112

练习 32　其他地方正发生什么大混乱或大场面？　　/ 113

练习 33　"我就知道她要这么说"　　　　　　　　　/ 117

练习 34　混合动机和可能性　　　　　　　　　　　/ 119

练习 35　需要知晓：想象的慰藉　　　　　　　　　/ 121

练习 36　内心或外部的故事　　　　　　　　　　　　　/ 123

练习 37　五年后……　　　　　　　　　　　　　　　　/ 126

练习 38　"似乎"和"可能"的魅力　　　　　　　　　　/ 127

第六章　情节

练习 39　骨架　　　　　　　　　　　　　　　　　　　/ 135

练习 40　从情境到情节　　　　　　　　　　　　　　　/ 137

练习 41　托马斯·福克斯·埃夫里尔：彼得兔，亚当和夏娃

　　　　　——情节的要素　　　　　　　　　　　　　/ 140

练习 42　如果，怎样?：如何展开和结束故事　　　　　/ 142

练习 43　玛戈·利夫西：你被邀请至此派对　　　　　　/ 144

练习 44　所以，发生了什么?　　　　　　　　　　　　/ 145

练习 45　快进，还是"我不知道……"　　　　　　　　/ 147

练习 46　情节可能性　　　　　　　　　　　　　　　　/ 150

练习 47　作为叙事性总结的背景故事：谁来过夜?!　　　/ 152

练习 48　预言的结局　　　　　　　　　　　　　　　　/ 153

第七章　风格的要素

练习 49　罗德·凯斯勒：你自己的风格　　　　　　　　/ 160

练习 50　禁忌：弱副词和弱形容词　　　　　　　　　　/ 161

练习 51　短语不是礼物　　　　　　　　　　　　　　　/ 165

练习 52　克里斯托弗·基恩：练习写干净利落的文章　　/ 166

第八章　作家工具箱

练习 53　罗比·麦考利：时间和节奏问题的处理　　　　/ 170

练习 54　罗恩·卡尔森：阐述——宠物店的故事　　　　/ 172

练习 55　让抽象概念栩栩如生　　　　　　　　　　　　/ 173

练习 56　交通：到达不是乐趣的一半——它很无聊　　　/ 176

练习 57 　给食客命名，给食物命名，给狗命名　　　　　　／ 176

练习 58 　转场：空行不是转换符号　　　　　　　　　　／ 179

练习 59 　如何推进叙事？　　　　　　　　　　　　　　／ 181

练习 60 　劳伦斯·戴维斯：关闭噪声——外来声音之美　／ 182

练习 61 　弗雷德里克·雷肯：将作者、叙述者和人物分开／ 185

练习 62 　时间旅行　　　　　　　　　　　　　　　　　／ 188

练习 63 　楼梯：背景和地点　　　　　　　　　　　　　／ 189

练习 64 　标题和要点　　　　　　　　　　　　　　　　／ 190

第九章　创意和一点灵感

练习 65 　玛戈·利夫西：插图　　　　　　　　　　　　／ 195

练习 66 　恶霸　　　　　　　　　　　　　　　　　　　／ 196

练习 67 　遥远的地方　　　　　　　　　　　　　　　　／ 198

练习 68 　乔丹·丹恩和阿斯彭作家基金会：故事交换　　／ 201

练习 69 　幽默：一只完整的青蛙　　　　　　　　　　　／ 203

练习 70 　星期天：发现情绪的触发因素　　　　　　　　／ 204

练习 71 　杀死那条狗　　　　　　　　　　　　　　　　／ 206

练习 72 　五个不同的版本：没有一个是谎言　　　　　　／ 209

练习 73 　你随身携带的物品　　　　　　　　　　　　　／ 211

练习 74 　精神分析：制造恐怖　　　　　　　　　　　　／ 212

练习 75 　一石在手　　　　　　　　　　　　　　　　　／ 214

练习 76 　注释和信件　　　　　　　　　　　　　　　　／ 215

练习 77 　连环故事　　　　　　　　　　　　　　　　　／ 218

第十章　修订：改写就是写作

练习 78 　打开你的故事　　　　　　　　　　　　　　　／ 222

练习 79 　给自己的礼物　　　　　　　　　　　　　　　／ 227

练习 80 　卡罗尔-林恩·马拉佐：展示和讲述

　　　　　　——被称为讲故事是有原因的　　　　　　　／ 229

练习 81　一点园艺，几次手术　　　　　　　　　　　　　　/ 233

练习 82　戴维·雷：加剧冲突　　　　　　　　　　　　　　/ 236

练习 83　肯·里瓦德：利害关系是什么?　　　　　　　　　/ 237

练习 84　直到结束才能落幕　　　　　　　　　　　　　　/ 239

练习 85　双结局：时间上的两点　　　　　　　　　　　　/ 240

练习 86　课堂修改　　　　　　　　　　　　　　　　　　/ 244

第十一章　突发小说、闪小说、微小说、纳米小说：写小小说

练习 87　詹姆斯·托马斯：突发小说　　　　　　　　　　/ 251

练习 88　用一小段时间写一个故事　　　　　　　　　　　/ 252

练习 89　罗恩·卡尔森：求解 X　　　　　　　　　　　　/ 253

练习 90　长句的旅程　　　　　　　　　　　　　　　　　/ 257

练习 91　他说/她说——但说了什么!　　　　　　　　　　/ 259

练习 92　游戏规则　　　　　　　　　　　　　　　　　　/ 260

练习 93　赫斯特·卡普兰：10 到 1　　　　　　　　　　　/ 262

练习 94　列出清单　　　　　　　　　　　　　　　　　　/ 263

练习 95　一些问题与答案　　　　　　　　　　　　　　　/ 265

练习 96　如何……　　　　　　　　　　　　　　　　　　/ 266

练习 97　纳米小说　　　　　　　　　　　　　　　　　　/ 268

第十二章　向伟大的人学习

练习 98　从其他资源中寻找灵感——诗歌、非虚构作品等　/ 273

练习 99　克里斯托弗·诺埃尔：天空的极限

　　　　　　——向卡夫卡和加西亚·马尔克斯致敬　　　/ 277

练习 100　向伟大的人学习　　　　　　　　　　　　　　/ 280

练习 101　借人物　　　　　　　　　　　　　　　　　　/ 283

练习 102　什么让你持续阅读?　　　　　　　　　　　　/ 285

练习 103　乔治·加勒特：文学场景大约是在 1893 年、1929 年、

　　　　　　1948 年，还是……?　　　　　　　　　　/ 286

第十三章　笔记本、日记和备忘录

练习 104　你是谁？某人！　　　　　　　　　　　　　　/ 290

练习 105　来自过去的人：未来的人物　　　　　　　　　/ 292

练习 106　梅拉妮·蕾·索恩：一本图像笔记本　　　　　/ 294

练习 107　威廉·梅尔文·凯利：为作家写日记　　　　　/ 296

练习 108　创造性错误记忆　　　　　　　　　　　　　　/ 297

练习 109　让我们写信　　　　　　　　　　　　　　　　/ 299

参考文献　　　　　　　　　　　　　　　　　　　　　　/ 301

练习的贡献者介绍　　　　　　　　　　　　　　　　　　/ 303

引用信息　　　　　　　　　　　　　　　　　　　　　　/ 307

导论

安妮·伯奈斯：好的作家知道如何把两件截然不同的事情做得同样好——像作家一样写作，像作家一样思考。

像作家一样写作是一门手艺，意味着对材料和工具有绝对的控制。例如，这意味着知道什么时候使用对话、什么时候使用总结性话语，知道如何使用形容词和副词——经济地专注于具体而不是模糊和抽象的概念。这意味着将你的故事固定在特定的时间和地点上，而初出茅庐的作家往往忽略了提供基本的和关键的信息：这些人物是谁？他们在哪里？这个故事是什么时候发生的？

像作家一样思考更复杂，因为这涉及潜意识。你可以非常依赖你的五感；在那之后，你必须呼吁好奇心、想象力和怀疑主义——这是一种开放的态度，但不要将它与玩世不恭混为一谈。怀疑主义迫使你从显而易见的事物中寻找真正的含义，比如微笑、哭泣或愤怒。换句话说，事情很少像它看起来的那样。作家必须透过现象去"思考"。

我们已经囊括了一些练习，要求你假设相反的声音，寻找潜台词，并提供导致同一事件的几个不同场景。换句话说，你要提升所有优秀小说作家所具有的直觉思维品质。

帕梅拉·佩因特：《如果，怎样？》中的练习也意味着启动一些东西。每个练习都旨在帮助你以新的方式思考，发现你自己的素材，丰富你的小说的结构和语言，并使之稳步走向最终的意义。绕了一圈，然后它又会帮助你重新开始。无论一个作家发表了多少作品，总是需要重新开始，总会回到空白处。

我们希望这本书对那些已经开始出版作品的人和那些从未写过小说的人，以及那些第一次参加工坊的人都有用。我们工坊的目标是让学生熟悉各种小说写作技巧、谈论创作过程的语言，以及以支持性和建设性的方式讨论和批评对方作品的工具。在阅读彼此的作品时，重要的是要自己决定故事开头的有效性，或是否有忽略的场景，或结尾的清晰程度等。你越是磨炼自己对他人作品的批判能力，就越能以冷静、敏锐的眼光修改自己的作品。

伯奈斯："你真的能教人们如何写作吗？"在近三十年的教学中，我被问到这个问题的次数比其他任何一个都多。在这个问题的背后，暗示着能够写好也是一种天赋——不管你有没有，所以再多的学校教育也不会改变什么。我显然不同意这种观点。此外，如果你稍微改变一下这个问题，让它变成"你真的能揭开故事的神秘面纱并把它们写下来吗"，我的答案是"绝对可以"。

这本书将小说的许多要素分离开来，使它们拥有一种可控的大小和形状。因此，一个故事或小说的组成部分被逐一分解和观察，从而更容易掌握。这本书应该能帮助你解决具体的写作问题，比如找到一个好的标题，决定视角的选择，发现在哪里以及如何进入一个故事。一旦你对自己利用这些特殊技能的能力充满信心，就是你继续前进，并融汇你从《如果，怎样？》中学到的东西的时候了。

至少你会对写出的文章感到更自在，并且体验到用你想要的方式说出你所想内容的乐趣。

佩因特：揭开本书准确目的的神秘面纱，我们没有打算写一本关于如何写短篇故事的书——一本按年级学写作的使用手册——因为这是不可能的。我的一位学生罗伯特·所罗门（Robert Solomon）谈到了这个问题："这本书的价值在于帮助我理解小说的组成部分及其意义……当我必须根据自己的特定愿景和要求处理各种选择和问题时，这些练习为我正式开始写作起到了准备作用。"

写作练习长期以来一直是新作家和成熟作家学习过程的一部分。契诃夫、福楼拜、海明威、菲茨杰拉德和毛姆等作家的笔记中有很多条目都是未标记的写作练习，这些练习就源于分析或谈论这些作家当时正在阅读的内容。许多条目都是向那些通过书面例子向他们展示了小说中某些东西是如何运作的作家致敬。菲茨杰拉德谈到了他和海明威从康拉德那里学到的一个"诀窍"（见本书第十二章）。约翰·加德纳（John Gardner）谈到写作时说，这是一个"开窍"的问题。在《小说的艺术》

（*The Art of Fiction*）中，他谈到练习时说，"当初出茅庐的作家能处理一些特定的小问题时，比如对背景的描述、对人物的描述，或者有明确目的的简短对话，作品的质量就接近专业水平了。"最终，对于坚持不懈的作家来说，他做的练习将提高他的整体写作水平。

伯奈斯：一个人当然可能成为一位出色的讲故事的人，他不必非要把它写下来。另一个人则可能写了足够多的句子，甚至是很多页，但他的故事只会躺在那里，僵在纸上。

这本书中的练习可以帮助你提高技能，无论是在使用各种工具还是在运用思维方面。完成这些练习后，讲故事的人就能够将自己的故事翻译成文字，而能写但沉默寡言的作家将学会发挥自己的想象力。

你会注意到，我们的重点是区分和分离小说的要素，而不是将长篇和短篇小说作为各自独立的实体。这是因为我们相信，两者的工具和流程都是相似的，对准确性、清晰度和新鲜度的强调也是如此。

佩因特：我们也相信实践，以及更多的实践。正如每个歌手、艺术家、舞蹈家和作曲家都必须不断练习自己的技艺一样，作家也必须练习。尽管我们每天在交谈和写信时都会使用语言，写"把油箱加满，把钥匙放在储藏室"的笔记、工作备忘录、广告文案或新闻文章、MySpace 上的新条目，或是更新你的网站或博客，但这并不意味着我们可以放弃其他艺术所需的实践。实践和坚持对作家来说也是至关重要的。学会扔掉有缺陷的句子，重新成功塑造一个软弱的人物。通过对你的工作做这些评估，你正在进步。当你把自己完全投入到工作中时，你会觉得它还给了你一些别的东西，就好像它有自己的意志和能量一样。

伯奈斯：如果作家的引擎是坚持，那么作家的燃料就是想象；与真正的燃料不同，我们有取之不竭的燃料，而且不需要任何费用。想象就在我们每个人的心中，等待着被释放。

佩因特：当我第一次在由《故事季刊》（*Story Quarterly*）的联合创始人汤姆·布拉肯（Tom Bracken）教授发起的写作研讨会上做练习时，我就成为练习的信徒。布拉肯给了我们不同的要素，让我们将它们结合起来，编织成一个故事：班卓琴音乐，一便士，还有一张引人注目的照片，照片中两只眼睛透过一块木板上的木纹板条凝望着前方。突然，对我来说，这些事情变成了关于一个十几岁的孤独女孩坐在乡村商店的橙色木箱上的故事。她鞋下踩着一便士——她知道只有那个男孩从用木板封起来的窗户里看着她，看到她把它划拉到脚下。即使使用相同的细节，我们也惊讶于我们的故事与其他故事完全不同。当然，这是因为每个人的想象力、声音和视觉都以独特的个人方式使用了这些细节。记住，作家不仅编织情节，还编织纹理。

从那以后，我一直在做各种各样的练习。有些练习是由于阅读了另一位作家的作品而创作的——我想我总是会向一个特别有力的开头发问：什么已经启动，以及如何启动？有些练习是凭空出现的："如果呢？"还有一些练习是课堂讨论的结果，比如我的学生本·斯洛莫夫（Ben Slo-moff）问了一个突然照亮一切的问题："你是说好像每个故事都有自己的记忆和历史？"是的，是的，就是这样。

伯奈斯：无聊的故事比粗糙的故事更糟糕。所以，在学期开始的时候，我总是说："我不想看到任何烦冗的故事。"为了让你避免长篇大论、吹牛，以及受到偏离主题的诱惑，我们把很多练习都限制在 550 个词以内①。当你没有太多空间的时候，你学会了不浪费字词。我发现，当一个学生超过了字数限制时，他的作品往往会变得很模糊、很臃肿。每一个练习就像一个精心设计的容器一样，都用来存放指定的材料。

无论是佩因特女士还是我，都将这些练习中的每一个分配给了我们的学生（其中一些得到了他们的修改），地点包括哈佛大学、爱默生学院、佛蒙特学院、圣十字学院、马萨诸塞大学，以及许多夏季写作会议和研讨会。

佩因特：我应该在这里对我们的"贡献者"说一句话。我们收录了一些朋友的练习，他们是作家，也在他们的课程里教授和使用练习。这些练习包括罗比·麦考利的"开始一个故事的方法"，他写了一本关于小说写作的伟大著作《小说的技巧》（*Technique in Fiction*），以及理查

---

① 指英文单词数量，中文字数可适当增加三分之一，全书同。——译者注

德·鲍施（Richard Bausch）、罗恩·卡尔森、德威特·亨利、威廉·基特里奇、玛戈·利夫西、艾莉森·卢里、詹姆斯·托马斯等的其他练习。我们都是相信练习的力量可以揭开写作的神秘面纱的作家，同时也相信练习能让人欣赏到写作的乐趣和魔力。

伯奈斯：《如果，怎样？》的商业版于1990年问世。从那时起，我们的学生在许多期刊上发表了故事，许多在原版《如果，怎样？》贡献范例的学生，在最终发表的故事中使用了那些开头或摘录。其他人赢得了写作相关的比赛或奖项。还有一些人继续当写作老师，为学生们提供新的练习。我们希望你能为培养特定的技能或技术开发自己的练习，并将其增加到本书的空白处。

佩因特：是的，例如，海明威以其简洁的对话而闻名，所以你可以想象，当一个学生从海明威的一个故事中拿出一个关于对话的完美例子时，我会有怎样的喜悦之情。一开始我把它记录在我的笔记本里，现在把它加进这个版本中。

伯奈斯：本书的目录或多或少是对小说要素和技巧的随意安排。有些练习比其他练习更难，但你不会发现任何一章最容易的是第一节、最难的是最后一节。你不必按照任何特定的顺序来做，而是应该去完成那些似乎能满足你当前需求的任务。我们建议你在开始之前阅读每个部分的介绍。

佩因特：我们在制作目录的过程中发现了一些东西。当我们意识到没有把"情节"作为初稿的单独章节时，才发现我们两个人都推崇"人物驱动"的故事，而不是"情节驱动"的故事。当被要求增加一节关于修订的内容时，我们意识到书中分散在其他地方的许多练习实际上都是关于修订的。

我们希望你能一次又一次地回到《如果，怎样？》的各个部分，融会贯通并重新安排练习，引导你进入自己取之不竭的素材之泉，探索传记和小说的奇妙交叉点，并挖掘你作为作家的潜力。我们也希望你能将我们在例子中引用的作家作品作为一种有机的阅读列表。购买或借来他们的书并阅读；标出特定段落，在页边空白处写出句子。大师们的作品对作家来说是最好的教育和最好的灵感。

第一章　开头

第一句话是通往世界的大门。

——厄休拉·勒吉恩（Ursula K. Le Guin）

　　新作家通常认为他们必须清楚故事的走向和结局——在他们开始之前。然而，这不是定理。弗兰纳里·奥康纳（Flannery O'Connor）说过："如果你写出了一个真正的人物和此人的性格，那么将要发生的事是确定的；在你开始之前，你不必知道太多。事实上，如果你不知道可能会更好。你应该能够从你的故事中发现些什么。如果你没有，可能就没人会发现了。"

　　新作家的另一个绊脚石是——不管他们是写一个故事还是一本小说——他们把"开头"看得太重要了。他们不停寻找故事的"开头"，忘记了开头处可能不会展示一点后文的矛盾、困境和冲突。

　　但是，你可能会问，故事本身的"开始"又如何呢？几年前，一位学生在讨论时说："你是说好像每个故事都有自己的记忆和历史。"是的，十分正确。每个故事都有一段历史；所有的人物都有过去；大部分故事或小说的情节受到发生在第一页第一句话之前的事情的影响。然而这段历史被巧妙地编织进叙事中，以至大多数时候我们没有意识到我们实际上正在阅读故事的过往——背后的故事。故事可以用对话、概要、描写或任意什么开头，但必须开门见山（in medias res①），即从中间开始。

　　把故事想象成一条直线也许会有帮助，第一句话出现在这条直线开头之外的地方——最好是在中间。然后在某一时刻，大部分故事或小说稍微提点一下过去，回到这条直线的开头，让读者了解现在的情形——人物 X 和人物 Y 是如何以及为什么落到这步田地的。托尔斯泰的小说《安娜·卡列尼娜》（*Anna Karenina*）以一家人因为丈夫与家庭教师的婚外恋而鸡飞狗跳地开头。玛格丽特·阿特伍德（Margaret Atwood）的小说《人类以前的生活》（*Life before Man*）从一个人自杀之后开篇。这些事件预兆并影响着后面的故事。

---

　　①　拉丁语。——译者注

奥康纳的《好人难寻》(*A Good Man Is Hard to Find*) 接下来的情节是如此扣人心弦，以至于我们很容易忽视小说中外祖母的过去是为了帮助我们理解小说中的行动。另一个例子，埃米·亨普尔（Amy Hempel）的《今天将是安静的一天》(*Today Will Be a Quiet Day*) 中过去的影子：孩子们的打闹让父亲说他想把"今天将是安静的一天"写在他的墓碑上；父母亲离婚；男孩的朋友告诉他"永远不要和一个精神病人玩乒乓球，因为那就是我们所做的，我们会杀了你"，后来这个朋友自杀了；不得不被弄睡着的狗——所有这些都发生在第一页之前。这是好的写作。

所以你必须抵抗向读者过多解释事情是如何发展到这一步的诱惑。请记住，你正在尝试引起读者的注意，把读者引入你的故事里，以便他们不会走神，尽情向他们展示正在上演的好戏！

接下来的练习是为鼓励你思考塑造一个真正的人物而设计的，这个人物身陷已经发生的事件中——解救受困人物的渴望及采取相应的行动便出现了，此时事情逐渐浮出水面。一句接一句地加载。把你自己投入到设置故事的动作中去——你将马上知道哪些故事会俘获你的想象力并且似乎不可阻挡，而哪些故事需要终结。在那之前，不停尝试，不断探索吧。

《巴黎评论》记者： 如何形容你从清晨一直写作到下午的完美状态？

乔伊斯·卡罗尔·奥茨（Joyce Carol Oates）： 关于"情绪"，我们必须铁石心肠。某种程度上，写作的过程会创造合适的情绪。如我相信的那样，如果艺术确实具有真正的超验功能——一种我们提升自己有限的、狭隘的心灵状态的手段——那我们处于什么样的心灵或者情绪状态就应该不太重要了。总的来说，我发现这是正确的：当我筋疲力尽的时候，当我的灵魂薄如纸牌的时候，当好像没有什么值得我再忍受五分钟的时候，我都曾强迫自己开始写作……并且不知怎的，写作这种行为改变了一切。

练习 1
第一句：从中间开始

在《巴黎评论》（*Paris Review*）的一篇采访中，安格斯·威尔逊（Angus Wilson）说："戏剧和短篇故事的相似之处在于都以结束动作开头。"这是对贺拉斯（Horace）从中间开始的准则的回应。

然而，新手的故事通常在崭露锋芒之前已经漫谈了三四页。一天，出于好奇，我们决定调查大小杂志、故事集、文集中故事的第一句话。我们发现很多"第一句话"把读者推入事件中心，此时一些不同寻常的事情已经发生了。这个发现成了第一个练习的基础。

以下所有例子都是短篇故事的第一句话。我们建议你从一个第一句话清单开始，它们诠释了如何开门见山。

练习

思考以下多少开头把你拉入故事的中心。关于这个故事你了解多少——情景、人物、地理、环境、阶级、教育、可能的冲突等诸如此类——单从标题和开头？关于人称、距离、环境、语调等，作者已经做了什么决定？关注有多少标题是直接和故事的第一句话相关的。

他们说海滨出现了一张新面孔：一个带着宠物狗的年轻小姐。

——《带小狗的女人》（*The Lady with the Dog*）

安东·契诃夫

清晨惨淡，一阵湿润的海风从东北方向吹来，天空就像一张蒙灰的床单，但是加文叔叔六点就起了，做了一杯血腥玛丽。这个举动让其他一个接一个从床上爬起来漫步到厨房的成年人带着一种哲学的心情；孩子们可不这样。

——《迷失》（*Lost*）

罗比·麦考利

在我母亲无聊又令人心碎的葬礼上，悼词念到一半的时候，我开始考虑取消婚礼。

——《爱不是馅饼》(*Love Is Not a Pie*)

埃米·布卢姆（Amy Bloom）

前一天你还有家，后一天就可能流离失所，但我不会告诉你我无家可归的原因，因为这是我的秘密。印度人想对"饥饿"的白人们隐藏秘密必须付出更多努力。

——《我将赎回你的典当之物》(*What You Pawn I Will Redeem*)

舍曼·阿列克谢（Sherman Alexie）

她用一个他从未见过的微小手势告诉他。

——《手势》(*Gesturing*)

约翰·厄普代克（John Updike）

玛德琳·威廉姆斯四岁，她的哥哥萨姆十岁时，他们的爸爸在四月初的一个晚上杀死了他们的妈妈。

——《母亲节后的周日》(*The Sunday Following Mother's Day*)

爱德华·P. 琼斯（Edward P. Jones）

我和我的哥哥洛夫斯蒂从老太太的窗户进来。

——《交换价值》(*Exchange Value*)

查尔斯·约翰逊（Charles Johnson）

斯里兰卡亭可马里三月的一个下午，四十九岁的教师文卡山先生本应该在圣约瑟夫大学的教室里讲解阿诺德（Arnold）的《埋葬的生活》(*The Buried Life*)，但他发现自己在一个设有路障的十字路口，手里拿着斧头粗鲁地对着一卡车的士兵喊着口号。

——《埋葬的生活》(*Buried Lives*)

巴拉蒂·穆赫吉（Bharati Mukherjee）

奶奶说一个八岁的女孩不应该和自己的爸爸一起睡了，但是我的爸爸说中间一块卷起的毯子使一张双人床变得和两张床一样。

——《我的父亲无处不在》(*Everywhere My Father*)

安妮·布拉什勒（Anne Brashler）

当亚力克·韦伯的病明显比之前其他人告诉他的要严重时，他放弃了他在英国的生活，来到里维埃拉接受死亡。

——《豁免》（*The Remission*）

梅维斯·加伦特（Mavis Gallant）

我一进门丢下包，就知道我灵魂出窍了。

——《杂录》（*Medley*）

托尼·凯德·班巴拉（Toni Cade Bambara）

围着她单调的书桌来回走动，艾米丽思拨弄着她的指甲，每一个粉色甲片上都喷上了米尼。

——《白马》（*A White Horse*）

汤姆·琼斯（Thom Jones）

我告诉妈妈我是村里的女服务员，这样她就不用和我断绝关系了。

——《像艾尔希这样的女孩》（*A Girl Like Elsie*）

基兰·考尔·塞尼（Kiran Kaur Saini）

当丹尼的父母在赛季初分手时，教练发现了丹尼的天赋。

——《粉饰家庭》（*Covering Home*）

约瑟夫·马伊奥洛（Joseph Maiolo）

我把他看作一辆推土机，一个武士，一个被设计来杀人的机器人，一个塑料侠或钛甲人或万能吞噬者，一辆别克，一辆彼得比尔特，甚至有一周，我以为他是麦基诺大桥，但作为一个狼人，蒂莫西·斯托克斯还是走得太远了。

——《青年狼人》（*Werewolves in Their Youth*）

迈克尔·沙邦（Michael Chabon）

"机会。"我父亲在我保释他出狱后说。

——《蚂蚁的本性》（*The Ant of the Self*）

Z. Z. 帕克（Z. Z. Packer）

梅兰德·汤姆森死后想和一个十二岁的女孩埋在一起。

——《批判》（*Judgment*）

凯特·惠勒

十三岁的投弹手博伊德在那个夏天告诉他的新朋友，他的爸爸因谋杀一名警长的副手和他的德牧缉毒犬而被佛罗里达州处决。

——《蓝人》（*The Blue Men*）

乔伊·威廉斯（Joy Williams）

我在报纸上，在地铁上，在上班的路上读到它。我读到了它，我不相信，于是我又读了一遍。

——《桑尼的布鲁斯》（*Sonny's Blues*）

詹姆斯·鲍德温（James Baldwin）

这些是古登在迪克斯福德公理会教堂慈善集市上从他八英尺高的泡澡盆上看到的东西。

——《扔硬币》（*Nickel a Throw*）

W. D. 韦瑟雷尔（W. D. Wetherell）

为了我的姐妹莫娜和我免受生活的痛苦——或者，如他们说的琐事——我的父母用上海话吵架，我们听不懂。我父亲有一天把一个黄铜花瓶扔出厨房的窗户，我的母亲告诉我们他是不小心这样做的。

——《水龙头幻景》（*The Water-Faucet Vision*）

任璧莲（Gish Jen）

起初，弗里兹·哈里斯认为南姆是个疯狂的噩梦，一个颠倒的地方，在这里你应该做所有正常世界禁止的事情，但过了一段时间，世界似乎才是不真实的。

——《弗里兹》（*Freeze*）

戴维·姚斯（David Jauss）

问题是真实性。

——《大脚偷了我的妻子》（*Bigfoot Stole My Wife*）

罗恩·卡尔森

他们三三两两地来，穿着那年时髦的迪士尼套装、狮子王、风中奇缘、美女与野兽，或者穿成电视上的超级英雄、变形人、变形金刚……像这样盛装，三三两两地抱怨戴着面具太热了："嘿，我真的很热。"他们拖着那些橘色的塑料桶，交换东西，讨价还价："给我你的小玩意，好吗?"当他们的父母或落在后面，或紧随其后，或谈论着学校、电影、当地体育、他们的婚姻尤其是长久的婚姻时，孩子们在旁边的车道上疾跑，打扮成魔鬼或超级英雄或恐龙或成功的跨国娱乐巨头，在寻找糖果的过程中打退了不安的亡魂。

——《魔鬼研究》（*Demonology*）

里克·穆迪（Rick Moody）

每个图书馆都有一本杀人的书。

——《辛巴德的头》（*Sinbad's Head*）

保罗·韦斯特（Paul West）

艾德娜和我从卡利斯佩尔去坦帕-圣皮特，我在那里仍有一些旧日荣光时认识的朋友，他们不会把我交给警察。

——《摇滚春天》（*Rock Springs*）

理查德·福特（Richard Ford）

整个马戏团的火车像孩子的玩具掉进了场外的峡谷，车厢在坠落时叠起来，从远处看就像锯子上粗糙的锯齿。

——《土星大师》（*Saturnino el Magnifico*）

阿尔贝托·阿尔瓦罗·里奥斯（Alberto Alvaro Rios）

唐·塞拉芬允许胡安·佩德罗·马丁内斯·桑切斯娶克莱奥菲拉斯·恩里克塔·德莱昂·埃尔南德斯为妻的那一天，她穿过爸爸房子的门槛，越过几英里的土路又几英里的石砖路，跨过一条边界，到了另一边的小镇。他已经预想到早上他的女儿会把手举到眼睛上，看着南方，渴望回到无穷无尽的家务、六个一无是处的兄弟和一个老人的抱怨中。

——《女吼溪》（*Woman Hollering Creek*）

桑德拉·西斯内罗斯（Sandra Cisneros）

当威利斯·戴维斯试着加入亨利街的男人们时，他们告诉他，他必须先在斯里克烧烤吧干一单，展示他的能力。

——《银色子弹》（*The Silver Bullet*）

詹姆斯·艾伦·麦克弗森（James Alan McPherson）

十九世纪末，一个从特拉华州来的女孩搭上一列去奥马哈的运奶火车，坐在二等车厢的一个绿色羊毛座椅上。

——《邪恶》（*Wickedness*）

罗恩·汉森（Ron Hansen）

耶里查相信她自己已经是一个孤儿了——她妈妈在她可以走路时就已经去地底下了——所以她爸爸的去世并不是一件特别的事情。

——《蹦跳日》（*Jump-up Day*）

芭芭拉·金索沃（Barbara Kingsolver）

第一群看见从海上飘过来的黑乎乎细长的凸起物的孩子们还以为这是一艘敌人的船。

——《世界上最漂亮的溺水者》

（*The Handsomest Drowned Man in the World*）

加布里尔·加西亚·马奎兹（Gabriel Garcia Marquez）

现在，写出十个你自己的不同故事的开头。当你阅读时，寻找能立刻让你投入故事的句子。如果你有记录灵感的习惯，考虑每天写一个新的片段并积累开场句，而且终生培养这个习惯。

目标

养成从中间开始写故事的习惯。因为你没必要写完这些故事，所以这个练习降低了你的心理障碍，有利于激发你的想象力。

学生范例

她想把这个笑话讲得恰到好处，但是这是他的笑话，她不得不一直向他询问。

——弗朗西丝·莱夫科维茨（Frances Lefkowitz）

我不知道谁找到了我，也不知道为什么我被留在垃圾箱里，但有一段关于我获救的传说没有被遗忘，并且他们一定要把它转达给我：我的原主人在我的胸前用海军蓝记号笔写下"宝石"这个词，这是我真正的且唯一的名字。

——布里吉德·克拉克（Brigid Clark）

杰森·戴维克的心，就像所有调酒师的心一样，是一堆饥肠辘辘又贪婪的肌肉。

——《黄色丝绸》（*Yellow Silk*）

埃里克·梅克伦伯格（Eric Mecklenburg）

没有什么要说的了——狂风暴雨中，儿子比爸爸沿着悬崖走得更远，和你想的一样，海浪汹涌地朝他拍去。

——佩里·奥尼恩斯（Perry Onions）

到我十岁的时候，我已经断定死亡只是像移动家具那样简单。

——《杰玛》（*Jemma*）

阿曼达·克莱本（Amanda Claiborne）

我妈妈在我初次有了性体验的第二天向我解释了它的含义。

——克丽丝蒂·韦拉多塔（Christy Veladota）

当大雾涌进朴次茅斯时，一种奇特而无名的亲密感降临，驯服了麻烦的女人和愤怒的男人。

——吉姆·马什（Jim Marsh）

在圣博尼法斯，开学第一天，里奥丹太太发现她四年级的班级还是上一年修女玛丽上三年级的那个班级的孩子，只有一个例外：一个安静的男孩，瞳色如水，占据前排靠窗的座位，周围对他而言像真空似的。

——布丽奇特·梅热（Bridget Mazur）

> 逸事不等于好故事。一般来说，我会深入挖掘这些故事，以至最终出现的故事已不是人们认为的那样了。
>
> ——艾利斯·芒罗（Alice Munro）

练习 2
让第二句话另辟蹊径

如果你已经为第一个练习"第一句：从中间开始"写下一些起始句

的话，那么是时候探索增加另一句话的力量了，看看仅仅一句话是如何把你的故事带上通向一个截然不同的故事的道路的，它有着不同的人物、情节和结果。

练习

使用第一个练习中的一个句子，并通过添加第二句话，使其变成完全不同的故事。考虑你做以下事情时，你的故事会发生什么变化：改变背景；增加一行对白；想象未来；让你的主角想起某个对故事很重要的人；增加一个惹人爱或讨人厌的小动物。

第二句话也有其他的可能性：让你的主角回想一首勾起自己重要回忆的歌；加入一个意外；让警察出现在这个场景中；使某人带来一个神秘或扰乱人心的消息。想一些你自己的第二句话的要素，然后选一个你想写下去的，一次写一个句子。

目标

要知道这一点，即你不必在开始的时候就知道故事的走向。你只需要第一个富有无数可能性的句子。之后你可以一句话一句话地构建完整的故事。

学生范例

注意这个学生是如何设计第二句话的方向的。

故事1 改变背景

辛西娅已经为夏天做了几个计划，包括：美黑，别在美黑时晒伤，买不会在脚趾留下不均肤色的鞋子，减少对牧场沙拉酱的摄入（她所有食物都要用到它：薯条、通心粉、奶酪和满床掉渣的酸奶饼干），并说服她的妹妹别再烫头。在这个国家的另一边，她的暑期男友布拉德在看一条破的泳裤是否还能穿，这是他收东西走人前的一点小乐趣。

故事 2　增加一行对白

辛西娅已经为夏天做了几个计划，包括：美黑，别在美黑时晒伤，买不会在脚趾留下不均肤色的鞋子，减少对牧场沙拉酱的摄入（她所有食物都要用到它：薯条、通心粉、奶酪和满床掉渣的酸奶饼干），并说服她的妹妹别再烫头。

她冲她妹妹吼道："莱斯莉，我发誓如果你再把我的避孕药放在洗衣机里，我会杀了你！"

故事 3　增加一个惹人爱或讨人厌的小动物

辛西娅已经为夏天做了几个计划，包括：美黑，别在美黑时晒伤，买不会在脚趾留下不均肤色的鞋子，减少对牧场沙拉酱的摄入（她所有食物都要用到它：薯条、通心粉、奶酪和满床掉渣的酸奶饼干），并说服她的妹妹别再烫头。

她还下定决心让她的兔兔雷克斯安乐死，它已经八岁了，兽医说它得了白血病，症状包括吃不下饭、呜咽得厉害。

故事 4　让主角遭受严重的身体伤害

辛西娅已经为夏天做了几个计划，包括：美黑，别在美黑时晒伤，买不会在脚趾留下不均肤色的鞋子，减少对牧场沙拉酱的摄入（她所有食物都要用到它：薯条、通心粉、奶酪和满床掉渣的酸奶饼干），并说服她的妹妹别再烫头。

但辛西娅没有完成这些事情，而是在一次车祸后住院了，她是前排乘客，她讨厌理疗，直到遇见一个帅气的康复医生。

故事 5　让主角发现身边的人是罪犯

辛西娅已经为夏天做了几个计划，包括：美黑，别在美黑时晒伤，买不会在脚趾留下不均肤色的鞋子，减少对牧场沙拉酱的摄入（她所有食物都要用到它：薯条、通心粉、奶酪和满床掉渣的酸奶饼干），并说服她的妹妹别再烫头。

她还不知道接下来在她父亲贪污入狱后的每周二晚上都要去探望他，但这本不是她今年夏天的计划。

——凯特·米奇科（Kate Michko）

与特定的社会、特定的历史、特定的音调和特定的习语联系在一起，这种发现使作者开始认识到自己是有限的主体，因为受限，他开始有意识地把作品放入一个真正的人的视角。这种视角展示了他的生物性。

——弗兰纳里·奥康纳

练习 3
罗比·麦考利：开始一个故事的方法

要开始一个故事，作者有很多不同的手段，问题是如何选择一个最适合拉开帷幕的，以便开始接下来的叙述。问自己以下问题：我想要我的故事以人们讨论他们的生活的声音开始吗？或者我想要把一个重要人物推到讲述的聚光灯下，让读者在行动开始前就仔细凝视她吗？或者我想要以一个动作开始——一个人或多个人，做一些对接下来的故事有重大意义的事情？

为了判断这三个可能的开头，作者可能会问关于未写下的故事的问题：在故事中，你是否会涉及一些人以及他们的态度和观点？他们表达想法的方式重要吗？或者，在故事中你是否会关心一个人的特质、想法、经历和情感，而这个人必须立刻抓住读者的注意力？又或者，你会和人物一起参与事件吗？如果会，你想要一个展现行动的开头吗？以下是一些可能的开头方式。

以概括开头

我妈妈相信在美国你可以成为任何你想成为的人。

——《两种人》(*Two Kinds*)

谭恩美 (Amy Tan)

当人们成为人物时，他们不再被视为人类，他们是一些突出的东西，比如克鲁格总统种的橘子树、公园里的雕像，或者曾是第一教堂的加油站。

> ——《最后一吻》（*The Last Kiss*）
>
> 娜丁·戈迪默（Nadine Gordimer）

真正区分动物和人的是人接受事情原本的、意想不到的一面的能力，而前者不能提出理论。

> ——《子弹阿达吉奥》（*Bullet Adagio*）
>
> 丽塔·杜塞特（Rita Doucette）

以对人的描述开头

我第一次看见他的时候，他正抬高膝盖，举着手，好像要浑身淋雨过马路。他冲出伯南布哥一家酒吧的珠帘。我知道他将阻止我。

> ——《水手》（*The Sailor*）
>
> V. S. 普里切特（V. S. Pritchett）

除了她自己一人时的呆滞表情，弗里曼夫人还有两种神色，热情的和冷漠的，她用它们处理所有的人际关系。

> ——《好乡下人》（*Good Country People*）
>
> 弗兰纳里·奥康纳

以叙述者的概括开头

生活中一件不幸的事情让我想起了年轻时和克龙比医生对话的情景。他曾是学校的医生，直到他离经叛道的想法广为人知。

> ——《克龙比医生》（*Doctor Crombie*）
>
> 格雷厄姆·格林（Graham Greene）

杰克曼的婚姻充满了不贞和暴力，但是在最后的日子里，他们又变成了一对夫妇，如果他们之中一个人慢慢死去，他们也可能这样。

> ——《冬天的父亲》（*The Winter Father*）
>
> 安德·迪布斯（Ander Dubus）

吉姆和艾琳·韦斯科特是这样一类人，他们的收入、努力程度和名望似乎达到了校友报里数据报告中令人满意的平均水平。

> ——《了不起的广播》（*The Enormous Radio*）
>
> 约翰·奇弗（John Cheever）

以对话开头

"别想着牛。"马特·布林克利说。

——《在白夜里》（*In The White Night*）

安·贝蒂（Ann Beattie）

妈妈说，恐怕沃尔特·克朗凯特已经病了。

——《家》（*Home*）

杰恩·安妮·菲利普斯（Jayne Anne Phillips）

以几个没有对话的人物开头

午餐时间，男职员通常走光了，留下我和三个女孩。她们一边吃三明治、喝茶，一边喋喋不休。她们的一半对话我根本听不懂，另一半无聊到能让我哭出来。

——《柔声逝去的音乐》（*Music When Soft Voices Die*）

弗兰克·奥康纳（Frank O'Connor）

以背景和一个人物开头

晚餐后，奥尔加·米哈伊洛夫娜留下桌上的八道菜肴和无穷无尽的对话，走进花园，屋内正在庆祝她丈夫的生日。不停谈笑的义务，仆人的愚蠢，碗碟的叮当声，上菜之间的长长间隔，以及为了向客人隐瞒怀孕而穿的紧身胸衣，都使她精疲力竭。

——《生日派对》（*The Birthday Party*）

安东·契诃夫

以叙述者的回忆开头

我那时已经正式订婚了，就像我们常说的，和我要娶的那个女孩。

——《旧林》（*The Old Forest*）

彼得·泰勒（Peter Taylor）

以儿童叙述者开头

尤金·凯斯勒本来是我兄弟最好的朋友，但他和我实际上有很多共同点。

——《飞行》（*Flight*）

艾利斯·霍夫曼

和一些女孩相比，我没有很多家务活要做。

> ——《蕾蒙德的奔跑》（*Raymond's Run*）
>
> 托尼·凯德·巴姆巴拉（Toni Cade Bambara）

我上三年级的时候认识一个男孩，他因为被松鼠咬伤而不得不在腹部打了 14 针。

> ——《战胜日本》（*Victory Over Japan*）
>
> 埃伦·吉尔克里斯特（Ellen Gilchrist）

我们也可以尝试建立不同的视角。

第一人称

由于韦兰医生迟到了，并且候诊室里也没有最近的新闻杂志，我对另一个病人说："作为一个贴心的人，作为你的兄弟，我问你，没有冒犯的意思，你脸上的伤疤是怎么回事？"

> ——《疤痕的故事》（*The Story of a Scar*）
>
> 詹姆斯·艾伦·麦克弗森（James Alan McPherson）

第一次约会没有任何身体接触，这对我俩来说都挺好。

> ——《现代爱情》（*Modern Love*）
>
> T. 科拉格桑·博伊（T. Coraghessan Boyle）

1964 年，我带着一张商业证书离开印度，在那时，这相当于我的身价涨了十美元。

> ——《第三个也是最后一个大陆》（*The Third and Final Continent*）
>
> 朱帕·拉希里（Jhumpa Lahiri）

我是恶霸，我讨厌新来的小孩和娘娘腔，愚蠢或聪明的小孩，富有或贫穷的小孩，戴眼镜的小孩，搞怪的小孩，爱炫耀的小孩，记分的班干部，滑头鬼，分享铅笔的小孩和给植物浇水的小孩——还有瘸子，尤其是瘸子。

> ——《为子弹而写的诗》（*A Poetics for Bullies*）
>
> 斯坦利·埃尔金（Stanley Elkin）

第三人称

离八月份每天两次的训练还有六十七天，教练算着。

> ——《教练》（*Coach*）

玛丽·罗比森（Mary Robison）

克莱尔抓着一把星星贴纸爬上去装饰浴室天花板，在凌乱的架子上看到一个可疑的洗发水瓶子。

——《其他生活》（*Other Lives*）

弗朗辛·普罗斯（Francine Prose）

练习

练习分为两部分。首先，尝试用不同的技巧开始不同的故事，直到你对每种技巧都觉得满意。其次，看看开始一个你脑内特定的故事有多少种方法。当开头从概括写到对白时，故事会有哪些变化？

目标

尝试用几种不同的方式开始你的故事，可以引导你更好地理解这是谁的故事及故事的重点是什么。

> 对我来说，写作，唯一可能的写作，仅仅是把紧张的力量转换为短语。
>
> ——约瑟夫·康拉德（Joseph Conrad）

练习 4
威廉·基特里奇：以给定的第一句开始故事

以给定的第一句开始一个故事可能是很有挑战性的，特别是从中间开始。你可以用一首诗中的一行，可以编造一句，也可以用这个练习中的一句，甚至请朋友或其他作家给你第一句话——多丽丝·莱辛（Doris Lessing）《金色笔记本》（*The Golden Notebook*）中的人物就是这样做的。当我们看到小说中索尔给安娜的第一句"两个女人独自在伦敦公寓中"，我们意识到安娜确实写了这本书，就是以这句话开头的《金色笔记本》，它是安娜的小说。

练习

以这句话开头写一个故事：你昨晚在哪儿？

目标

目标是再一次从中间开始一个故事。注意这个问题是如何在一个情境中开始的。例如，"昨晚"，这个问题的主题已经发生。如果一个人物问另一个人物这个问题，那"舞台"上已经有两个人了，并且这个问题可能会引发冲突。但是不要把它变成一串对话——它有很多不同的使用方式。

学生范例

"昨晚你在哪儿？"是一件她不能再问他的事，所以他们谈论了休伊·牛顿的死亡。他们在厨房吃早餐，马奇吃谷物麦片，汤姆则是麦丝卷。像往常一样，他买了两份《时代》杂志，他们各自翻页的速度一致。自从他们在伯克利示威活动最激烈的时候相识相爱，已经过去二十三年了，现在休伊·牛顿死了，他们的婚姻也是。

——琳达·斯特纳（Lynda Sturner）

"你昨晚在哪儿？"托尼问，边用灰色的抹布擦了擦我面前的吧台。他没有看我的眼睛。

"维加斯，"我边说边用手指拨弄着耳环，注意到他有多秃，多矮。"你以为呢？"当然，我没有在维加斯或者任何值得一提的地方过夜，但当你四十一岁，坐在酒吧凳子上，觉得自己仍有吸引力是值得高兴的，即使你只能在自己的脑子里找到它们。

——布丽奇特·梅热

昨晚我在哪儿？我怎么到这来的？我躺在以前公寓的沙发上……我前男友，罗伊，还住在这里。一年前我为他织的阿富汗毛毯披在我身上。我把它拉到下巴处。它有罗伊的味道：旧香料和骆驼香烟。

玛丽亚穿着罗伊的蓝白条纹牛津衬衫从我以前的卧室走出来。"你醒了，"她说，"罗伊说只要你想待在这，待多久都行。"

我坐起来，头很痛，牙齿间弥漫着伏特加的味道，一定是切西酒吧的。我在弹球机旁碰到罗伊了，他让我把车钥匙给他。它现在在咖啡桌上，就在我的包和耳环旁边。

"喝多了吧，贾尼斯？"玛丽亚从我身旁经过去了厨房。

我站起来，扶着沙发靠背："罗伊在哪儿？"

玛丽亚泡了杯咖啡："他周六守着便利店，你忘了？"

——克里斯蒂·维拉多塔（Christy Veladota）

其他"给定的第一句"以供参考：

邻居又在做那件事了。

"你走之前还有一件事。"

这是我一直在回避的故事：

如果我再去那里一次……

[这是伊妮德·肖默（Enid Shomer）的诗《欧特勒牧场的第一缕日落》（First Sunset at Outler's Ranch）的第一句，来自她的书《跟踪佛罗里达豹》（*Stalking the Florida Panther*）。]

莎伦·希赫·斯塔克（Sharon Sheehe Stark）给她的学生以下提示：

从那以后……我就不一样了。

看见那边的房子了吗？让我告诉你……

我记得我曾以这个句子开头，让我告诉你我有多糟糕。"布勒先生在小姐的左边插了一把精致的匕首，然后泰然自若地走了。"我多想我当时没有认真，但我有。

——尤多拉·韦尔蒂（Eudora Welty）

练习 5
德威特·亨利：从随机的句子中自由联想

正如罗伯特·弗罗斯特（Robert Frost）谈到诗歌时所说，第一句话需要充满故事感，不仅仅是为了抓住读者，而且要创造自己的风格。在阅读其他作家的作品时，我们要注意这些有潜力的句子。

一些我最喜欢的句子：

我为自己的良心感到羞愧。

——蒂姆·奥布赖恩（Tim O'Brien）

重要的是，宁静就像森林里飘落的雪花，圣诞老人从来没有带着他那一袋可怕的礼物来过这里。

——查尔斯·巴克斯特（Charles Baxter）

她翻了个白眼，撇着嘴，把她皮革般瘦削的脸贴在他光滑而温和的脸上。

——弗兰纳里·奥康纳

虫子像地铁一样穿过花园的泥土，在玫瑰丛扭动的根系中。

——厄休拉·勒吉恩

他们在自家后院里烤牛肉，棕色皮肤魁梧的男人拿着啤酒罐。

——唐纳德·巴特尔梅（Donald Barthelme）

大厅里挤满了尸体；没有一具是她，但是谁能确定呢？

——伦纳德·迈克尔斯（Leonard Michaels）

练习

把你偷来的句子作为故事的开头，展开自由联想。给自己点压力，试着用二十分钟左右一口气把故事写完。然后再带着艺术眼光回过头来修改它。

目标

用不经意的方式给心灵一个惊喜，像速写释放画家本能的形式感一样；也是为了没有预谋地唤起一种意义感和形式感，以及发现起始句的重要性。

下面是蒂姆·奥布赖恩的即兴之作：

一天

我为自己的良心感到羞愧，为我的担心感到羞愧，因为这不是暴动。我没有和其他值得尊敬、遵纪守法的朋友在一起，当头脑发热的抗议者突然失控时，当商店的窗户被众人的砖头砸破时，当防盗警报在混乱中徒劳响起时，我跟随众人不假思索地加入了四面八方的抢掠者队伍，在盗窃和欲望狂欢中爬进橱窗。这里没有伯尼斯，没有波士顿大学法律系的明星学生、斯卡斯戴尔的孩子、令人印象深刻的女权主义者和环保主义者。我突然冲上去，挤、搡，和其他不露脸的人一起闯进纽伯利大街的奥兰多，疯狂地抓起内衣、酒会礼服、外套、裤子、围巾、毛衣……越来越多，两只手拿不住。这里没有斯坦，健身达人，电脑工程师，在漆黑的酒类货架里放肆，厚颜无耻地骑着购物车。

没有陌生人，没有。只有我，一个人。

> 文学不是诞生于一个男孩从尼安德特人的山谷中跑出来，喊着"狼来了，狼来了"，身后真的跟着一只大灰狼；而是诞生于没有狼而男孩喊着"狼来了，狼来了"的那一天。
>
> ——弗拉基米尔·纳博科夫（Vladimir Nabokov）

练习6
罗恩·卡尔森：人物、地点和韵律

在任何写作课的开端，我总是会分配一项任务。我不想看见作者们写准备好的故事。我也不想他们在上课时议论纷纷，他们毫无例外都是优秀的健谈者。他们是专家。我想稍后再运用这些专业知识。我想让他们很快就写。没有恐惧、眼泪、理论或繁忙的日程表。只需要动笔写一点东西。我想要他们冒险写点新东西——所有人都在同一起跑线上。

我已经就下面的任务调整了好几次，但它们本质上都是开始动笔的具体方法。我简单地称最近的一次调整为"人物、地点和韵律"。这个点子来自伦纳德·迈克尔斯的小说《罗皮卡那万岁》（*Viva La Tropicana*）的第二段，这篇小说可见于《1991年最佳美国短篇小说》（*The Best American Short Stories* 1991）。这一段落的开头如下：

> 我第一次听到曼波的时候，是在一辆雪佛兰车里，车从曼哈顿开往布鲁克林，和泽吾的儿子、我表弟切斯特在一起。我们高中毕业不久，要去参加一个派对。切斯特来接我，省得我坐地铁。他穿着鳄鱼皮的鞋子，像西勃的舞鞋，他左腕上还戴着一条粗银手链，还是一个名牌。这是高中的时尚，就像便士福乐鞋和短袜。切斯特曾在古巴待过，不过他大部分时间和他妈妈住在布鲁克林，基本没见过他的爸爸。我觉得泽吾叔叔不怎么爱切斯特，或者说不够爱。这导致他性格中有一种古怪的成分，他在高中里被人当作一个混蛋，对女孩不负责任，被男孩讨厌。我们开车时，他咔嗒一下打开收音机，那个DJ，唱片骑士，开始和我们说话，用纽约客的说话方式，他的声音充满世故。他说我们可以赶上这周三提托·普安提在帕拉蒂姆音乐厅的演出，那是拉丁音乐的发源地，百老汇第五十三号。唱片骑士放了一首普安提的"Ran Kan Kan"。

这个段落里有丰富的具体数据，为余篇提供了线索和语调。我可以花半个小时谈论它，谈论里面所有的细节。

练习

写一个虚构的片段，大概 1 000 个词。它可以是一个完整的短篇故事，也可以是一个更长片段的开始。但它得按照如下要求开始：

我（或一个名字）第一次听到（具体的歌手姓名）的（歌名）时，我（或一个名字）在（某个地点），我们正在（做某件事）。

目标

简单而具体地开始一个故事。没什么花招，只是通往某处的具体细节。正如在其他地方说过的，更具体的解释是：用实物细节来解决你的问题。

学生范例

第一次听到那首歌"Let It Be"时，我在宾夕法尼亚州惠顿附近的80号公路上，在我离婚后的第三天。我和我的前夫正开着一辆福特小货车穿越全国。

我正要离开纽约，去俄亥俄州洛弗兰德一家叫作格雷尔维尔的女子静修所做暂驻诗人。詹姆斯准备搬回我们在芬德利的老家，接管他父亲的医疗业务。同道殊途，懂吧？我们本应该大路朝天各走一边，但老天爷今天肯定是极度无聊要看好戏，因为就在我和詹姆斯说"永别"的48小时之后，我和他又在手机里说"你好"了。

他惊慌失措地打电话来，说他的车被偷了，而他的工作两天以后就要开始了，他没有足够的钱买飞机票，因为他把钱花在律师费上——我要求的离婚。他绝望了，请求我带他去俄亥俄州。

我享受他的绝望，所以我答应了。

——克里斯蒂娜·欧德（Kristina M. Onder）

本尼第一次听到甲壳虫乐队的"Two of Us"时，他正驾车在去往塔尔萨的I-44公路上，那是他出生的地方，他希望能找到一些关于他双胞胎兄弟的线索。他听着歌词想，是的，我们正在回家的路上。他觉得那首歌可能是上帝的旨意，或者他的兄弟是一个当地的电台DJ。他的兄弟正在播放那首歌可能是因为他知道，通过某些双生子的心灵感应，本尼正在赶来的路上，并且这首歌会指引他。本尼的父母尝试告诉他，他没有兄弟。他们甚至给他看了他的出生证明。"就写在那儿：单胎。"他的父亲说。但是本尼知道那不对。

——丽贝卡·弗拉纳根（Rebecca Flanagan）

练习 7
虚构如乱炖

我们强烈推荐你写由人物驱动的情节，即行为从人物发展而来，而不是通过意外或巧合。不过，在情节中发现、利用看似无关的事件、要素和人物也是重要的。小说作者应该有能力在他人只能看见随机性的地方察觉到不同模式。这种分辨不同模式的能力是一项可随着练习提高的技能——它不是魔法或者超能力。感谢莎伦·希赫·斯塔克对这个练习的贡献。

练习

为自己选择三个物品，比如卷尺、《圣经》和火腿三明治。以上只是例子，你可以选择任何东西，只要它们看起来是随机的。把这些不同的物品编进一个合理且连贯的故事里。它们应该是这个故事的必需品，与情节融合，而不是偶然出现的琐碎道具。

目标

你是各类材料的主管，而不是相反。为了让故事流畅合理地进行下去，你应该能够操纵故事或者小说里的要素，用你的想象力去创造交互的行为和对话、交互的事件甚至人物。一切都是关于感知和阐明人物、要素和事件之间固有关系的。

学生范例

以下是我的学生在一次工坊中选择的词汇，后文是学生根据此清单写的故事。

纵火狂　　机场行李搬运工

夜宵店　　金枪鱼

保龄球瓶　栀子花

涤纶　　　无穷

机场边：但丁餐厅，24 小时营业，红色霓虹招牌闪烁着。红色是一种欢快的颜色。

我在但丁餐厅做了二十年夜厨。但丁，他死在去年三月。房子烧毁了，有个纵火犯点燃了它，见鬼。但丁的女儿现在拥有这个地方了。我从来没见过她，但她的律师昨天来过了——一个瘦削的家伙，穿着一套破烂的涤纶西装。问了很多问题，想要插手一切和他没关系的事。告诉我她想卖掉这里。

她在乎什么？我失业了——和她有什么关系？他们会把这个该死的地方变成鲁姆餐厅或者哈迪餐厅什么的。这真是一种进步。预制冷冻汉堡、速摇奶昔、速食馅饼。进步？呵，这是晚餐——晚餐，应该有这些正经食物：热牛肉三明治、优质土豆泥、米布丁、黑麦面包配金枪鱼加腌黄瓜，还有我特制的柠檬酥皮派。

我喜欢来这里的人：机场行李搬运工、游客、约会的孩子们、嬉皮士、商务精英。昨晚一个保龄球社团结束了一场在莱恩斯机场的锦标赛，他们都穿着背面绣有巨大保龄球瓶的绸缎外套，来店里吃东西、聊天、看点餐的披着长发、嘴唇亮粉色、有栀子花香水味的辣妹。

我喜欢晚上工作。这是我的视角。夜晚被无限延长——那个词是什么来着？无穷。外面的夜色很忧郁，红色的霓虹灯闪烁。自动点唱机开着。我把铲子扔在烤架上的样子，就像我翻煎蛋的样子。人们进来的时候饥饿，疲惫。当他们离开时，他们看上去吃饱喝足了。我太明白这种生活，以至我都要遗憾白天的到来。尤其是现在那个律师毁了我的一天。

——吉娜·洛根（Gina Logan）

最难的事情之一是第一段。我曾花好几个月的时间在第一段上，一旦我写完它，余篇就非常容易写出来。在第一段中，你解决了你书中大部分问题。主题、风格、语调已经明确了。至少就我而言，第一段是其余部分的一个样本。这就是为什么写一本短篇小说集比写一本小说难得多。你每次写一篇短篇小说，你必须重新开始。

——加布里埃尔·加西亚·马尔克斯（Gabriel García Márquez）

练习 8
新闻中的缪斯：安·兰德斯①和国民调查员

在她的论文《短篇小说的本质或我的短篇小说的特质》（The Nature of Short Fiction；or，the Nature of My Short Fiction）里，乔伊斯·卡罗尔·奥茨表示她"对新闻，安·兰德斯的专栏，'真实自白'②和在八卦外衣下的奇闻逸事非常感兴趣。它们给人以令人惊讶的启示"。她说她已经写了大量基于"最简单的新闻描述"的故事，"我想，正是报纸的骨架性质吸引了我，激发了我的创作欲，让这种整齐划一、单薄的故事有血有肉，让这个已经成为历史的事件重新复活。除非它被重新生活化、戏剧化，否则永远不会被理解"。一个学生，汤姆·麦克尼利，由一段新闻写出了一个强有力的开头，我说："继续写。"他的完整故事叫《绵羊》（Sheep），最终发表在《大西洋月刊》上。

---

① 安·兰德斯（Ann Landers）由是北美众多报纸及不同作家虚构出的一个在专栏中给读者各类建议的人物。——译者注
② 一种爆料私人癖好或故事的专栏。——译者注

练习

收集安·兰德斯专栏、八卦专栏、《世界新闻周报》(*Weekly World News*)①或"真实对白"里对你来说可组成一个故事骨架的事件——无论部分还是整体。通常来说，新闻描述的是故事的"结局"，你则需要填补一系列小事件，让这个戏剧性的新闻顺理成章。又或许某条新闻会让你想问问主人公现在将面对什么。

剪下并保存四五条新闻逸事。概述一个基于其中一条的故事，写明故事在哪里发生，谁是主要人物，大致语调是怎样的（即作品的情感色彩），你选择谁的视角讲述故事。这些文章可被用于更短、更集中的练习。比如，描述文章中人物开的车是什么样的、他的钱包里有什么物品，或让文章里的人写三封信。

目标

这个练习有三重目的。一是为了找到能激发你想象力并让你想深入了解的文章，当你戏剧化这个事件时这个故事就成了你的故事。二是为了让新手作家增强故事就在我们身边的意识。三是为了练习决定从哪里并且如何进入一个故事，又从哪里结束。

学生范例

一个作者扩写了《世界新闻周报》上一个专门在"每天奇怪时间"里工作的日本搬家公司。这种服务在躲避债主的借款人和离开男朋友的女性中很受欢迎。一次，一位女士带她男朋友出门吃晚餐，以便让这家搬家公司可以在他不知情的情况下把她的物品转移走。

我去工作面试的时候，竟然发现老板在一个车库改建的办公室里，他坐在一张摇摇晃晃的三腿桌子上，桌子的另一条腿是一摞蜂窝煤。他一边记账，一边在计算间隙往嘴里塞果酱甜甜圈。

---

① 一份集结奇闻逸事、小道消息等各式不靠谱专栏的美国超市小报。——译者注

我清了清嗓子，他便转向我，用低沉的声音对我说："你好呀，小孩儿。"然后他在衬衫上擦了擦手再和我握手。我们坐在裂口的红色旧汽车座椅上，杰克点燃了一根万宝路。吞云吐雾间，他向我介绍他如何建立公司，但不断被潜在客户的电话打断。他不得不挂断电话，告诉他们他得和人事部商量事或问工人物流车队情况。当我问那是怎么回事时，他说他想让人们以为他的公司规模很大。

"吓唬吓唬他们。"他看着门外停在人行道边的公司"车队"。"还有另一件扯淡的事儿，你知道人们经常问我什么吗？"我耸了耸肩，他说："他们会问，'夜幕降临'在哪里？"

我为了工作，迎合他："那你怎么回答的？"

"我有时回答北边的南边，有时回答西边的东边。我想他们认为我们是一家充满神秘感的公司。"

"搬东西有什么神秘的？"

在他向我靠近的时候，他的烟灰都掉到我的牛仔裤上了。"没那么简单，凯丽。让我们假设你想要在夜晚的任何时候，在不被问及任何问题的情况下搬家。可能你的事业要玩完了，所以你发现最好在银行来查封家之前搬走。那你会打给谁？夜幕降临搬家公司！"他窃笑着说，"当你想要忽然消失时，我们就是行动的关键。"

每个听到我将在九月辞职的面试官都面露难色，不过杰克说，他可以一周雇我四个晚上。"做好在黄昏之后黎明之前任何时间来上班的准备吧，"他说，"我是搬家业的罗宾汉！"

——《夜幕降临搬家公司》（*The Darkness Falls Moving Company*）

斯科特·韦格哈特（Scott Weighart）

练习 9
勇于冒险

虚构最大的乐趣之一就是放飞你的想象，肆意到任意区间驰骋。大部分人在想要对他们不喜欢的人做一些坏事时会感到愧疚，作者却可以构建一个故事，把一个让人憎恨的人物玩弄于股掌之间，制造一场车祸或让他变瞎。另一个你可以展开的幻想是做一些你感到害怕的事，比如跳伞或者独自航海。作为一个小说作者，你如果不能写你不太可能亲自体验的经验，就会处于严重的劣势。这不像它看起来的那样简单，因为当你描述深潜爱琴海时，不仅必须听起来像那么回事，你还得知道你在说什么——所有关于潜水设备的细节都必须听起来绝对真实。这是许多小说家在图书馆花大量时间的原因——他们得确定他们是对的。

练习

以第一人称的口吻，描述你相当确定你不会亲身经历的一件事或一个行为。具体说来，你包含越多细节，你的读者就越可能相信你。把你的感觉和反应写出来。

目标

"写你知道的"很好，但是大部分人会被局限在自己的认知里。你必须也有能力写你不知道的事情，因为你可以想象。想象力就是为此存在的，开始天马行空吧！

学生范例

我是一个"失踪"了十天的人，新鲜感开始减弱了。我妻子正在十一点新闻上，我的女友则在逐渐失去耐心。

"你怎么能就这么躺在这儿看她哭成那样？"莫拉问我。

"我留了字条的，我的天！她这是在羞辱我。"我说。每天，美国的大街小巷，无数男人离开他们的老婆后都无事发生，我的老婆却打电话给 FBI 说我失踪了。

乔·短袖儿，WBZ 电视无畏的主持人，正在问我老婆我是否参与了什么违法活动。

"不，"她忧郁地说，她的眼睛肿了，"他是这个世界上最普通的人。"

"他会回到你身边的。"莫拉对着电视喊道。她在我旁边躺着，像一具白色的尸体，裸着。我希望她事后可以穿件衣服。我已经觉得我太了解她了。她很生气我得到了这么多的关注。电视镜头随着一架直升机在一片森林上空盘旋。我不明白他们为什么在那里找我。我恨森林。

明天我就回家，成为马萨诸塞州最大的笑话。

我告诉莫拉我出门走走，然后戴上赛尔提克队的帽子出去了。这是我妻子上一次看见我时我戴的东西。既然事情已经决定了，我也可以很显眼。

我的第一站是24号商店，在那里我买了份《波士顿先驱报》和一张刮刮乐。我让柜台后的巴基斯坦小伙好好地看清我的面目。他指了指头版上的某些东西，笑了。好了，我对自己说，一切都结束了。

"比尔·克林顿。"他边说，边用一种看似厌恶的态度摇了摇头。

我的旅程结束在甜甜圈先生店里。那里有个值夜班的可爱女孩。外面开始下雪，我们讨论溜冰的事。她告诉我每次下雪时她都会想家，因为她在佛蒙特州长大。我小口喝着咖啡，把果冻条留到后面吃。我不在好看的女人面前吃甜甜圈，因为碎屑会黏在我的胡子上。我看着她擦了一张又一张桌子。我不能确定她喜欢我还是她就是个好人，但我想要坦白。

"我是个失踪的人。"当她把水拧到满是污垢的带轮黄桶里时，我说。

"听着，"她说，"我知道这种感觉。"

——马特·马里诺维奇

第二章　人物塑造

我和我创造的人物相依，这使我内心的孤独感没有那么强烈。

——卡森·麦卡勒斯（Carson McCullers）

每当我们第一次遇到某人时，我们就会无意识地、本能地审视对方。我们的感官记录了他们脸上的表情、他们的衣着、他们的总体态度、他们和我们交谈的方式。我们在一两个瞬间收集并处理了大量关于他们身份的线索，甚至没有考虑我们在做什么或者为什么这样做。

虚构的人物没有配备线索；你，作为作家，必须为他们提供线索。你提供的线索越具体，你的人物就会越真实。仅仅"美丽"并不够。你必须描述她的眼睛、她的表情、她的皮肤、她的自信等。所以，人物塑造意味着通过提供身体特征、习惯和举止、语言模式、信仰和动机、爱与恨、欲望、过去和现在以及行动，使住在你故事或虚构世界里的人物有血有肉。最后，你的人物如何在一个给定的情景里行动，将决定他们的未来和特点，并为故事或小说下一步动作和最终结局提供节奏。从这个意义上说，正如赫拉克利特（Heraclitus）所说，"性格决定命运"。

作者必须更加了解他们的人物。我们叫一个人物布拉德——然后放进你的故事里。比如，你应该知道布拉德用什么牙膏，他的父亲是否是一个宽容的人，他在高中做过什么课外活动，他有多少双跑鞋，等等。你对布拉德的过往、习惯、品位越了解，他对读者来说就会越真实。

你给人物起的名字告诉我们，我们应该怎样去揣摩他。给你的孩子起名字比给人物起容易得多，主要是因为当你给宝宝起名字的时候，你猜测名字会预示宝宝将成为的人，但当你给人物起名字时，你必须挑一个充满暗示性的，能够反映人物的特征、社会地位和种族背景甚至结局。纳博科夫的亨伯特、狄更斯的乌利亚·希普和埃比尼泽·斯克鲁奇、阿瑟·柯南·道尔的夏洛克·福尔摩斯，听起来都很有感觉，效果也很好，你不能想象这些人物是其他名字。你选的名字给读者对人物的反应要有一种强烈而且往往是微妙的影响。

不过，人物从哪里产生是另一个问题了。或许格雷厄姆·格林总结得最好："人们对现实生活中的人物的了解永远不足以被放进小说里。一个人写着，忽然之间，他不记得人物用的牙膏，他们对装潢的看法，所以他完全卡住了。不，重要的人物会自己出现，小人物或许可以照搬原型。"人物会浮现的一个地方是你的笔记本。例如，读菲茨杰拉德（F. Scott Fitzgerald）的笔记本，去寻找一个作家的思维是如何运作的。他甚至进行分类注解，如 C——Conversation and Things Overheard（谈话和听到的事情），P——Proper Names（专有名称），H——Descriptions of Humanity（对人性的描述），等等。笔记本是个收集名字、对话或你无法编造的细节的好地方，就像我们在地铁上看见的那个男人，就在他下车前，小心翼翼地把湿漉漉的口香糖塞进耳朵里。

> 生活拒绝我们的，小说给了我们实现它的第二次机会。
>
> ——保罗·泰鲁（Paul Theroux）

练习 10
噢！那种人

精心选择的细节可以用引人入胜且不尽相同的方式揭示人物。作家兼写作教师罗恩·卡尔森把这样的细节称为"证据"——就好像你在为你的人物创造收集证据，把他的案例（他的故事）呈现给读者。有时，细节会告诉你所描述人物的一些事情，也会告诉你一些关于人物做出的观察。

比如，安娜·卡列尼娜在去莫斯科旅行后见到丈夫阿列克谢·亚历山德罗维奇时的反应。在那次旅行中，她修补了兄弟们的婚姻，并结识了未来的情人沃伦斯基。安娜回到圣彼得堡，在火车站遇到阿列克谢。"'哦，天呐！为什么他的耳朵是那样的？'她想，望着他冰冷庄重的身影，尤其是那耳朵撑着他的圆帽檐时，她会这样想。"我们觉得他严厉而可笑，同时，当她第一次察觉到对他的感情时，我们也感受到她的沮丧。

在其他情况下，一个人物比他期望的更能暴露自己。例如，在《了不起的盖茨比》（*The Great Gatsby*）中有一个有意思的人物，叫迈耶·沃尔夫西姆，他叫尼克·卡韦拉注意他的袖扣，然后吹嘘说："最好的人类臼齿标本。"显然，沃尔夫西姆的意思是要给他的听众留下深刻的印象，但这一细节并没有吸引尼克（或者读者），而是起到相反效果。

在《兔子，快跑》（*Rabbit，Run*）一书中，约翰·厄普代克用身体特征来解释兔子这一绰号。"兔子安格斯特罗姆，穿着西装走进小巷，驻足观看，他26岁，身高6英尺3英寸。他这么高，看起来不像是兔子，但他宽阔的白脸、灰蓝的虹膜，以及他把一根香烟扔进嘴里时短短的鼻子下紧张的颤动都解释了外号的一部分原因。他还是个小男孩时就被起了这个外号。"很明显，他被叫兔子还是很合适的，虽然他穿着西装，不再是男孩。

在帕姆·休斯顿（Pam Houston）的故事《急流》（*Highwater*）中，两个女人互相讲述她们生活中的男人。休斯顿写道：

> 凯西除了给我画查克的手指外，还告诉我这些事情：查克以前是个瘾君子，但他现在戒了。他有一个一居室的地下室和一百二十七张光盘。他用的是螺纹避孕套，虽然效果不好，但是感觉好多了。这是我告诉她关于理查德的：他将腌芦笋放在沙拉里，在一次对自己的描述里他用了三次"放任的资本家"，他常放一盘叫作《一百零一首最佳曲目》的磁带，并且据我所知，有些事他从未做过。

女性早先对明显不同的男人们的描述是重要的，因为在故事的结尾，他们都被情人抛弃了。米莉说："我想知道两个一开始看起来如此不同的男人，怎么最后就一模一样了呢？"

鲍比·安·梅森（Bobbie Ann Mason）《夏伊洛》（*Shiloh*）的第一行也立马让一个人物栩栩如生。"勒罗伊·莫非特的妻子诺玛·简正在锻炼胸肌。她举起三磅重的哑铃热身，然后举起二十磅的杠铃。她两腿分开站着，让勒罗伊想起了神奇女侠。"在故事的结尾，诺玛·简正在努力提高自己的心智——而不是努力做勒罗伊的妻子。

练习

首先，使用一个你已经写好的故事，人物需要充实的故事。在页面顶端写下人物的名字。然后补充这句话五到十次：

他/她是那种 ＿＿＿＿＿＿＿＿＿＿＿＿＿＿＿＿＿＿＿ 的人。

例如：迈耶·沃尔夫西姆是那种吹嘘自己戴了人类臼齿做的袖口的人。

然后确定哪些细节为你的人物增添了血肉和灵魂。在你选择"讲述"细节之后，应更恰当地将其融入你的故事中，而不是仅仅说，"她是那种……的人"，可以把它放在对话中，或者把它编进总结性的叙述中。但一定要加进去。

目标

学习怎样选择具有揭示性且翔实的细节，这些细节会告诉我们比人物希望我们知道的更多的东西。这就是证据。

学生范例

菲利普是那种生活中每件事都要写在便利贴上才能完成的人。

——迪娜·约翰逊（Dina Johnson）

玛丽是那种人，只能得到饰演有两行台词的树的机会，但她会是整部剧中最有趣的部分。

——詹姆斯·弗格森（James Ferguson）

艾米丽是那种在大多数人很伤感时应对熟练的人：有人死了，她会带着纸巾、纸杯和一罐三磅的咖啡出现。

——贝齐·库斯勒（Betsy Cussler）

威尔·格林是那种在一段关系中总是要更好看的人。

——艾比·埃琳（Abby Ellin）

托尼十五岁时，是那种心理拒绝婚前性行为，但是身体已经在街角的药店买了避孕套的人。

——乔安妮·阿瓦隆（Joanne Avallon）

她是那种书架上排着企鹅出版社经典系列①但是把几百本禾林出版社②的书藏在衣柜里裙子后面的人。

——泰德·韦斯纳（Ted Weesner, Jr.）

他是那种借了你的车然后空着油箱送回来，在方向盘上贴"我欠你个人情"的人。

——迈克·奎恩（Mike Quinn）

他是那种和妻子吵架以后打扫卫生的人，因为这样做比买花便宜。

——埃米尔·莫克（Emily Moeck）

他是那种人们有心事就会去找的人，因为他们知道他的答案总是合人心意。

——基思·德里斯科尔（Keith Driscoll）

雪莉·金是那种扣紧所有纽扣的女孩。

——麦肯齐·施密特（Mackenzie Schmidt）

她是那种从来不坐下吃饭的人，宁愿像一个大型陆上哺乳动物一样边走边吃草。

——凯瑟琳·西姆斯（Katherine Sims）

他是那种取笑你午餐的小孩。

——埃里克·迈尔森（Eric Maierson）

我总是根据我的经验写作，不管我有没有经历过它们。

——罗恩·卡尔森

---

① Penguin classics，主要为西方经典文学作品。——译者注
② Harlequin，主要出版爱情小说及女性小说。——译者注

练习 11
关于你的人物，你都知道什么？

> 我可以为我的每一个人物做明尼苏达多项人格问卷调查①和奇妙人格测试②，用非常私密的答案回答上百个问题，就好像他们自己在做测试一样。
>
> ——理查德·普莱斯（Richard Price）

在《午后之死》（*Death in the Afternoon*）中，海明威说："小说中的人，不是精心构建的人物，但一定得从作者同化的经验中出发，从他的知识，从他的头脑，从他的心灵，从他的一切……一个好的作家应该尽可能了解一切。"而学生经常写人物生命中一个大事件的故事，但他们不了解关于人物的一些最基本的信息，如果知道的话，这些信息肯定会影响人物的动机和行为。

海明威再次提到了关于要熟悉自己的人物的问题：

如果作家足够了解他写的东西，他可能会遗漏一些他知道的东西，但是如果作家写得足够真实，读者对这些东西的感觉会像作者一样强烈，就好像作者已经说过一样。冰山移动缓慢是因为只有八分之一的冰山浮在水面上。如果一位作家因为不了解事物而有所遗漏，他的文章就会留下空洞。

练习

使用一个你已经写好的故事，人物需要充实的故事。拿出一张纸，标出 1～53。在纸的顶端写下你的题目和主要人物的名字，然后填写以

---

① MMPI，一种个性和心理健康测试。——译者注
② Wonderlic personality test，为准员工评估职业潜力的测试。——译者注

下表格。

人物姓名	
人物绰号	
性别	
年龄	
长相	
习惯用右手还是用左手	
受教育水平	
职业或职位	
薪资水平	
社会地位和经济状况	
婚姻状况	
家庭背景和种族	
口头禅或口音	
社会关系	
常去地点（家、办公室、私家车之类的）	
最常使用的交通工具	
万圣节装扮	
会玩的把戏	
邮箱地址、博客或个人网站	
密码	
所有物	
娱乐方式或爱好	
迷恋的东西	
癖好	
信条	
风度	
迷信	

偏见	
政见	
情史	
病历，如过敏物之类	
野心	
宗教	
恐惧	
缺点	
优点	
秘密	
宠物	
书籍、音乐的偏好	
日志	
信件	
食物喜好	
笔迹	
星座	
天赋	
朋友	
亲人	
敌人	
被其他人认为是	
自己认为是	
伤疤	
刺青、耳孔之类的情况	
会在随身包、钱包、冰箱、汽车扶手盒、药箱、杂物抽屉（有日历、日程本、名片盒之类的）里面放什么	

毫无疑问，你可以完成这个表格。

注意：这个练习应该在你写完故事之后做。这不是一种塑造人物的方法，但是一种重构人物的方法。这是为你写完故事之后探索关于人物你都知道些什么或者不知道什么而设计的。例如，作家塞缪尔·R.德兰尼（Samuel R. Delany）告诉他的学生应该知道他们的人物具体的财富数目，以及人物是如何积累财富的。还有，为什么不把这个表格用到一些你最喜欢的故事中呢？比如弗兰纳里·奥康纳的《好人难寻》中，关于让人难忘的祖母，我们知道多少；或者彼得·泰勒的《旧林》中，关于那个引人注目又令人困惑的叙述者，我们又知道多少。

目标

了解对于你创造的人物你知道多少。当然，不了解表格中的全部信息也可能成功写出关于一个人物的故事——也可能只知道两三件事。另外，初出茅庐的作家通常只知道一个人物的年龄或性别，而常常忽略了可能极大地影响、塑造他们故事的重要信息。你无须在故事中写尽这些细节，但你脑海中的细节将会被读者"感觉到"。

> 我相信，所有让人满意的故事，都是挥霍无度的。奇怪的是，这些故事看起来比各个部分的总和还要大；它被塞满了；它给人一种拥有更多信息的感觉，如果需要，这些信息就会流露出来。甚至最简洁的风格都暗含着一连串被压抑的附加信息，它们不断想要冲破封印。
>
> ——安妮·泰勒（Anne Tyler）
> 摘于《贝斯入门》（*Introduction to Bass*）（1983）

练习 12
小道具

很多新手作家不理解，告诉读者故事发生的场景里有哪些"道具"

有多重要，道具可以暗示人物的性格、经济或婚姻状况。没人存在于空白的空间中；人们总是在房间、办公室或者谷仓、工厂里生活和工作。特定的服装、家具、食物、照片、电脑之类的东西围绕着你的人物，为读者透露了人物大量的内心和外在生活，他们的品位、背景、健康状况，包括心理的和生理的。

练习

创造一个人物，然后列出人物的衣橱、药箱和冰箱里的大部分（不一定是全部的）东西。每件物品都应该能够告诉读者你的人物是谁及他们如何生活，或者是他们想要什么样的生活。把你自己想象成一部电影或戏剧的布景师、服装师。你会把什么样的灯放在茶几上？你会给老妇人穿什么样的衣服？每件物品都得发挥作用。

目标

了解人物身上及周遭物品潜在的力量。对这种力量了解至深的作者是伊迪丝·华顿（Edith Wharton）。读一读她的小说《纯真年代》（*The Age of Innocence*），看看她对我们所说的"道具"的密切关注。

学生范例

浴室：一个水槽上方的折叠式的凸面镜/凹面镜，一把电动牙刷，昂贵的古龙水，一管生发液，一套刷子。药箱：安眠药，阿司匹林，漱口水，避孕套，身体润滑剂。卧室：电动擦鞋机，电动折裤机，电池驱动旋转式领带架；镶框自己和母亲的合影，镶框自己和达特茅斯船员的照片；墙上挂着的达特茅斯1986年班级横幅；双人床。冰箱：香槟、伏特加、鹅肝酱、奎宁水、苏打水、罐装果汁。客厅桌子上：电话、答录机、传真的组合，一堆电话簿，大波士顿区的街道地图。

——泰勒·旺布特（Taylar Wombat）

卧室里有专业运动器械，一张单人床，一叠《纽约评论》放在床尾。

一套运动服放在床上，还有一套在浴室里烘干。浴室里有秤。冰箱：有机苹果汁，波兰之春天然瓶装水。蔬菜榨汁机。烛台。门厅的跑步鞋。书桌上有一堆手稿，还有眼镜和笔记本电脑。

——梅西娅·门德尔（Marcia Mendell）

床上有几个布玩具。到处都是杂志：《名利场》《时尚》《人物》《美国》。艾尔顿·约翰、戴维·鲍伊和警察乐队的海报。卧室里有大屏幕的电视。衣橱里有很多口袋书，可能有十四双鞋。男士橄榄球衬衫和短裤卷放在衣橱底部，还有男鞋。

——马克·托拜厄斯（Mark Tobias）

> 这个世界上能让我觉得自己属于这里的，不是老师，不是母亲，不是爱，而是我写作时脑子里的想法。于是我属于这里，于是所有互不相干的、不可调和的东西都会变得有用。我可以说作家常说的他们做的事，那就是从混乱中制造秩序。即使你在重现这种紊乱，你在那一刻就是君主。挣扎着思考作品是极其重要的，对我来说比发表它更重要。
>
> 如果我没这么做，那么我将成为混乱的一部分。
>
> ——托妮·莫里森（Toni Morrison）

练习 13
你的人物想要什么？

在《小说写作》（Writing Fiction）这本好书中，珍妮特·伯罗薇（Janet Burroway）强调了知道人物心愿的重要性：

的确，在小说中，为了引起我们的注意和同情，主要人物必须有渴望，而且是强烈的渴望。人物想要的东西不一定太激烈或壮观，重要的是欲望的强度。她可能只是想活下去，但如果是这样，她必须极其渴望活下去，并且必须有明显的理由怀疑她能否成功。

有时候，欲望是用需要、愿望、希望之类的概念表达的，并且这些词在故事第一二页出现的次数是让人惊讶的。

在加布里埃尔·加西亚·马尔克斯的小说《没有人给他写信的上校》（*No One Writes to the Colonel*）中，一位上校等那封特殊的信件等了将近六年。作为一个年轻人，他参加了一场成功的革命，之后，政府承诺向他和其他官员报销旅费和支付赔偿。从那以后，上校的一生就是在原地等待。即使他聘请了一名律师，填写了无数的材料，并且见证法律通过了他的材料，但是什么也没有发生。律师指出，从来没有官员为此承担过责任。"在过去的十五年里，共有七位总统，每位总统至少更换内阁十次，每一位部长至少更换职员一百次，"上校说，"我所有的战友都在等待信件的过程中死去了。"但是他决不放弃，即使生命被浪费了，即使随着时间推移，他变得更老、更病态、更暴躁。

给故事带来活力的欲望可以表现为强烈的情感或痴迷，比如上校决心让自己在历史上的地位得到承认（可能是他真正的动机），或者也可以用特定的计划来表达。

亨利·詹姆斯（Henry James）的小说《鸽翼》（*The Wings of the Dove*）是一个精细计划的好例子。伦敦女人凯特·克洛伊知道她的旧相识米莉·泰尔，一个富有而迷人的美国人，正被一种神秘的疾病夺去生命。医生认为米莉唯一康复的机会就是找到幸福，比如坠入爱河。凯特的计划是让她的爱人莫顿·丹舍向米莉求婚，在她死后好继承她的财产，再和自己结婚。

在菲茨杰拉德的《了不起的盖茨比》中，杰·盖茨比全部的野心就是修复过往——尤其是几年前他和黛西·布坎南恋爱时田园诗般的时光。

有时，外在的欲望隐藏或者遮盖了更宏大的欲望。海明威的《丧钟为谁而鸣》（*For Whom the Bell Tolls*）中罗伯特·乔丹想要炸毁一座桥，以阻止佛朗哥的法西斯军队前进。但当他等待战略性的那一刻时，一种潜在的体验西班牙生活和西班牙人身份的渴望，作为他真正的渴望出现了。

莱斯利·爱泼斯坦（Leslie Epstein）的《犹太人之王》（*King of the Jews*）为读者提供了一种神秘的混合欲望。I. C. 特朗普曼，一个纳粹在犹太区安插的犹太傀儡领袖，想要将他的人民从大屠杀中拯救出来，但他也有统治的欲望，想要支配和惩戒他们。

小说中的欲望不总是简单和直接的，就像人们的动机很少不是混杂的一样。越是复杂和始料未及，对人物和我们来说，就会越有趣，未展开的故事也会越有趣。这是小说中主人公的目标。

练习

浏览你已经写好的故事并提问：

- 主人公的欲望是什么？
- 主人公欲望的动机是什么？
- 在故事的什么部分把这些告诉读者？
- 我们是怎么知道主人公的欲望的？对白？行动？思想？
- 什么或者谁阻挡了主人公欲望的实现？
- 在推进中这种欲望有无变化？

如果你不知道问题的答案，你就不会像你应该的那样了解你的主人公。亚里士多德（Aristotle）说："欲望如镜，人在其中。"你主人公的欲望会影响涉及的情境和最终情节里的要素。

目标

理解你主人公的欲望是如何塑造他的生命的。不仅仅把人物塑造看作描写、声音和言谈举止。

> 在你知道如何遵守规则之前，违反规则是不理智的。
>
> ——T. S. 艾略特（T. S. Eliot）

练习 14
道格拉斯·鲍尔：展现英雄们的缺点

在《小说面面观》（*Aspects of the Novel*）中，E. M. 福斯特（E. M. Forster）写道："故事里所有的人物都是或者假装是人类。既然小说作者也是人类，在他和他的题材之间有一种亲密关系，这种亲密关系在许多其他艺术形式中是缺乏的。"如果我们把这种自然的亲密关系看作一种工具，一个人（作家）与另一个人（他的人物）认同的工具，我们就可以开始理解作家创造具有复杂人格和矛盾构成的人物的责任。这种复杂性对于创造主人公——故事中的英雄——或我们希望读者挖掘的人物来说尤为重要。虽然故事中主人公或英雄的努力和意图令人钦佩，但是没有一个可信的虚构人物是完全令人敬佩的、纯粹英勇的。当我们回想起福斯特，我们认为我们的虚构物是人类时，这一点就显而易见了。最高尚的人类也是有缺陷的。这是人类与生俱来的。同样，我们的主人公也是如此。

练习

有一种方法在创造英雄人物时可参考，使用福斯特描述的亲密关系的论点，有助于防止英雄们变得好得不可思议。将此练习看作评价表。

首先，写一个关于英雄性格的简短概要，要突出其最好的品质。把这些突出的品质列成清单，例如，公平、正直、热心慈善、谦虚等。

其次，想一个不那么令人钦佩的补偿性的性格特质，你的英雄不得不努力控制它，然后将其与令人钦佩的特质匹配。他可能会也可能不会意识到这场斗争。例如，如果你列出"公平"，你可能会把"傲慢"放在它旁边，如果你列出"正直"，你可能会把"心胸狭窄"放在它旁边。

最后，把好的和坏的混合在一起。在这种情况下，最终你会有一个公正的英雄，但是他偶尔会自私，让所有人清楚他是一个必须抑制这种冲动的人。也许他会吹嘘自己一些客观谨慎的行为，不过只对自己说。他很公正，但有时有点自满。

或者，如果你的英雄抵制住了欺骗的诱惑并在此过程中获利，那他可能会怀疑伙伴的行为不是那么光明正大，即使没有明确的证据。他的诚实苍天可鉴，尽管对于这种品质的定义过于严格。

目标

关键是要让令人钦佩的方面成为好坏两面的主导，但也要记住，当你让你的主人公自由决定故事的结局时，他们的性格中也潜藏着消极的成分。也许主人公意识到自己的缺点，有意识地对抗它们。也许故事中的其他人也察觉到了主人公的缺点。在任何情况下，通过两面性格的混合，一种来自优点，一种来自缺点，可以帮助你避免创造一个没有说服力的、令人讨厌的、无趣的圣人英雄。

> 我会一直带上我的日记出门旅行。每个人都应该在火车上读感性的东西。
>
> ——奥斯卡·王尔德（Oscar Wilde）

练习 15
罗比·麦考利：设计人物的出身、场所、环境和圈层

你购买的、拥有的、吃的、穿的、收集的、阅读的、创造的，都可以代表你。如果有人在你不在家时进入你家或者你的住所，那么他有可能对你的形象做出一个不错的描述。你应该能够为你设计的人物做到这一点，即使他们不是真实存在的。这个练习是练习 12 "小道具"的反转版。

练习

为下面一个或多个人物创造场景并丰富这个场景——你通过观察场景塑造这个人物。任意地点均可——房子，房子里一间特定的房间，室外场地，办公室，牢房，甚至是床。描述必须包含足够多的特征，以便读者能够准确地看到缺席的居住者。尽量避免刻板印象。

- 一个不成功的画家。
- 一个疯狂的边缘政治团体的成员。
- 一个认为自己仍然出名的过气电影明星。
- 一个被收养的小孩。
- 一个即将退学的高三学生。
- 一个逃犯。
- 一个想挤入上流社会的人。
- 一个倒霉的鸡尾酒女招待员。
- 一个盲人。
- 一个截瘫者。
- 一个偏执狂。
- 一个刚刚中了彩票的超市女收银员。

目标

选择能够塑造人物的细节，并丰富人物的形象。注意哪些细节表明了人物的特征，例如成功与否，社会地位和习惯如何。哪些细节暗示了人物生活中的情感、性格、学历、特点或观念？

学生范例

杰里米告诉我，在那次事故之后，他妈妈把他的房间布置得像钟表一样。当我站在门口，大概是六点钟的时候，我明白了他的意思。

前方，杰里米的床紧靠着墙——十二点钟方向。他妈妈把床摆放成医院的床铺的样子，他的睡衣，黑白条纹，像监狱服，已经为他摊开。

他的桌子在三点钟方向。《双城记》和《呼啸山庄》的盲文读本放在我们的心理学教科书的小录音带旁。美国历史、经济、化学的磁带堆在一旁。

我走到五点钟方向，摸了摸他空空的书架。在第三层上，他姓名的首字母，JM——Jeremy Malone——被深深地刻在木头上。我闭上眼睛用手指抚过它们。杰里米在一年以前做了这个书架，大概是他在九号公路的摩托事故发生前两个月做的。杰里米告诉他的父母把书移走。

衣柜门，在九点钟方向，已经用"墨菲油皂"擦过了。他的音响位于十点钟方向，电源关闭，但是音量旋到几乎最大。他《逍遥骑士》和百威女孩的海报都不见了。

——克里斯蒂·维拉多塔（Christy Veladota）

我一直认为小说本质上是一种修辞手法。也就是说，小说家或者短篇小说家说服我们在阅读过程中分享某种世界观，成功的时候，让我们全神贯注地沉浸在一种想象的现实中，就像凡·高在他的画作《小说读者》（The Novel Reader）中捕捉到的那样。即使是为了个人艺术目的而故意破坏该魔咒的小说家，也必须首先铸造它。

——戴维·洛奇（David Lodge）

练习 16
把你的人物放入一份工作中

你做过木匠、计程车司机、保镖、牙医、饭店里的钢琴师、演员、影评人、鼓手、教师、家政人员、服务员、教练、股票经纪人、水管工、理疗师、部长、警察或邮递员吗？如果没有，你也可能做过一些别的工作，并且现在就拥有一份工作。你曾将工作作为背景写一个故事吗？更妙的是，你曾把一个人物放进你没体验过的工作中吗？

工作很少出现在新手的故事中，虽然这是语言、场景、社会经济背景和组织机构的肥沃土壤。在《故事季刊》的一次采访中，格蕾丝·佩利（Grace Paley）被问及她"最小的故事应该包含金钱和鲜血的事实"的说法，佩利回答道：

> 这真的意味着家庭，或是平凡生活的血液……至于金钱，每个人都在谋生。这是学生们完全忘记的事情之一……他们从没去工作。在早上八点和下一个早八点之间发生的故事里，没人离开房间！这些是真正组成我们这个世界，我们这个社会，以及其他每一个社会的东西……我们的家庭关系至关重要，当它们不存在时，我们如何生活、如何谋生同样重要。金钱存在于我们的生活中，不管我们有没有钱……如果人们没有工作，钱也很重要。这就是所谓的"阶级"，这实际上是另一种你真的写出的阶级的说法，不管你知不知道。

伊桑·卡宁（Ethan Canin）的第一个故事集《空中之王》（*Emperor of the Air*），就是一个以工作为背景的很好的例子。他的人物教天文学、生物学和英语，教篮球和棒球，卖电影票，操作投影仪，制作印刷品或者吹号角。其他人物还有医院清洁工、医学生、杂货店主、退休的汽车内饰销售员。有些工作对他们的故事来说至关重要，其他的则仅是人物谋生的手段，但是每一份工作的特殊性都得到了尊重。

每个作家的书架上都应该有斯塔兹·特克尔（Studs Terkel）的《工作》（*Working*）。这是人们谈论、解释和抱怨自己工作的金矿。听听他们的谈话吧：

> 门卫："如果有房客经过，哪怕你已经坐下，还得站起来。作为一个门卫，你不能这样坐着。我第一次受雇的时候，我架着腿坐着。经理走过来说：'不，这样坐——手臂交叠，腿放正。如果房客进来，你必须快速站起来，像个士兵那样站着。'"

> 苗圃管理员："现在我在温室里工作，在那里我们只种玫瑰。你可以走进那里，宁静围绕着你。私密性很好，你甚至工作几个小时到结束都

看不见和你一起工作的人。它并不总是那么美好。玫瑰得有粪肥在它的根部周围，所以我得带上橡胶手套。"

药剂师："我们所做的就是数药丸。数十二个，拿出来，再数十二个……今天有点不寻常。我做了一种药膏。大多数药膏已经配好了。这个医生是个老前辈。他想把含硫的东西和其他两种元素混合在一起，所以我必须在秤上称重，通常我只需要一管药膏。"

赛马骑手："你去谷仓，会从热身学徒开始。你得遛半个小时的马，之后开始训练，其间喝水。大概每五分钟你就得喝两三口。然后你陪着它，直到它平息下来，直到它不再出汗。你每天都得这么做。你可能得遛六七匹马，你的腿得到了锻炼。我们都是这么开始的。没有捷径……但是鞋匠是最棒的。他循规蹈矩。他有感知马的天赋。但这和百分之九十的人都不同。我们是南美骑手的风格。他们骑在马的肩膀上，而不是骑在马背上。"

牙医："牙齿可以完全改变一个人的外貌。这种我能做些什么的感觉让我很满足。令我烦恼的是，让我们这么说吧，你努力去建造一座金桥。它需要时间、精力和精准度。在我把它们放到位之前，我会让患者先看一下它们。一个艺术家可以把他的作品挂在墙上，每个人都可以看见它。但没人可以看见我的，除了我自己。"［读读简·斯迈利（Jane Smiley）的《悲伤时代》（*The Age of Grief*）。］

州际卡车司机："骑警们以可能违反规定的司机为目标，大部分是超载问题。合法地把一辆钢铁卡车装满是极其困难的。你必须在常规的停车场绕过磅秤，他们会说：'卡车必须过秤。'你把车开到那里，你会发现，你超了五百甚至一千磅。你必须买票，可能二十五美元，你得把多出来的搬走。这是一块很大的钢铁，你得卸掉它。你必须找个轻的车，解开之前的带子，把条状物或者片状物挪到那辆车上。偶尔货物是无法分开的，重达一万磅的连续线圈……你只想关了那个秤，你闭上眼睛，拼了命地想出州界。你有一种20年代带着一大批酒冲破封锁线的感觉。"

讲工作的书令人着迷，一个例子是戴维·卡茨曼（David Katzman）的《一周七天：工业化美国的妇女与家政服务》（*Seven Days a Week：Women and Domestic Service in Industrializing America*）。为你的故事做调研，和人们谈论他们的工作。朱迪丝·罗斯纳（Judith Rossner）一定为她的小说《伊万杰琳》（*Evangeline*）读了好几周的书。约翰·厄普代克在写《兔子如此富有》（*Rabbit Is Rich*）时曾寄信要求得到一些如何做汽车生意的手册。工作是每个人生活的核心。福克纳说："你不能一天吃八个小时，也不能喝八个小时，或做八个小时爱，你唯一连续八个小时能做的就是工作。这就是人们让自己和其他人如此悲惨和不快乐的原因。"

练习

读二三十页的《工作》就足以激起你写关于职场小说的欲望。然后写一个故事，在这个故事中，一个人物的个人问题正在他工作的地方上演。你可能想选择一份你没做过的工作，这样你就能对它的语言、细节有一个全新的认识。

目标

把你的人物放入一份工作中去，让我们看见他干活的样子——然后播放。

学生范例

整件事从斯帕基从我的后备厢里脱胶开始。这是口技演员永远不会做的事——把他的假人留在 96 华氏度高温的停车场。这也是莱斯特告诉我的第一件事。莱斯特是我的老朋友，他是个职业口技演员。他周一晚上在切尔西酒店的卡门米兰达房间工作。这是一个一年四季都能点亮圣诞灯的地方。我喜欢去那里点些豪华的东西，比如一杯曼哈顿鸡尾酒，然后看着他。莱斯特像个巫师。

他的嘴唇之间的距离从来不超过四分之一英寸。他可以喝下一整杯水，而上校却喋喋不休地说个不停。上校是他的假人的名字。上校口袋上方的一列奖牌——那些是他爸爸在二战中获得的奖牌，他爸爸会很自豪地让它们在卡门米兰达这样一个优雅的地方展出。莱斯特说，腹语术会卷土重来，就像其他所有的东西一样。

我和莱斯特生活在一起。当他看到斯帕基快要散架的时候，他真的气炸了。他让我重复一个口技演员必须记住的最重要的规则。

"保证你的伙伴干干净净，"我说，"斯帕基是我的终身伴侣。"

莱斯特皱在一起的脸恢复了原样。

我们默默地对斯帕基进行修理，粘上了他的下半张嘴。

——马特·马里诺维奇

选自《为某人言》（Spoken for）

发表于《季刊》（*The Quarterly*）

> 我给予人物的道德自由甚于给予我自己的。而当我创造违反我遵循的道德准则的人物时，他们会让我大吃一惊。
>
> ——伊芙·雪露特（Eve Shelnutt）

练习 17
第二天早晨

没有人或者物品可以凭空存在。我们每个人都有自己的过去，这些过去冲击着我们现在的生活。难道你不想知道你约会的对象过去五年是否都在酒吧里度过？小说中的人物现在的恋情同样会牵扯到过去。对小说作家来说，在开始写一部小说之前，了解他的主人公的传记是很重要的。这就像在一个黑暗的房间里拿着一个手电筒，而不是四处摸索。这个练习确保你了解人物的背景故事，并适当地使用对话来进行强调。

练习

基于真实故事进行改编。一个男人正准备开车带着他年幼的女儿到一个朋友家，他把装有女儿的婴儿座椅放在车顶上，同时把一些东西放在后备厢里。他上车走了，忘记了车顶上的婴儿。婴儿座椅从车顶上飞下来，翻了个跟头，倒着落在街上，但婴儿没有受伤。你要写的场景是第二天早餐时男人和妻子之间发生的事情：他们对彼此所做的行为，对彼此所说的话语。你要做的关键决定取决于在昨天的事件之前他们婚姻的牢固程度。如果婚姻没出现问题，他们会用一种方式表达；如果婚姻一开始就不稳定，他们会用完全不同的另一种方式表达。记住，不说的往往比说出的更有效。

目标

这个场景之所以发生在第二天早上，是让他们经过一夜的思考，而不是直接就对彼此吼叫或哭泣。他们在吃早餐之前一起反思生活。妻子是会用丈夫的过失来摆脱糟糕的婚姻，还是会支持他，试着让他感觉好一些？丈夫是为自己辩护，还是感到沮丧？这个练习可以让你把你所知道的整合起来，包括人类心理学、对语言的使用以及语言的可能性。

学生范例

"对不起，有点晚了。我的电动剃须刀坏了，我只得用一把坏剃须刀，并且，和之前一样，割伤了自己。糟糕的开始！"德韦恩坐在厨房台面前。

艾莉森给他准备了一碗甜瓜块、一盘炒鸡蛋和香肠、一块涂了黄油的英国果酱松饼，还有混合了热巧克力的咖啡。"真丰盛！胜过玉米片和香蕉。"

"没事，"她说，"这让我有时间反思一下我们俩。我还是觉得很震惊——昨晚的谈话也没用。顺便说一句，你不想在吃之前吻一下阿米莉亚吗？她是你女儿，你知道。"

"对不起，我想我今天早上有点心烦意乱。我真的很感激这顿早餐。鸡蛋非常美味——质地刚刚好，柔软，而不是块状的。我很高兴你用了蓝纹奶酪，虽然它有点喧宾夺主了。你睡得怎么样？"

"说实话，不太好。仔细想想，你为什么一开始就问这个问题？还有早餐，你说'我真的很感激……非常美味'之类的，这听起来一点都不像你！你听起来好像是在读剧本。另外，你认为我睡得怎么样？"

德韦恩放下叉子，重新叠好餐巾。"艾莉森，我想我们应该慢慢来。我感觉到你的某种情绪要发作了。我知道就算你很生气，也会对我很好，但我不知道你为什么要这么做，而且说实话，这只会产生相反的效果。你让我感觉糟透了。这就是你想要的吗？好吧，我确实犯了一个严重的错误。我真希望你能坐下来跟我直白地聊聊天，而不是为阿米莉亚大惊小怪。"

"大惊小怪——你以为我是这个意思吗？她需要我给她更多麦片，从地上捡起她的瓶子，擦擦她的下巴。她可能还需要换衣服。当你和你的客户一起享用昂贵的公费午餐或者在俱乐部打壁球时，还有上百件其他的事情需要我来处理。有时候我在想，你是否曾经想过，大约两年前，当我怀孕的时候，你说我不得不放弃我在中介机构的工作，成为一名全职妈妈……你想过作为一对夫妇，有一个孩子对我们意味着什么吗？你帮忙照顾她做的事就更少了。你肯定没在昨晚赶去投胎的时候想到她，就像你常说的，选一箱酒，然后逃去参加俱乐部活动。你完全忘了阿米莉亚。你不愿承担责任——你妈妈曾经告诉过我这一点，而我却忠诚而愚蠢地与她争论——你认为你可以用玩笑来逃避现实。这次不会成功的。你还记得昨天晚上我们干掉梅洛葡萄酒的时候你对我说的话吗？你说这酒很棒？也许阿米莉亚应该申请常客飞行里程？还有一些关于滑行角度和机翼完整性之类的东西。虽然那时候我们都有点糊涂了，但你说的话却是那么无情和堕落——我仍然不敢相信你认为这很有趣。不管怎样，当我为你做美味的早餐、为阿米莉亚操心的时候，我觉得你那个关于她在空中飞行的蹩脚笑话可能已经永远改变了我对你的看法。"

——马克·托拜厄斯

> 没有人会因为邪恶是邪恶而自觉选择它，他只是误以为这是他所寻求的幸福。
>
> ——玛丽·沃斯通克拉夫特·谢利（Mary Wollstonecraft Shelly）

练习 18
他或她：转换性别

作为一名小说作家，如果你不能令人信服地写出与你自己不同的人物，你将遭遇严重的阻碍。你应该能够假设出孩子、老人、异性或其他种族的声音（或者至少是视角）。一个有造诣的作家可以根据小说情节的需要，呈现任何形状、大小、颜色等。这就要求你像演员在扮演一个人物时所做的那样：他们不仅想象成为另一个人是什么样的，他们改变了自己，而且深入到了人物的皮肤以下。

娜丁·戈迪默在《巴黎评论》的一次采访中说："看看莫莉·布卢姆（Molly Bloom）的独白。对我而言，那就是任何一个性别都有能力理解和传达另一个性别的内心世界的终极证明。女性作家写的女性不一定更好。乔伊斯是怎么知道的？上帝知道怎么回事，并且这不重要。"这是摘自《尤利西斯》（*Ulysses*）的引文：

……我在咬我缝在她夹克底部的纽扣时闻到了她裙子上的味道她不能对我隐藏太多我告诉你只不过我不应该当它在她身上时缝它好像我们着急分离而且最后的烤栗子布丁太丰满以至于裂成两半了看不管他们说什么都灵验得很她对我的口味评论颇多她对我说你的衬衫开得太低了彼此彼此了我不得不告诉她不要像在窗台上表演的那样翘起双腿在所有路过的人面前和我像她这么大的时候看我一样当然那时什么旧衣服在身上都很好看……

休·米勒（Sue Miller）在《创造阿伯特》（*Inventing the Abbotts*）

一书中的开头就确立了用一个十几岁男孩的第一人称视角写故事，她写道："……每年至少两次，在去学校的路上，经过阿博特家时，我们男孩会看到条纹织物的帐篷……"这是道格遇到他哥哥杰西的情景：

那天晚上我到家时，看见我哥哥房间里的灯亮着。我走进去，尴尬地站在他的门口。他在床上看书。他的下半身用床单盖着，上半身赤裸。我记得当我看见他上半身那饱满的、成年的形体时，我立刻开始讨厌他了。

在《宝石裂纹》（*Gemcrack*）中，杰恩·安妮·菲利普斯（Jayne Anne Phillips）用第一人称创造了一个连环杀手，他还是个男孩时就受到他叔叔的虐待。这是他早年在学校的部分记忆：

女孩们旋转着，看她们的裙摆能转多大。我躺在地上，在椅子圈起来的圆里。裙摆在我上方像雨伞一样飞舞。我看见了女孩们的腿，一蹦一蹦的，很细很白。长袜在脚踝上方，露着小腿，制造出一种蹄子似的假象。我看见了她们奇怪的内裤。她们像娃娃一样干净。她们散发着粉末的味道。她们闪烁着，移动着。我把脸转向金色的坚硬的椅子腿。

在《罗密欧教授》（*Professor Romeo*）中，安妮·伯奈斯（Anne Bernays）使用第三人称从一个被指控性骚扰的男人的视角写道：

"为什么你们所有的女孩都认为自己胖？（伊巴尔克问）即使是你们这些骨瘦如柴的人？"

"你真的觉得我很瘦吗？"

当她对他咧嘴一笑，帕克第一次看到凯西的牙齿。他几乎忘了使用那一点魔法：告诉一个女人她很瘦，她一辈子就都是你的。

练习

用第一人称写一个片段，假定这个人物与你的性别相反。可以是一段描述、一段叙述，或自传的一个部分。这样做的主要目的在于完全摆脱你自己，成为另外一个人。

目标

学习如何描绘与你不同但是令人信服的人物，并使他们获得读者的共鸣且显得立体，即使你不是特别喜欢或爱慕他们所代表的人群，也能使他们足够复杂。

学生范例

自从我摔断了股骨，我已经三个月没有离开公寓了。一位年轻的小姐，最多十七八岁，给我送早餐和晚餐。她端来盖着锡纸的托盘。她叫黛比，在州政府工作。

黛比第一次看到我的裸体一定很吃惊。那是七月底，天气热得像火一样。我试着盖住身体，但是我动作不够快。她看向别的地方说："我给你带了些华夫饼，皮尔约先生。希望你喜欢。"然后她就忙着去拿我的刀叉了。他们本该告诉我她早上七点来。每次黛比来的时候，我都请她坐下来和我一起喝杯咖啡，但是她说她的名单上还有五个人，然后她很快就消失了，就像一只你只能看到尾巴的兔子。

——朱迪丝·霍普（Judith Hope）

> 恨罪恶但爱罪人。
>
> ——圣·奥古斯丁（St. Augustine）

第三章　人称、视角和距离

亨利·詹姆斯把视角称为故事或小说的"核心智能"。他这样说的意思是，视角是通过眼睛、耳朵、记忆和启示来运作的，通过这些，叙述被筛选并取得进展。当然，作者对自己的材料会有独特的理解。如果你牢记这一点，你会发现你对自己的叙述更有控制力，而不是让它"自己写"（这是一种非常冒险的做法）。

有三个概念似乎会让初学写作的人感到困惑：我该怎么讲述这个故事？我应该用第一人称还是第三人称？我应该发表自己的评论还是完全把个人剔除？偶尔运气好的话，你第一次就能写对。但是要想把它做好，更多时候需要一个试验和试错的过程，先用一种方法写一章或一个故事，然后判定这个人称不是有效的。要是不行，则又要从零开始，换一种视角。你如果第一次甚至第二次都没做对，不要气馁。

有多种形式的视角（point of view，POV）：第一人称"我"，比如在《白鲸》（*Moby Dick*）和尤多拉·韦尔蒂的《我为什么住在邮局》（*Why I Live at the P.O.*）里，在塞林格（J. D. Salinger）的《麦田里的守望者》（*The Catcher in the Rye*）里，以及在琼·蔡斯（Joan Chase）的《波斯女王统治时期》（*During the Reign of the Queen of Persia*）里少量使用的"我们"。更少人使用的"你"被用在杰伊·麦金纳尼（Jay McInerny）的《灯红酒绿》（*Bright Lights，Big City*）中。此外，还有第三人称——"他""她""他们"。第三人称仅可以传递一个人物的思想、情感和行为，像雷切尔·英戈尔（Rachel Ingall）的《卡利班夫人》（*Mrs. Caliban*）。这种视角不能超越你用来讲述故事的人物。也就是说，这个人物无法准确描述他背后的样子，他只能猜测。

此外，还有一种全知视角，作者会从外部的描述和场景设置向人物的大脑内部转移。托尔斯泰的《战争与和平》是一个经典的全知视角例子，艾利斯·霍夫曼的《白马》和《龟月》（*Turtle Moon*）也是。现在全知视角没有以前使用得频繁了，长短篇小说作家似乎都想用一个人物来演绎故事。

在试图决定从哪个人称来讲述故事时，问问自己谁的视角和见解最具戏剧性、最有效果。有时可能是一个"小人物"，比如《了不起的盖茨比》中的尼克·卡洛威，通过他的视角，我们可以看到盖茨比故事的全貌；或者《白鲸》中的以实玛利，讲述了亚哈船长的故事。然而，更常见的情况是，一个故事是由主要参与者讲述的。

确定人称视角时，还有一个考虑因素是心理距离，约翰·加德纳将其定义为"读者在自己和故事中的事件之间所感受到的距离"。在练习20中，我们会进一步探索和解释心理距离。

关于人称视角的推荐阅读：韦恩·C. 布思（Wayne C. Booth）的《小说修辞学》（*The Rhetoric of Fiction*），约翰·加德纳的《小说的艺术》，罗比·麦考利和乔治·兰宁（George Lanning）的《小说的技巧》（*Technique in Fiction*）。

> 令人惊讶的是，当我们不思考的时候，直觉和想象力会有多么准确。
>
> ——悉尼·利（Sydney Lea）

练习 19
第一人称或第三人称

当你开始一个故事时，你需要立即决定你的人称，通常你会选择第一人称或是第三人称。对于一些作家来说，这个决定是一个有意识的选择，涉及有关最有效的"核心智能"的问题和答案。对于其他作家来说，人称是给定的，它似乎伴随着他们要讲述的故事。

第一人称具有直接、清晰和声音突出的优点，比如福特·马多克斯·福特（Ford Madox Ford）的《好士兵》（*The Good Soldier*）中的约翰·道尔；伊夫林·沃（Evelyn Waugh）的《故园风雨后》（*Brideshead Revisited*）中的查尔斯·莱德上尉；威廉·福克纳（William Faulkner）的《喧哗与骚动》（*The Sound and the Fury*）中的本杰伊、昆汀和杰森；约翰·加德纳的《格伦德尔》（*Grendel*）中的格伦德尔；玛丽莲·鲁宾逊（Marilynne Robinson）的《管家》（*Housekeeping*）中的露丝；鲁道夫·安纳亚（Rudolfo Anaya）的《奥蒂莫，保佑我》（*Bless Me，Ultima*）中的安东尼奥；彼得·泰勒的《召唤孟菲斯》（*Summons to Memphis*）中的菲利普·卡弗；莫娜·辛普森（Mona Simpson）的《除了这里的任何地方》（*Anywhere But Here*）中的安妮·奥古斯特；谭恩美的《喜福会》（*The Joy Luck Club*）中的吴静美。这些第一人称叙述者中的每一位都有一种特殊的声音，吸引我们进入人物的世界。第一人称的局限性在于，"我"应该在大多数行动发生时在场，并且是除了读者之外发生的事情的唯一解释者。

第三人称是一种熟悉而可靠的核心智能，它允许作者在距离和力量方面有更大的自由度来转移视角。使用第三人称的几部小说如约瑟夫·海勒（Joseph Heller）的《第二十二条军规》（*Catch-22*）、克里斯蒂娜·斯特德（Christina Stead）的《爱孩子的人》（*The Man Who Loved Children*）、莱斯利·爱泼斯坦的《犹太人之王》和查尔斯·巴克斯特的《第一道光》（*First Light*），这些小说的章节在兄弟和姐妹的视角之间交替。

究竟使用第一人称还是第三人称通常是一个困难的决定。安妮·伯奈斯用第三人称的视角写了她的小说《富起来》（*Growing up Rich*），然后意识到它属于第一人称，并从第一页开始重写，这花了她一年的时间。改变人称不仅仅是简单地把所有的"她"变成"我"，作者必须完全远离这个故事，让"我"的声音为它自己说话。很多时候，作家以第一人称开始讲述故事，因为这让他们感觉自己更接近故事，但声音又不够独特，不足以撑起第一人称。一般来说，如果你可以用"他"或"她"代替"我"，那么你的故事应该使用第三人称。

练习

以第三人称开始讲述故事，对距离做出有意识的处理，写两三页。然后用第一人称开始讲述同样的故事，重写相同的故事。写完以后，再反过来，将第一人称叙事倒转为第三人称叙事。

目的

了解第一人称和第三人称固有的局限性和力量。让你更清楚作为作家和讲故事的人可以选择什么。

> 小说是人类迄今为止发明的最精妙的自我审视和自我展示的工具。
>
> ——约翰·厄普代克

练习 20
约翰·加德纳谈心理距离

在本章的导言中，我们曾说理解和控制"心理距离"与选择视角对小说同样重要。约翰·加德纳的《小说的艺术》中的精湛章节"常见错误"阐述了一个故事的五个可能开头的心理距离：

- 这是 1853 年的冬天。一个高大的男人走出门廊。
- 亨利·J. 沃伯顿从来没有太在意过暴风雪。
- 亨利讨厌暴风雪。
- 天哪，他多么讨厌这该死的暴风雪。
- 雪，在你的衣领下，在你的鞋子里，冻结和堵塞你悲惨的灵魂。

请注意，第一个开头是如何在时间和空间上与读者相距很远的地方开始的，因为它给出了故事的年份，并介绍了故事中的人物"一个高大的男人"。艾萨克·巴舍维斯·辛格（Isaac Bashevis Singer）的故事常常是这样开始的：

> 那是 1946 年的夏天，在中央公园西侧的科皮茨基夫人的客厅里。
>
> ——《圣殿》（*The Seance*）

> 希德洛夫采镇，位于拉多姆和基尔塞之间，离圣十字山不远，住着一个名叫雷布·谢夫特·文格罗夫的人。
>
> ——《死去的小提琴手》（*The Dead Fiddler*）

然后，就像镜头在现场拉近一样，在上面的每一个故事中，辛格都将他的人物朝读者拉近，进入了人物的思想。有些时候，辛格的故事开头距离会更近：

> 哈利·本迪纳在五点醒来时，觉得就他而言，夜晚已经结束了，他再也睡不着了。
>
> ——《旧爱》（*Old Love*）

> 我自始至终不知道他的名字。
>
> ——《两个市场》（*Two Markets*）

> 我常听人说，"这不可能发生，那不可能发生，没有人听说过这样的事情，不可能"，胡说！
>
> ——《齐特尔和里克》（*Zeitl and Rickel*）

正如你所见，心理距离有巨大的弹性，但必须小心控制它，尤其是你可以在故事中改变这个距离。一般来说，你开始一个故事或小说的心理距离是你无法超越的外部边界。例如，如果你在距离 3 处开始一个故事，就像辛格在《旧爱》中对哈利·本迪纳所做的那样，你就不能回到距离 1 处更正式的姿态，说"大个子从来没有睡过好觉"。但如果你从距离 1 处开始，就像辛格所做的那样，"……住着一个名叫雷布·谢夫特·文格罗夫的男人"，你就可以像拿着照相机一样放大至故事内部，甚至进入一个人物的思想中，他说："雷布·谢夫特吓得几乎说不出话来，但他想起了上帝，从惊吓中恢复过来。"然后，你可以回溯到"雷布·谢夫特是第一个死去的人"和"多年以后，死去的小提琴手并没有被人们遗忘"。

心理距离上的一个粗心的转变可以是从"这是 1853 年的冬天。一个高大的男人走出门廊"开始，然后转向"天哪，他多么讨厌这该死的暴风雪"。尽管两者都采用第三人称，但从一种到另一种的心理距离转变是不和谐的。加德纳举了一个无效的心理距离转变的例子："玛丽·博登讨厌啄木鸟。天哪，她想，它们会让我发疯的！这位年轻女子几乎没有什么个人想法，但玛丽知道她喜欢什么。"

练习

首先，回到本书练习 1 的第一句话列表，阅读每一句话，确定其与读者的心理距离，从最大距离 1 到最小距离 5，此时心理距离几乎消失。

其次，用加德纳的五个开头作为你的向导，开始展开五次新故事。

最后，在距离 1 或 2 的地方开始一个新的故事，在 200 个词以内优雅地缩小心理距离，直到你到达距离 4。

目标

了解心理距离是如何生效的，这样你就可以有意识地决定你写的每篇故事或小说中使用的心理距离范围。

> 成功的人物不仅是虚构的，而且应该从作家潜在的甚至是隐秘的焦虑、饥饿和痴迷中脱颖而出。
>
> ——玛丽亚·弗卢克（Maria Flook）

练习 21
转变视角

新手作家在讲故事时经常被告知要使用一种视角——他们有充分的

理由。转变视角是很难做到的，这取决于作者对语言、细节和观察的绝对控制。这里有四个转变视角的例子，古斯塔夫·福楼拜的《包法利夫人》（*Madame Bovary*）、雪莉·哈泽德（Shirley Hazzard）的《金星凌日》（*The Transit of Venus*）、艾利斯·霍夫曼的《白马》和艾丽斯·亚当斯（Alice Adams）的许多短篇小说。此外，视角的转变必须有质量保证。读者必须从每个人物的视角中认识一些东西，而且这些是读者无法从一个人物的视角和解释中看到的。在凯特·惠勒的故事《屋檐下》（*Under the Roof*）中，每个人物都拥有其他人物不可能知道的信息和感知。

一些作家通过将叙述者的名字放在章节的开头来表明视角的转变，如福克纳在《我弥留之际》（*As I Lay Dying*）、安妮·泰勒在《天体航行》（*Celestial Navigation*）和罗塞伦·布朗（Rosellen Brown）在《我母亲的自传》（*The Autobiography of My Mother*）中所做的那样。

其他作家，如《摔跤季》（*A Wrestling Season*）中的莎伦·希赫·斯塔克，依靠叙事中的指示，让我们知道我们现在进入了另一个人物的视角。第 28 章以路易丝结尾："难怪她在起飞前没有听到赛车的引擎狂响。他走了，是的，但还没走多远。像往常一样……"第 29 章以迈克尔开头："迈克尔很早就惊醒了。有时，他那停滞之心的梦让他如此沉重、沮丧。然而，他很确定，昨晚没有再像往常那样，他没有做梦。"

在帕梅拉·佩因特（Pamela Painter）的故事《不眠之夜的入侵者》（*Intruders of Sleepless Nights*）中，视角在三个人物之间转换：假装在卧室睡着的一对夫妻，以及一个想偷妻子珠宝的窃贼。每一节都以一个告诉读者是谁的视角的观察开始。窃贼是第一个："他们没有狗；女佣在外面睡觉。窗户上的锁扣是那种老式的黄铜锁扣，蝴蝶锁。没有报警系统或花哨的安保。"几句话之后，是妻子的观察："她的丈夫终于睡着了，他的背对着她，右肩高高的，现在他的呼吸已经放慢到了一个稳定的节奏，就像一个临时调整好了的时钟。"在妻子的更多观察之后，丈夫的部分是："他的妻子认为他在睡觉。他从她开始挪动身体、调整床单的方式就知道了这一点，简直像一个被释放的快乐的木偶。"然后，故事的视角又回到了原来的顺序：窃贼、妻子和丈夫。

从一段到另一段，或者在同一段中，视角的转变更难做到，很少有作家尝试这样做。艾丽斯·亚当斯就这样做过。例如，她的故事《派对举办者》（*The Party-Givers*）以三个人在派对结束时坐在一起开始。在前两页，视角从约西亚转移到了他的妻子霍普，以及乔西亚的前情人克洛弗。亚当斯写道：

> 约西亚喜欢派对；他对每一个被讲述的故事都面露微笑。
>
> 霍普是约西亚身体娇小、满头金发、非常富有的新婚妻子，在派对喧闹的时间里，她一直在想她是否应该自杀……这是霍普的问题：如果她自杀，比如跳桥，约西亚会再次爱上克洛弗·艾尔吗？娶她？还是她的死会让他们内疚地分开？
>
> 克洛弗几年前是约西亚的情人，她是一位身材高大、皮肤黝黑、粗心大意的美女，留着一头浓密的黑发，对衣服的品位又古怪又合适。她想，在正式恋爱或婚姻之间的间歇期，她可以有一些次要的恋爱，并与朋友在一起玩，这是科莱特推荐的生活方式。现在就是这样一个间歇期，因为约西亚曾经是一个重要的爱人，而现在是一个朋友，也许霍普也是；她还不能确定。

亚当斯巧妙地将视角归属并编织到她的叙述中，实现了多种视角的转变："对每一个被讲述的故事都面露微笑""一直在想""这是霍普的问题""她想""她还不能确定"。

优雅的视角转变值得你投入所有时间和精力。

练习

写一个场景，涉及两个或三个彼此间保有秘密的人物，或者对他们正在做或刚刚做的事情有不同的看法，或者同时用几个视角写一个故事。请记住，视角的转变必须受到每个人给故事带来的信息和观点的强烈冲击。

目标

体验视角的转变是如何起作用的，以及在何种情况下有必要这样做。

> 为了写作，一个人必须摒弃野心。否则，目标就是其他东西：某种超越语言力量的力量。在我看来，语言的力量是作家唯一有权拥有的力量。
>
> ——辛西娅·奥齐克（Cynthia Ozick）

练习 22
儿时的记忆（第一部分）：儿童叙述者

"写你知道的"现在是一句陈词滥调，人们往往会忽视它。对于初学写作的人来说，这是一个很好的建议。你自己的生活和记忆对创作小说有一种强烈和直接的作用。然而，重要的不仅是你知道什么，而且是你如何审视记忆、塑造事件，在事实的基础上用想象力完善故事。虚构和事实之间有巨大的区别。小说总是通过一系列单一的感知、感觉、愿望来筛选，而事实可以通过一台专门设计的机器——录音机或摄像机——来记录。并且，小说作者常常提供一种含蓄而非明确的道德态度。

在做这个练习时，请记住，即使你是从儿童或年轻人的视角写作，你的读者仍然是成年人。克里斯蒂娜·麦克唐奈是一本写年轻人的书《朋友第一》（*Friends First*）（这本书有一位十四岁的叙述者）的作者，她做出了这样的区分：

在成年人写的小说中，当故事有一个儿童视角时，通常儿童是在审视成年人的世界，试图理解成年人的行为或成年人的社会，如塞林格的《麦田里的守望者》、安妮·泰勒的《乡愁饭店的一餐》（*Dinner at the Homesick Restaurant*）、狄更斯小说中的孩子们以及苏珊·迈诺特（Susan Minot)的《猴子》(*Monkeys*)。儿童视角还可以增添幽默，如欧·亨利；也可以像马克·吐温的《哈克贝利·费恩历险记》(*Huckleberry Finn*)中增加道德审判。有时，从儿童的角度看，情况似乎更可怕或更危险，如罗布·福曼·迪尤(Robb Forman Dew)的《她的生命时光》(*The Time of Her Life*)，孩子陷入父母丑陋、疯狂的分居大战；苏珊娜·穆尔(Suzanna Moore)的《我的心上人》(*My Old Sweetheart*)，讲述的是一个精神不稳定的母亲和爱调情的父亲的故事。在所有这些故事中，故事的范围比童年更广阔。儿童是看向更广阔视野的窗口，而这个视野正是成年人感兴趣的。

在莎伦·希赫·斯塔克的《利奥》(*Leo*)和查尔斯·巴克斯特的《狮鹫》(*Gryphon*)中，儿童叙述者试图理解更大的成年人世界与他们自己的世界相交的地方。

练习

使用现在时，以第一人称写一个关于儿时记忆的故事。选择你十岁之前发生的事件，用儿童的语言去描述。记忆应该限制在一个很短的时间内——不超过一个小时，并且应该发生在一个地方。不要解释或分析，只要像做梦一样报告它就可以了。当你记不起细节的时候，可以把它编出来；只要你找到一开始回忆这段记忆的原因，你就可以增强故事的叙述性。要求：550 个词以内。

目标

小说作者应该能够在不强迫读者接受或不需以任何方式解释她所写的东西的情况下展开叙述。叙述应该自己为自己发声。在使用儿童的声音时，你被要求不去做分析，而只是不带修饰地去讲故事。

学生范例

门铃响了，我知道是朱迪思姨妈，我一直听说的那位老太太，她是从她住的地方来拜访我们的，旧金山，离我们很远。坐飞机从那里飞到我家要花几乎一整天。她很老了，大概八十岁。我爸爸开门时，我正透过楼梯栏杆偷看，我看到一件灰色的外套和一些白发。她一定是有些耳聋，因为我父亲向她问好时声音很大。

妈妈叫道："下来见你的朱迪思姨妈。"她拉着姨妈的手微笑着。我下来打招呼时站在妈妈后面。我不想让她亲我。她脸上的皱纹比我见过的都多。她拍了拍我的头，说："五岁个头就这么大啦。"

我父亲说他要泡茶。妈妈、朱迪思姨妈和我走进客厅，我们坐下来。

"到这儿来，埃米莉，坐在你的老姨妈旁边。"她说，拍着旁边的沙发。

我觉得很好笑，但我还是走过去坐在她说的地方。她闻起来像烤箱里的面包。

"告诉朱迪思姨妈一些关于学校的事。"我妈妈说。

"明年九月我就上一年级了。"我说。

我爸爸用托盘托着茶壶和一些杯子进来了。我太小了，不能喝茶。我试过一次，它尝起来像泥土。

我妈妈和朱迪思姨妈正在谈论我不认识的人。我父亲看起来好像也不认识。我盯着朱迪思姨妈看，她并不介意。她的嘴巴像鱼一样突出，上嘴唇上有些毛。然后我说："你知道吗？朱迪思姨妈，你长胡子了。"我不是瞎编的，她确实有，就像我的祖父一样，只是没有那么浓密。朱迪思姨妈脸上露出了有意思的表情，她站起来说："洗手间在哪里？"

妈妈带她去洗手间，回来的时候告诉我，我不应该那样说朱迪思姨妈的胡子。"但这是真的！"我说。

我妈妈告诉我，不能因为一些事情是真的，就要大声说出来。她看起来很生气。

朱迪思姨妈在浴室里待了很长时间。我想告诉朱迪思姨妈我很抱歉，但是我不知道怎么说。最后，妈妈敲了敲浴室的门。"你没事吧，朱迪思？"或许她以为姨妈消失在洗手间了。

我听见朱迪思姨妈的声音，但听不清她说的话。妈妈说："她还好。"爸爸说："大嘴的埃米莉。"

我再也坐不住了。我上楼，但没去我的房间。我坐在楼上，朱迪思姨妈从洗手间出来时，我能听到她的声音。

——埃米莉·霍尼格（Emily Honig）

千万别在对话的时候把世界上其他地方都暂停。"让世界的声音继续，"我告诉他们，"就像演戏一样。如果你不这样做，最终只会得到看起来片断的、孤立的交流，剩余的世界则退场了。许多谈话都有各种各样的背景音，还有动作。哦，和平和安静，可别出现在小说里。"

——保罗·韦斯特

练习 23
儿时的记忆（第二部分）：全知叙述者

需要记住的一个关键：这个故事因为你的讲述而存在，对于你的叙述者选择何时及如何讲故事也是如此。尤多拉·韦尔蒂在《一位作家的起点》（*One Writer's Beginnings*）中谈到了时间的顺序：

我们生活中的事件是按时间顺序发生的，但就它们对我们的意义而言，它们展现了自己应有的顺序，时间表没必要也不一定是按时间顺序排列的。我们主观上所知道的时间，往往是小说所遵循的时间顺序：它是启示的连续线索。

尤其是回忆过去的叙述者，他们回望过去，重新阐释，因为它对于叙述者有特殊的意义——叙述者时常感觉困惑，直到用这种方式讲出故事。

彼得·泰勒的故事《旧林》里的回忆型叙述者用全知视角讲述了四十多年前的故事。第一行即确立了与过去事件的语调和距离："我那时已经正式订婚了，就像我们常说的，和我要娶的那个女孩。"叙述者继续讲述了就在他结婚前一周，他与另一位年轻女人发生了一起事故。一方面，他想知道为什么自己记得这些事件，以及李·安在雪中的脚印和他自己血淋淋的手臂。"从某种意义上说，我四十年后如此生动地记得所有这些印象是很奇怪的，因为自那以后我过的似乎也不是平淡无奇的生活。"他接着列举了他在第二次世界大战的经历，以及他两个弟弟在朝鲜的死亡，父母在一场可怕的大火中丧生，他两个十几岁的孩子也不在人间了。在故事继续的过程中，他也许是第一次学会讲述自己的失败，而也许最重要的失败是他没有遵从自己的内心。他和跟他订婚的女孩度过了幸福且长久的生活。后来他离开孟斐斯社区，选择成为一名英语教授，此时的他终于学会了聆听内心的想法，但这是他从他的故事里一系列的事件中学到的教训——在妻子的帮助下。

艾利斯·芒罗是另一位出色地运用了回忆型叙述者的作家，如《我年轻时的朋友》（*Friend of My Youth*）、《楔形时间》（*Wigtime*）、《在我消失之前抱紧我》（*Hold Me Fast，Don' t Let Me Pass*）和《与众不同》（*Differently*），在这样的故事中现在是由过去来告知的。

练习

在不超过两页的篇幅中，使用"儿时的记忆（第一部分）"中的事件，从你今天是谁的角度来讲述它，也就是说，给它注入成年人的词汇、洞察力、微妙性和理解力。例如，用"我父亲显然很困惑"取代"有意思的表情"，改变事件的叙述方式，但不要改变其内容。使用过去时，但要保持第一人称叙述。与第一部分的练习一样，试着让材料自己说话。我们从无意识的井中提取出具有情感意义的东西。与上一个练习不同的是，这个练习要求你使用成年人的理性去寻找你在"儿时的记忆（第一部分）"中简单报告的事件的潜在"意义"。在此期间你学到了什么？通过事后分析，你得到或失去什么？

目标

和许多类似的练习一样，这个练习的目的是让作者掌握他的材料，而不是反过来。讲同一个故事可以有无数种方式，每一种方式都会说些什么，从而揭示出不同的东西——不仅是关于发生了什么，还包括讲述者对它的感受。

学生范例

在我五岁的时候，我知道了伤害一个人是多么容易，只需向他们指出别人都知道的事情。我想，随着年龄的增长，我时不时地会忘记这一点，但我肯定是以一种戏剧性的方式学会了这一点。

朱迪思姨妈那时 80 多岁了，是一位年老而精力充沛、没有孩子的寡妇，曾帮助翻译托马斯·曼的书，独自一人住在加利福尼亚州的伯克利。她来东部看望她的哥哥，也就是我的母亲的父亲，当时她来我们家做客。我从来没有见过她，而且我还是个胆小的孩子，所以我一直往后退，直到她拍了拍旁边的沙发，叫我过来坐在她旁边。我从母亲的表情可以看出来，她很想让朱迪思姨妈喜欢我，赞许我。我猜母亲和她在母亲年轻的时候有过不同寻常的亲密关系，那时她还住在纽约，朱迪思姨妈在搬到西海岸之前也住在那里。

我父亲主动提出要泡茶，然后消失在厨房里。我听着母亲和朱迪思姨妈回忆那些我不认识的人的名字。但我真的不在意，因为我盯着她的脸，觉得很开心。层层叠叠的皱纹，比我外祖父多得多，她还长着胡子。如果你没有看到她的衣服，没有听到她说话，你可能会认为她是个男人。

我父亲端着茶回来，他们都喝了，听朱迪思姨妈啜饮的声音，她似乎很享受，只是她真的不知道如何与我这么小的孩子聊天。她问了我一个问题——我想是关于学校的，然后就好像忘了我还在那里。

但正如我以前说的，我一点也不介意；我是个观察者。

不知道我那时有没有意识到，在某种程度上，我不应该说我当时说的话。直到今天我还不确定。但是，毫无预兆地，我突然说："你知道吗？朱迪思姨妈，你有胡子。"

她的手立马伸到嘴边，她看起来好像有人刚用尖刀刺穿了她的肺。她盯着我，站起身来，非常平静地说："安妮，你能告诉我洗手间在哪里吗？"

妈妈显然很慌张，把她领到楼下的洗手间。

妈妈回来时，试图向我解释，即使有些事是真的，并不意味着你必须大声说出来。就我而言，我试图争辩，但很快就放弃了，因为我感觉很糟糕。我父亲说我是个大嘴巴。

朱迪思姨妈在浴室里待了整整十五分钟。我猜妈妈担心她晕倒了。我知道她在做什么：她在镜子里端详自己，也许是第一次看到这可怕的胡子。这一定很让她吃惊。

他们对我很生气，对我所做的事感到尴尬（我理解他们为什么责怪我。一个大孩子了，但一点都不懂人情世故）。他们好心地让我上楼了。真相并不能抵御痛苦。

——埃米莉·霍尼格

最近，我在一个大公共休息室的角落里进行了一次深刻而有意义的谈话。在对面的角落里，有人正在进行一些愚蠢的小组讨论。不一会儿，一个年轻人轻快地穿过房间，拍了拍我的肩膀。"你能试着小声点吗？"他说，"你想象不到你的声音有多大。"有多大？对，就是这样，是吧？你说了必须说的话，用了必须使用的说话方式，并且成心要打扰别人。

——莎伦·希赫·斯塔克

练习 24
不可靠叙述者

　　你可能发现，你想要创造一个心口不一的人物，比如一个声称爱所有学生的老师，甚至是那些淘气、名字难发音和发型奇怪的学生。不可靠叙述者——在他们的字里行间作者邀请你来品读——是虚构作品里的经典。尤多拉·韦尔蒂的《我为什么住在邮局》中的叙述者是一个不可靠叙述者的极佳例子。福特·马多克斯·福特的《好士兵》中的叙述者也是如此。更近的例子，石黑一雄（Kazuo Ishiguro）的《长日将尽》（*The Remains of the Day*）中的男管家史蒂文斯欺骗了他自己——关于他主人达林顿勋爵的前二战政治理论，还有他对另外一个仆人肯顿小姐的感情。再想想詹妮弗·舒特（Jenefer Shute）广受好评的第一部小说《生命的尺寸》（*Life Size*）中叙述者的声音。乔茜因为厌食而住院治疗，医生告诉她，她还不能开始心理治疗，因为她是"一个饥饿的生命体"，她的大脑"没有按照原本的样子运转"。她想："相反，它从来没有比现在更纯净、更整洁，更集中注意力在必要的事务上，而不是被一个吵闹着要求关注的身体分散注意力，要求满足它无穷无尽的欲望……总有一天我会拥有纯粹的意识，在世界上不受阻碍地旅行；总有一天我会升华成干净的线条，最简约的思路使思想保持活力。"如果允许乔茜随心所欲，那么她肯定会死的。

练习

　　使用第一人称，写一个自欺欺人的人物形象，这个叙述者实际上不是她自己所想的那样——既不令人称赞也不让人讨厌。你必须向读者展示叙述者歪曲事实的线索。

目标

要想创造一个不经意透露对事件和人的判断太过主观而不可信的叙述者，可以通过语言、细节、矛盾和偏见的微妙信号来实现。读者因此不相信叙述者提供的故事版本，而会尝试为自己重塑一个更加客观的版本。

学生范例

一个年轻的女孩应该站得笔直，这是我告诉我儿媳露西的。"不要没精打采的，"这是我真正和她说的话，"得看上去和我儿子在一起很自豪。"我必须说，我从来没有见过任何人因为一句无害的评论而如此生气。

"你总是批评我，"露西说，"一开始你说我没有让房子足够整洁，然后又说我没给你儿子做饭。"

我必须为自己辩护，对吧？一开始，我说："这些你称为批评的话——它们不是。它们是有益的建议，一些女人之间的建议。我从来没说过房子不够整洁，只是有两个小孩，有的时候你会无暇顾及家务。"我提到沙发下面的灰尘的唯一原因是为了孩子们着想。而且，我肯定没有说我儿子没有被喂饱。我只是说他太瘦了，可能是因为他作为一个好男人帮助他妻子做的所有事情让他没时间吃一顿好的。真的，我的儿媳是个好女孩。她学得很快。我知道她的母亲——她有一些坏习惯，帮不上忙。

然后我的儿子杰夫，他觉得自己应该保护他的妻子，所以他说："妈，别再批评露西了，管好你自己，妈。"我理解他必须站在她那边，她就不会生他的气。不过我和杰夫，我们有个共识。我知道他同意我的观点，所以我就通过提起这些事情来小小地帮助他，对吧？他本来可以得到任何一个女人。他留在露西和孩子们身边，可真是个好男人，我只是想让她感恩她所拥有的一切。

——赫斯特·卡普兰

> 在谈话中，你可以使用时机、表情、语调以及停顿。但是在书页上，你只有逗号、破折号以及一个词语中字的数量。我写作的时候会大声朗读，以便找到正确的节奏。
>
> ——弗兰·勒博维茨（Fran Lebowitz）

练习 25
凯瑟琳·哈基：家庭故事和家族神话

我有时描述的那种藏在叙述冲动后面的隐秘而持久的本能，就是你写作时编造故事的习惯。有时我认为，所有我讲过的关于自己的故事，或是其他人讲的关于我的故事，构成了我是谁。并且我的故事只是更大家族故事的一部分，这个关于我们的历史及其他东西的故事，比如我们命运的巨大神话，它决定了在我们生命错综复杂的内在关联中，我们所有人是谁。

我的祖父母和外祖父母都是在加利福尼亚北部的采矿小镇认识并结婚的，那里后来因我叔叔设计建造的沙斯塔大坝被淹没了。我的外婆会优雅地点燃蜡烛芯，再熄灭它们，而她的女儿——我的母亲则拿着干草叉追赶邻居。我的父亲从来不提他小时候就死去了的爸爸。我有一个擅长自我安慰的姐姐，关于我父亲的沉默、儿时母亲的暴力、那些在湖底的小镇发生的事情，她都编造了自己的故事来解释。不过当然我也有自己的版本。

生活在任何一个家族，都要参与到家庭神话的创造中，而神话的创造者不同，创造的神话也是不同的。写作是将这些神话翻译成语言的过程。

练习

第一部分

选择一个家庭故事，任何一个家庭故事都可以，特别是那种被一遍又一遍地讲述的故事——比如，关于艾希姑姑的真爱，或者为什么布鲁尔双胞胎在高中拒绝再穿得一样——并假设自己是一个中心人物。成为艾希姑姑，或者布鲁尔双胞胎中的一个，再给另一个家庭成员写封信解释一下"真相"。就是这样。不要想太多，就写给一个你很在乎但是你怀疑对方不会完全相信你的人。

第二部分

选择写作伙伴并交换信件，以收件人的身份给写作伙伴回信。

目标

了解家庭生活中创作故事的要素及其与小说创作的关系。像其他人阅读我们自己的神话一样获得一些距离感。在信件来往的过程中发现意想不到的性格特点。意识到所有的书面叙述，除了说话的叙述者，还有倾听者及其他人，他们是如何深刻地影响写作和阅读的。再看看我们的家族，我们的过去和我们自己，是如何在语言中被塑造及永久地改变的。

真正的小说可以做到以下所有事情，并且做得非常优雅高效：它在读者的头脑中创造出狂热而持续的梦；它隐含着哲学性；它满足或者至少处理了它设置的所有期望；最后，它打动了我们，不仅仅是作为一件被完成的事，而且是一次闪光的表演。

——约翰·加德纳

《作者做的事》（*What Writers Do*）

第四章　对话

对话是人们对彼此做的事情。

——伊丽莎白·鲍恩（Elizabeth Bowen）

像所有优秀的作家一样，伊丽莎白·鲍恩明白，对话应该用来表明态度，而不是提供信息。用于说明的对话听起来做作、不真实、生硬——"你不是在飓风之后帮助我和妻子搬进新家的孩子吗？梅布尔飓风摧毁了东海岸，让大部分地区陷入一片混乱。"

对话是一种用来传达态度的有力工具，揭示人的个性与欲望。它可以用暗示来推动你的故事向前发展。此外，通过人物的发言、口音、词汇、习语及语调的变化等，对话是定义一个人物的很经济的方法。

作者应该知道，小说中的对话从来都不是对现实生活中我们说话方式的忠实呈现。最具诗意的是莎士比亚戏剧的抑扬格五步格诗；还有一个例子是马克·吐温的《哈克贝利·费恩历险记》，使用了 19 世纪 40 年代的密西西比河谷白话。莎士比亚和马克·吐温两人都忽略了犹豫、重复、错误的开始、曲折和中断的短语，这些使得人们的谈话远不如作家们编造的对话那么有戏剧性。阅读法庭证词的记录，听听电话录音，或者仔细聆听与你交谈的人说的话，你就会发现虚构的对话只是对人类语言的模仿：它被聚焦、塑造和浓缩以传递特定的信息。

矛盾的是，对话经常被用来暗示没有说出来的东西。我们称之为潜台词或言外之意。例如，如果你想表明妻子不想在早餐时当着孩子的面与丈夫讨论他与保姆的私情，她会绕开话题，问他是否想再喝一杯咖啡，谈论她母亲的健康状况，然后转向天气等。他们都知道彼此在想什么，读者也知道，但是他们避免讨论它。这样使用对话，你就在要求读者读字里行间的东西。

我们大多数人用"迷彩服"掩盖我们赤裸的真实意图。微笑可能掩饰着一个鬼脸，笑声可能压抑着一阵抽泣。文本就在那里，潜台词才是真正发生的事情。这两种状态并不一定相互矛盾，但是作者意识到潜台词，并通过巧妙的邀请确保读者也意识到了这些显而易见的东西，则是很重要的。

在约翰·厄普代克的小说《还有些用处》（*Still of Some Use*）中，福斯特和他的前妻正在清理他们曾经一起住过的房子的阁楼。

"你怎么受得了?"(福斯特)对着空荡荡的房间说。

"哦,这很有趣啊,"她回答,"一旦你进入这种模式,旧的离开,新的到来。新来的人看起来不错,他们有小朋友。"

在妻子轻飘飘的话语之下,只有痛苦。

在安妮·泰勒的小说《意外的旅客》(The Accidental Tourist)中,一对情侣,萨拉和马肯,他们的儿子最近被一名精神错乱的枪手杀害,以下的对话发生在他们驾车疾驰之时。

"你注意到那个骑摩托车的男孩了吗?"萨拉问。她不得不提高嗓门,持续不断的狂风暴雨声好像要把他们的话吞没。

"什么男孩?"

"把车停在地下通道的那个。"

"在今天这种天气骑摩托真是疯了,"马肯说,"任何一天骑都疯了,皮肉直接暴露在外面。"

"暴露",就像他们的儿子暴露在凶手的视野里。记住对话是关于态度的,而不是关于信息的。

最后要注意,学习何时使用直接引语(他说,他们说)、何时使用间接引语(经过提炼的对话)做总结是很重要的。这里的选择部分靠直觉,部分是我们刚开始的观点,即"态度"。例如,艾尔是一个叙述者,必须接听正在响的电话,你并不想让他说"你好",然后听对方回复"你好"。这是平淡和无聊的,在浪费文字。不如直接说这通电话是关于什么的、如何推动你的故事向前发展。"电话响了,是布迪,想借我的小卡车。我说:'好,但是这次没加满油别还回来。'"对话通常导向故事的核心——重要的交流或对抗。

阅读,阅读,阅读!然后每天写作。除了你自己,永远不要和其他人比较。每天晚上问自己的问题是:我花时间写作了吗?要像好公民每天上班一样,每天写作。

——理查德·鲍施

练习 26
塔利亚·塞尔茨：听起来真实的口语风格

你的人物，她是爱尔兰人，西班牙人还是越南人，再具体一点，是一名缅因州的众议院女议员，一个来自路易斯安那州的捕虾船夫还是一名在演讲中保留她芝加哥贫民窟童年痕迹的常青藤大学黑人英语教授？你的人物渴望发生故事结构所要求的对话，或者她想自己用第一人称叙述这个故事。

就像在最初的个人故事中一样，无论怎样，你都希望这段发言有自己的味道，暗示说话人的性格和背景，不要使用太多的生僻字词，因为如此一来它可能很难阅读。小说中的人物，就像真实的人一样，必须走出文本，成为令人信服和有趣的人——即使这个文本是虚构的，就像拉塞尔·霍本（Russell Hoban）的《里德利·沃克》（*Riddley Walker*）中后原子时代的英国大屠杀一样。

练习

观察以下片段是如何主要通过词汇的选择和安排，来表达口音、民族、地区、种族、阶级或文化差异的。读者容易理解的外来词或名字也会对表达有所帮助。这些片段通过呈现口语的风格暗示了人物的哪些方面？

我妈妈死了。她尖叫着咒骂着死去了。

——《紫色》（*The Color Purple*）
艾利斯·沃克（Alice Walker）

"我不会养你，"我说，"你必须找个班上。"但是，当然，他找到工作会更糟糕，钱会被他喝酒花个精光。

——《委员会会议室里的常春藤日》（*Ivy Day in the Committee Room*）

詹姆斯·乔伊斯（James Joyce）

"您好①，"我说，"是有位英国女士住在这里吗？我想见这位英国女士。"

"您好。是的，有一位英国女士。"

——《太阳照常升起》（*The Sun also Rises*）

海明威

一个星期天的下午，工作的男人们用仅有的时间休息。他们躺在一起，喝着自酿酒，抽着烟，不时拌拌嘴。

——《罪犯故事》（*The Convict's Tale*）

彼得·利奇（Peter Leach）

我妻子比我大七岁，我受了什么苦吗？没有！如果罗斯柴尔德的女儿想嫁给你，你会因为她的年龄说不吗？

——《魔力苜蓿》（*The Magic Barrel*）

伯纳德·马拉默德（Bernard Malamud）

"为什么是我？"她低声说，"这儿没一个无赖是我没帮助过的，无论白人还是黑人。我还每天累死累活地工作，还要按时去教堂。"

——《启示》（*Revelation*）

奥康纳

"爸爸让你快去做早饭。"凯蒂说，"爸爸说你这会儿就得去，已经晚了半个钟头了。"

"我可没想做早饭的事，"南希说，"我得先睡醒觉再说。"

——《夕阳》（*That Evening Sun*）

威廉·福克纳

"告诉我们的嫂子，"英兰建议，"让第二任妻子无法忍受这里的生活，她就会离开。他就得给她盖第二所房子了。"

"我不介意她留下来。"月兰说，"她可以给我梳梳头发、打理家务，也可以洗碗，给我们做饭。"

——《女勇士》（*The Woman Warrior*）

---

① 原文用的是西班牙语"Muy buenos"。——译者注

汤婷婷 （Maxine Hong Kingston）

现在试写五个不同口语风格的片段。

目标

尝试达到三个层面：帮助揭示人物的性格；让对话听起来可信从而说服你的读者；增加多样性。言语上的差异性不仅仅能够让文本显得真实——它们有趣而刺激，而且可以给你的故事增添活力。没有味道的言语就像没有风味的食物。

> 正确的词和接近正确的词之间的差别，就像闪电和萤火虫之间的差别。
>
> ——马克·吐温

练习 27
写对话：何时直接用对话，何时概括对话？

作者必须做出的最重要决定之一，是使用对话还是总结人物所说的内容即概括对话。对话经常被错误地用于提供信息，这本可以在概括对话中巧妙地完成。不然，读者会看到描写完整现场的数页纸，例如一次关于升级系统的争吵，而事实上只有最后几行值得逐字去看。

总结人物所说内容可以让作者压缩对话、控制场景节奏、表明态度、使用保守的陈述、做出判断、描述对话、避免情绪化，并强调真正对话中的关键内容。

学习以下段落，了解概括对话完成了什么任务。如果概括对话让你感到困惑，那就重写下面的例子，感受它们是如何发挥作用的。然后将概括对话转换为真实对话，以理解作者为什么选择概括对话。

于是，这个普通的巡警开车送我回家。他盯着道路，但心里想的都是我。他说，我得想想我的余生，在梅茨格尔太太冷冷地躺在地上后，如果他是我的话，他可能会自杀。他说，他希望梅茨格尔太太的某个亲戚迟早找到我，在我最意想不到的时候——也许就在第二天，也许就在我成为一个男人、有着美好前途、有自己的家庭的时候。不管谁找到我，都不会想我好过。

如果不是他坚持让我知道他的名字的话，我可能会因为太接近死亡而记不住他的名字。安东尼·斯奎尔斯，他说让我记住名字很重要。他知道毫无疑问我会想要投诉他，因为警察被期望一直礼貌地说话。而在把我送回家之前，他都叫我小纳粹混蛋或小猫屎，不过他还没有决定到底叫哪个。

——《神枪手迪克》（*Deadeye Dick*）

库尔特·冯内古特（Kurt Vonnegut）

她坐在来访者的椅子上，旁边是一张升起的床，穆丽尔阿姨披着一件蓝色的床罩，支起身子，抱怨着。他们在水里加了额外的氯，她可以尝出来。她记得水还是水的时候是什么样的，但她认为伊丽莎白分辨不出来。一开始她没有私人房间。伊丽莎白能想象吗？她不得不和一个一到晚上就气喘吁吁的可怕的老妇人共用一个房间。穆丽尔阿姨确信那个女人快死了。她基本上睡不着，现在她终于有自己的房间了，没人注意到她。在护士来之前，她必须不停地按铃，甚至要按三次。她们都读侦探小说，她读过……她明天会和麦克法登医生谈谈。如果她必须留在这里休息并按他要求做些检查的话，他能做的最基本的事就是确保她舒适。她这辈子从来没生过病，现在她也没什么真正的问题，她不习惯待在医院。伊丽莎白认为这可能是真的。

——《人类以前的生活》

玛格丽特·阿特伍德

那天下午，费什医生派了一位精神病医生来到我的床边。他声音低沉，很和蔼地跟我说话，他留的白胡子让我觉得他很可靠。他直到最后也没有问欧女士的事。相反，他询问了我的学业、父母和朋友的情况。

他想知道我的头疼是什么时候开始的，还有没有其他症状。他极为微妙地谈到了我的爱情生活这个话题，并记录了我的回答——爱情根本不存在。我试图用流利的句子说话，清晰地表达我的意思。我的头部受伤了，但我的呼吸有了很大的改善，我想我说服了他相信我是清醒的。当他最后问我为什么对欧女士大喊大叫时，我非常诚实地告诉他我不知道，但当时这似乎很重要，而且我不是在大叫，而是在呼喊。他似乎对这个回答一点也不感到震惊，在他离开之前，他拍了拍我的手。我想如果我不担心谈话的成本，我会很喜欢和他谈话的。他看起来很贵，不知道他的同情是否包含在我的保险里。

——《霍迪尼》（*Houdini*）

西丽·胡斯特韦特（Siri Hustvedt）

伴随着可怕的喊叫声，爸爸醒了，他还没挪动就试图让隆多阿伯反对我。他说的每一句话我都听见了。哦，他告诉隆多阿伯，我直到八岁才学会阅读，他不知道我究竟是怎么在邮局收到邮件的，都看不太懂。他说如果隆多阿伯能理解他为我找到那份工作付出了多大的努力该有多好！另外，他说他认为斯特·隆多有一个聪明的头脑，出城是值得称赞的。一直以来，他都躺在那里，悠闲地摇摆，捋着胡子，可怜的隆多阿伯恳求他放慢吊床摇晃的速度。看着吊床，他像个女巫一样头晕目眩。

——《我为什么住在邮局》

尤多拉·韦尔蒂

凌晨两点半，杰瑞打来电话。他很抱歉搞砸了，但是他可以解释一切。结果是，第一天晚上里奥神父在楼上的时候，杰瑞在去城外玩扑克游戏的路上遇到了一个同伴。那是一场私人游戏，玩家非常有钱，并且没有金额限制。他们马上就要出发，所以他没能通知里奥神父，他到了那里之后也没机会打电话。游戏是如此激烈，令人难以置信的巨额金钱几经转手。游戏继续，他只是停下来打了个盹，然后告诉里奥神父他第二天早上不回西雅图了。他不会知道，至少那个时候不会。杰瑞失去了每一分积蓄，包括从波音公司的男人那里得到的七千美元和一些他藏起来的现金。"我感觉很糟，"他说，"我知道这会让你陷入尴尬的境地。"

——《失踪之人》（*The Missing Person*）

托拜厄斯·沃尔夫（Tobias Wolff）

他们给我倒了更多的酒，我讲了一个英国士兵被逼着去淋浴的故事。然后少校讲了十一个捷克斯洛伐克人和一个匈牙利下士的故事。更多酒下肚，我讲了一个小伙子捡到一便士的故事。少校说有一个关于公爵夫人晚上睡不着的意大利故事。这时，牧师离开了。然后我讲了一个旅行推销员的故事，他早上五点到达马赛，这时北风呼啸凛冽。少校说他听到一个传闻，说我很能喝酒。我否认了这一点。他说我能喝的，我们可以当着酒神的面一直喝，来验证这个传闻是真是假。别提酒神，我说。必须提，他说。

——《永别了，武器》（*A Farewell to Arms*）

海明威

一天晚上，科尔和我晚饭后并排躺在我们的大黄铜床上。我们的肚子已经饱饱的了，那天的闷热依然笼罩着我们。我们把头朝着床脚躺着，腿悬在空中，我们的脚在凉爽的白色墙面上摩擦，脚底的泥土在墙上留下了黑色的污迹。通过暖气通风口，我们可以听到父母打架的声音。断断续续的脏话，你这个骄傲的公鸡，你这个白肥婆。我们试图通过谈论埃莱门诺来把他们屏蔽掉，科尔向我解释说，这不仅仅是一种语言，也是一块净土和一个民族。我以前听过这句话，但它总能让我高兴起来，她对这个地方的描述让我希望有一天能去这里。我们彼此低声问问题并回答，就像祈祷的召唤。Shimbala matamba caressi. Nicolta fo mo capsala. 她说，埃莱门诺，不仅可以从黑变白，而且可以从棕色变成黄色变成紫色变成绿色，然后再变回来。她说，他们是一个不断变化的民族，不断地改变他们的形状、颜色、图案，以寻求隐形。据她说，他们隐形的习惯是一件非常重要的事情——与其说是证明存在的游戏，不如说是为了物种的生存。埃莱门诺可以在灌木丛中变成深绿色，在沙子中变成米色，或者在雪地里变成透白色，它们的力量恰恰在于它们可以消失在任何一种环境里。她说话的时候，一个新问题闪过我的脑海，有些说不通：如果你不得不失踪，活着的意义是什么？我大声把疑问说出来——peta marika vadersa？但就在这时，我们房间的门被猛地打开了。

> ——《高加索》(*Caucasia*)
> 丹萨·森纳 (Danzy Senna)

请注意在海明威和森纳的段落中，作者是如何在讲故事的过程中总结对话的。

第二天早上，当我第一次去 S 区的学校的时候，厚厚的积雪让我一看到就感到一阵兴奋。我加入的是保罗·贝雷特教的三年级的班级。我站在那里，站在 51 个同学面前，穿的深绿色套衫上有一只跳跃的雄鹿，他们都非常好奇地盯着我。我好像是从很远的地方听到保罗老师说，我来得正好，他昨天才讲了雄鹿跳跃的故事，现在我衣服上的雄鹿可以跳到黑板上了。他请我脱下套衫，暂时坐在后排弗里茨·宾斯万格旁边，这时他正在用我衣服上雄鹿的图案向我们展示一幅图如何被拆分成无数的小块——小十字架、方形或圆点——或者是由这些东西组装起来的图案。

> ——《移民》(*The Emigrants*)
> W. G. 西博尔德 (W. G. Sebald)

西博尔德这本出色的书中只有概括对话，但是它里面的各种声音却和我们在文学作品中听到的声音一样独特。

并非所有概括对话都以一大段的形式出现。在下面的文章中，查尔斯·巴克斯特在《索尔和帕特西舒服多了》(*Saul and Patsy Are Getting Comfortable*) 中概括了好几通索尔妈妈的电话，直到这段特定的交谈，他才写出真正的对话：

索尔的妈妈迪莉娅是一位性情乖张的寡妇，她每天都游泳一英里，在星期二打桥牌、星期五打网球，隔周周末给儿子打电话。当帕特西接电话时，索尔的妈妈就谈论食谱或天气；当索尔接电话时，她则谈论生活和命运的本质。今年二月，索尔和帕特西在五橡树住了九个月之后，她说她从一个朋友那里听说，在波士顿郊外有一个很棒的教书工作正在招聘。还有更近的，就在她那儿，巴尔的摩的郊外。她说，我是从劳舍尔太太那里听到的。索尔听他妈妈继续讲了五分钟，然后打断了她。

"妈，"他说，"我们要常住。"

"常住？为什么？要待多久？"

"该住多久就住多久。"

"该住多久就住多久？亲爱的，你在那儿永远都不会拥有正常的生活。"

"什么是正常？"

艾利斯·芒罗经常在概括对话中穿插真实的对话。在她的故事《与众不同》中，两个朋友在一家名叫"嬉皮士餐厅"的地方见面，她们穿着"廉价而漂亮的印度棉质连衣裙，假装是来自嬉皮士群体的难民"。芒罗写道：

当她们不玩这些游戏的时候，她们会草率地谈论自己的生活、童年、苦恼还有各自的老公。

"那是个可怕的地方，"玛雅说，"那个学校。"

乔治娅完全同意。

"他们是贵族学校的穷男孩，"玛雅说，"所以他们不得不努力。他们必须为家人争光。"

乔治娅没有觉得本的家庭很穷，但她知道有不同的方式看待这样的事情。

每当有人在家吃晚饭或在晚上来做客，雷蒙德都会事先挑选出他认为合适的所有唱片，并将它们按适当的顺序排列。"我觉得有时候，他会把社交话题贴在门后面。"玛雅说。

乔治娅又提到，本每周都给送他上学的大姑姑写一封信。

"那信写得好吗？"

"好。哦，是的。非常好。"

她们无助地看着对方，然后笑了起来。接着她们宣布——她们承认了——她们压力的来源，正是这些丈夫的天真——那些真诚、正派、坚定、易满足的天真。这是一件令人厌倦并最终令人沮丧的事情。这让亲密关系变得痛苦。"但是你感觉糟糕吗？"乔治娅说，"这样背后说他们？"

请注意概括对话是如何先总结女性通常谈论的内容，然后才让位于对话中的细节的。它还描述了她们谈话"草率"的节奏。还要注意像"同意""提到""宣布""承认"这样的词是如何与概括对话搭配的，但它们几乎从不用于真实的对话中。

练习

先看看你欣赏的作家创作的故事中的对话，然后数数有多少对话是概括性的，而不是用引号引起来的。

接下来设置一个场景，其中一个人物就一个事情说个不停——抱怨成绩，和配偶争论孩子，或者向朋友讲述一个事故。使用概括对话，偶尔穿插一些评论和场景描写。

目标

了解概括对话完成了什么，它如何影响语调、节奏和场景等的形成。

学生范例

没人可以确定卡迪是死于意外还是死于自己的设计，不过西非潮湿的夜晚里浓烟缭绕的大火还是引发了众多讨论，尤其是富拉人的那种态度。代表村里老人发言的阿杜伊·恩巴洛找到了这是一起事故的证据：卡迪打水时经常在泥泞倾斜的井边滑倒；那天早上天还没亮她就起床了，不可能清楚地看到其他妇女的桶绳在井边新磨出的斜坡；附近发现了她的凉鞋，但没有找到她那巨大的锡脸盆，这表明她头顶沉重东西时光脚踩在黏稠的泥土上失去了平衡。

其他人恭恭敬敬地听着，然后沉默下来，在奄奄一息的火光中思考。然后，马马杜提出有些事表明卡迪是自杀的：她前一天晚上和丈夫邓巴发生了争吵；自从上一个雨季她第三次流产以来，她一直为没有怀孕而感到羞愧；她的稻田被流浪的牲畜破坏了，所以连购买治疗子宫的药物所需一半的钱都凑不够——或者是邓巴购买第二个妻子的钱。但是现在对卡迪也做不了什么了，除了讨论，或是把大家提出的证据翻来覆去地想，这是村子里的其他老人在火慢慢熄灭时所做的，他们享受着神秘的富拉老年人谈话的乐趣。

——《井边女人》（*The Women at The Well*）

卡梅伦·麦考利（Cameron Macauley）

> 短篇小说短得理所应当，短得洋洋得意。它还想更短，甚至变成一个字。如果可以找到那个字，如果它能发出那个音，整个宇宙就会随着一声吼叫燃烧起来！
>
> ——史蒂文·米尔豪泽（Steven Millhauser）

练习 28
谁说的？

通常我们会感觉不太确定，是因为对话并不是由某个特定的人物来完成的。然而，知道谁在对谁说什么是至关重要的，因为对话是推动戏剧性事件和故事走向的核心。我们需要知道是妻子还是丈夫说："我已经决定离开了——没有进一步讨论的必要。"是青少年还是家长说："你总是把事情想错。"是抢劫犯还是受害者说："别让事情失控。"

首先，有各种各样的归类方式可以让读者清楚谁在说话，最简单的方法是使用"他说""她说"或提示人的名字，以下是例子：

"我已经决定离开，"乔治说，"没有进一步讨论的必要。"

"所以，没有商量的余地，"玛丽说，"我会列出所有我欢迎你离开的理由。"

"跟狗说去吧。"他说。

"这是第一个原因，狗也得走。"她说。

"说"在大多数情况下是有效的，而且不会引起注意。偶尔可以使用"问"和"回答"，但避免使用"发出嘶嘶声""大声宣告""回复""低声咆哮"等词。你得相信，"咆哮"是包含在说话内容和对人的描述里的。

其次，其他表示是哪个人物在说话的方式有：

■ 写出听话人的名字：

"天啊，班吉，我的工作比你的马拉松式的大富翁游戏更重要。"

"唉，妈妈，你总是把事情想错。"

■ 使用情绪线索：

他的头嗡嗡响，他很难用枪对准那个男人的领带。不知道谁更害怕。"别让事情失控。"

那人一再点头："拿走吧，你可以得到它。"

■ 使用动作：

她在食品袋里装满了狗粮，然后在上面倒了一罐管道疏通剂："你懂的。"

■ 使用物理描述：

班吉的 T 恤上写着"死于甜甜圈"，他的头发垂至肩膀，像基督那样："大富翁教会了我房地产、银行业和投资。"

"只是不要太执着于这些骰子了。"她的 T 恤衫上什么也没写，过去五年来她的头发都比他的短。

■ 通过视角人物思考：

他应该先抢劫女人："转过去，朝前走。"

这些方法不仅告诉你是谁在说话，它还提供了一种确定场景步调的方法，可以将言语与思想并置，还可以放慢动作，以便读者能够理解正在发生的事情，还可以写出场景的物理细节、提供情感线索以及控制句子的节奏。

最后，对推动戏剧性事件和故事走向至关重要的大多数对话都是由故事本身决定的。当说话人改变时，你可以像上面的例子那样另起一个新的段落。然而，有时说话人的改变被编织进一段文字中，比如安妮·

泰勒的《天体航行》中的以下段落：

> 他伸出手说："好吧，暂别了，玛丽——夫人。"她说："再见，杰里米。"她的手比他的更粗糙，而且她的手指关节宽得出奇。他还握着她手的时候，他说："嗯……我可以偶尔回来吗？"——访问的最后一道障碍。"好吧，当然。"她说，关上门时笑了。

当对话或所说的内容不是推动故事走向的中心，但你仍然想写出人物的声音时，将对话放在一段内。确保我们知道谁在说什么。这种呈现对话的替代方式是控制场景节奏和制造戏剧效果的重要工具。

练习

把一则你自己故事中的所有对话标出来。接着，找出你使用了多少种指明说话人的方法。请记住，这些方法对场景的贡献远不止告诉我们谁说了什么。然后，检查你是如何表达你的对话的。把一些对话放在一个段落中能更好地为你的故事服务吗？重要的台词是以戏剧性的方式呈现的吗？现在，使用你从本练习中学到的方法重写场景。

目标

学习用对话的位置和说话人标签工具塑造场景。

> 风格和结构是一本书的精髓；好点子不值一提。
>
> ——纳博科夫

练习 29
看不见的场景：在动作中穿插对话

奥康纳在她的文章《写短篇小说》（Writing Short Stories）中说，在故事的开头，"对话经常在没有任何你能实际看到的人物的帮助下进行，故事的每个角落都会泄露出不受控制的想法。原因通常是学生只对思想和情感感兴趣，而对戏剧行为不感兴趣。也就是说，他太懒惰或太傲慢，以至于不能深入到小说的情节中去"。

当你在写故事中的一个场景时，想象你的人物正站在舞台上可能会有所帮助。你的读者会想知道他们看起来是什么样子的，舞台布景是什么样子的。相应地，你的读者会想知道你的人物是如何移动的，以及如何与舞台世界里的道具互动的。换句话说，也就是舞台布景、肢体语言或舞蹈编排等是怎样的。人物生活在一个具体的世界里，作为一名小说家，你的工作就是让他们确实生活在那里。

练习

写一个场景，在这个场景中，一个人物的身体以及他的思想都在做一件事，一件发生在舞台上的事。这里有一些可能的情形：

- 修复某样东西。
- 玩纸牌游戏或有其他玩家参与的游戏。
- 健身。
- 在一块画布或一面墙上绘画。
- 砍倒一棵树。
- 给某人理发。

你还可以提出自己的建议。

探索各种活动和场景设置是如何让场景中发生的事情发生改变的。例如，当两个人物正在一边粉刷公寓一边计划度蜜月，会发生什么？或者当一个人物给另一个人物剪头发时讨论蜜月计划，会发生什么？又或者，当两个人物在公共场合发生冲突，比如在一家高档餐厅，而不是在家中的隐私空间，会发生什么？

分析你钦佩的作家如何将对话和肢体语言交织在一起也是有益的。找一个你最喜欢的故事，标出里面所有的肢体语言和行动。你能从中学到一些东西。

目标

给人物所在的场景赋予具体的生活。了解动作和行为是如何与场景中的对象相关联的，以及所有这些是如何与人物的对话相关联的。

学生范例

上周教堂婚礼计划宣告失败，所以我妹妹玛丽恩决定在妈妈和伊凡的后院，那个香草花园前举行婚礼。昨天我开车经过教堂，去看停车场拖车上的尖塔。幸运的是，他们及时发现它正在损坏，并在它砸到人之前将其取下。玛丽恩应该接受这个暗示。

一小时前，妈妈让我负责给这片旧草坪除草。妈妈说："这是你能为你妹妹的特殊日子做的最起码的事。"昨晚下雨了，所以花园里泥泞不堪。我的红色新运动裤的膝盖处被弄脏了，而且我需要一把梳子把泥土从指甲缝里弄出来。

"科琳！车钥匙在哪儿？"玛丽恩喊道，她的脸贴在窗户上。

"我放在台面上了。"我说。

"不在那儿。进来找钥匙。"

我又往杂草堆上扔了根杂草，砰地关上厨房的纱门。玛丽恩的脸气红了，她的手在发抖。"别这样对我，科琳。妈妈和我现在得走了。"婚礼还有两天，玛丽恩就让所有人都为此忙碌。伊凡去伍尔沃思买新的草坪家具，妈妈在水池边淘洗一锅去皮的土豆。

我在牛仔裤上擦了擦手，从糖碗旁边的联合信托杯上拿出钥匙。我把它们扔在她的左手上。"盖布在哪儿？"是她的未婚夫，住在镇子另一边的公寓楼里。他快三十岁了，但仍然以修剪草坪和送报为生。他没有骑自行车，而是开了一辆红色野马。我想他也应该在这里除草。

"闭嘴，科琳。"玛丽恩说。她弯下腰，看着微波炉门上的倒影。"姑娘们！"妈妈说，用力关上了水龙头。她看了我一眼，然后离开去拿她的外套了。

——金·莱希

> 每一位作家都是由读者成了模仿者。
>
> ——索尔·贝娄（Saul Bellow）

练习 30
口语之舞：不一定是场斗争

好的对话不完全按照人们彼此交谈的那样进行——它是一种近似值。对话采用人类的对话，并使其浓缩、突出和尖锐化。当你想展示人物在想什么，并且想避免用沉闷的"她想"来表述时，对话是非常有用的。只需简单地引入另一个人物，让他们两人展开对话。对话揭示了人物——任何看过正经戏剧的人都知道这一点。它还有利于打破长段落，并提供了一个使用俚语的机会。一个人物讲话的方式——词汇、语调、风格和幽默感——可以以一种"展示"（show）的方式告诉你的读者你想让他们知道的东西，而叙述只能"讲述"（tell）。

练习

写一段两个互相认识的人之间的对话，他们各自站在一个问题的对立面。这应该是一次口语的舞蹈，而不是一场大喊大叫的比赛。你选择的问题应该是一些紧迫且特殊的（比如，是花钱去度假还是把钱存起来），而不是抽象的（恐怖主义之类的议题将会伴随我们很长一段时间）。说话人双方都应具有说服力。也就是说，你，作为作者，不能替任何一方说话。要让每个人的口语风格都与众不同，例如词汇和语调的使用上。请记住，潜台词——对话揭示了说话者之间的关系——和清晰的文本一样重要。例如，在"我们该如何处理金钱"的对话中，潜台词是关于两个说话者中谁更有权力并且愿意利用这种权力的。要求：不超过 550 个词。

目标

学习运用对话来揭示人物以及人与人之间的动态关系，并理解说话风格和某人的行为一样能说明一个人的情况。顺便说一句，你还要认识到，对话不应该用于以下方面：为了增加篇幅，为了展现你的舞台，作为行动的代替，作为炫耀你词汇量和良好教育的载体。一条虚伪的对话线可能会毁掉整个场景。

学生范例

"我放弃了，吉姆，"玛丽亚对丈夫说，"我完了，结束了。不想再看医生，不想再做检查。就这样吧。"她把星期天的字谜游戏拉过来，环顾餐桌，想找只铅笔。

"玛丽亚，"吉姆耐心地说，递给她一支红色铅笔，"我认为我们应该继续尝试。你知道，医生说还有机会。"

"他们可能会这么说，"玛丽亚说，"但我知道没有。我的身体就是不想生小孩。你知道这个城市里有一些地方就是不能成功吗？一家餐馆开业，人们排起了队，六个月后它就倒闭了。或者一家新店开业，一开始生意很好，但后来顾客不再光顾，也倒闭了。吉姆，想想吧。我的身体像一个低租金的地方是有理由的。"

"天哪，玛丽亚，"吉姆捂住脸，"你知道我讨厌你这样说话，你这样贬低自己，你身体里的某一部分。"

玛丽亚用铅笔敲着餐桌："我没有贬低自己。我只是说我不会怀孕。你越早承认这一点，我们就可以越早开始寻找要收养的孩子。"

"不，玛丽亚，我们不能领养。这是不对的。"

"什么叫对？"

他看着她："你知道我的意思。什么叫对？谁是这个孩子的家人？他健康吗？诸如此类。"

"你的意思是孩子的父母得是耶鲁高才生吗？"

他伸出手握住她还在敲桌子的铅笔："你知道我不是这个意思，玛丽亚。但是我们，我们受过良好的教育，很聪明，我们最终可能会——"

"会怎样，吉姆？生个愚蠢丑陋的孩子？在你第二十五次亲友聚会时看起来不太好的一个人？"玛丽亚说着，抽出铅笔。

"你在曲解我的意思，你知道的，"他说，把手放在填了一半的字谜游戏上，"你总是假装不明白我在说什么。你从来没有给过我想要的。"

"你想要什么？"玛丽亚推开字谜游戏，站了起来，"是吗，吉姆？我知道我没有怀孕是有原因的。我觉得我不是很想要小孩。"

"玛丽亚，你的讽刺不是很有效。"他抬头看着她。

"我们也不够有效，吉姆。这就是我们一直讨论的，不是吗？"

——赫斯特·卡普兰

小说无限延展了我们的同理心。

——苏珊·桑塔格（Susan Sontag）

第五章　人物的内心世界

仇恨是想象力的失败。

——格雷厄姆·格林

人物通过他们所说的话，通过他们的行动和肢体语言，也通过他们的心理景观来展现自己。在一个又一个故事、一部又一部小说中，人物的内心世界是小说艺术中最有力的资源之一。当你允许你的人物通过他们的想象力去探索他们的世界、他们的关系，偶尔超越他们视角的限制时，任何事情都是可能的，尽情体验如何引导人物的内心活动吧。

我们都过着与我们实际所做或所说相平行的内心生活。例如，当你开车去西部开始一份新工作的时候，你可能会想起上一份工作的灾难，后悔过去犯下的错误，为你第一天的工作制订计划，满怀恐惧和希望，同时还要听迈尔斯·戴维斯（Miles Davis）的歌，在脑海中回想你写的最后一个故事，着迷于后座笼子里的猫的幸福，并以每小时 70 英里的速度行驶。你还可能与一位和蔼可亲的搭便车者进行一次愉快的谈话，同时没有泄露你对此举的任何疑虑。在对话中，许多话没有说出口，但不意味着它们未经思考。你的人物也是如此。每一个人物都有内心世界，作为作者，你必须尊重这个世界（与你自己的不同），并允许人物充分进入他的恐怖、神秘和美丽的世界。

你的人物可以通过多种方式探索或描绘他们的内心世界——他们可能会审视自己做某事的动机，想知道未来会发生什么，或者回忆过去，追随痴迷的东西到愚蠢的地步，预测某个对他们很重要的人在那一刻的生活中发生了什么，甚至想象另一个人物的生活。以下是你的人物融入他们内心世界的方式。他们会：

想象	害怕	好奇	渴望
恐惧	怀疑	预测	悲伤
计划	猜忌	规划	嫉妒
说谎	压抑	祈祷	重温
后悔	做梦	幻想	撰写

联想	沉思	疑惑	内疚
推测	担心	盼望	分析
美化	浪漫化	计划	憎恨
解释	迷恋	比较	推断
幻听	重塑	猜测	希望
感觉	实现	烦恼	诠释
曲解	决定	设想	假设

文学繁荣于处于想象、沉思、幻想、记忆和后悔中的种种人物。以下人物探索内心世界的例子应该作为你自己探索小说艺术中这一强大而有用的工具的开始，他们利用想象力扩大了他们对世界的理解，甚至成了想象的牺牲品。

在《宠儿》（Beloved）中，托妮·莫里森的塞思为过去所困扰，她哀叹自己的思想停不下来：

她左右摇头，屈服于自己叛逆的大脑。为什么它什么都不拒绝？没有痛苦，没有遗憾，没有让人难以接受的可恨画面。它像一个贪婪的孩子一样攫取了一切。就一次，它能不能说，不，谢谢……我不想知道，也不愿记住。我还有其他事情要做：担心明天，担心丹佛，担心宠儿，担心年龄和疾病，更不用说爱了。

但她的大脑对未来不感兴趣。满载着过去，甚至渴望得到更多过往，这让她没有想象的空间，更不用说第二天的计划了。其他人都疯了，她为什么不能呢？

莫里森用这种奇妙的方式，让读者来决定塞思在她的内心世界中走了多远。

玛格丽特·阿特伍德的小说《肉体伤害》（Bodily Harm）完全在人物伦尼的脑海中结束，伦尼说："这就是将要发生的事情。"她继续想象着被拯救的过程，与她处境的可怕现实交替。伦尼知道没有真正的希望，但她仍然不由自主地想象着得到救赎。

查尔斯·巴克斯特的故事《狮鹫》讲述了一个对代课老师讲的课着

迷的小男孩，这些课程有真有假，比如老师声称贝多芬只是假装失聪以达到出名的目的。她的课越来越奇幻，最后她对主人公的一位同学做出了可怕的预言。当这位老师平静地预测出他将早逝时，我们看到了她的内心世界，见证了一个可怕的戏剧性事件。

一个故事可以以人物对未来的想象结束。雷蒙德·卡佛的故事《我打电话的地方》（*Where I'm Calling from*）以故事的未来结束。第一人称叙述者想象先打电话给他的妻子，然后打给他的女朋友。他从口袋里掏出零钱。他想象着和妻子的对话。这足以让他想到，他可能会先打电话给他的女朋友："'你好，甜心。'当她回答时我会说：'是我。'"

唐·李（Don Lee）的故事《临时水域》（*Casual Water*）中的年轻叙述者想象着他将如何处理一架属于他挥霍无度的父亲的旧水上飞机，他父亲和妻子一样抛弃了十几岁的儿子。"他会把它带到远离海岸的海上。他会取下浮筒上的排水塞，把汽油倒在船舱上，扔一盒点燃的火柴。然后他会把船开走一段距离，随浪漂流，观察火势增加、汽油从桶里喷发。他会等到水上飞机开始坍塌进水中时，再把船移近一点，亲眼看着它下沉。"伴随着飞机沉没，所有有关他父亲的东西都沉下去了，因为他知道，父亲永远不会回家。

玛丽莲·鲁宾逊的小说《管家》也以第一人称叙述者露丝的想象结束。露丝现在是一个流浪者，她和她的姨妈西尔维从一个城镇搬到另一个城镇，偶尔做服务员。露丝的姐姐露西尔则选择了较为体面的生活，更为保守。露丝想象着她们试图烧毁的房子，但她说她知道露西尔不再住在那里。几句话之后，露丝在小说的结尾仍然想着露西尔，想象着她在波士顿的一家餐馆里等朋友。"没有人看到这个女人用她的拇指在水杯的雾气上描她名字的首字母缩写，或者把用透明纸包的牡蛎饼干塞进她的手提包里准备给海鸥吃。可以猜到我们不在时她是怎么想的，也知道她是怎么不看、不听、不等待、不抱希望地对我和西尔维的。"露西和西尔维与露西尔永远分开了，但露西的思想使她们以她所知道的唯一方式在一起：在她的想象中。

威廉·加斯（William Gass）的中篇小说《佩德森小子》（*The Pe-*

dersen Kid）中，当讲述者，一个十几岁的少年，到婴儿床去看他们发现的一个冻僵了但还在喘气的男孩时，人物可以想象任何事情的能力再次发挥作用。"我想，谁知道呢？就这么一直下雪，我们可能要到春天才能发现他……某天早上，我可以想到自己从房子里出来，太阳高悬而充满力量，屋檐滴水，雪面斑驳，小溪上的冰也在消融……我可以想到我自己……破开冲撞着婴儿床的急流，一脚跳到他身边，佩德森小子蜷缩着，开始变得柔软……"请注意，即使叙述者在他的想象中进行推测，他还是使用了具体的感官语言。

　　现在请你在你欣赏的故事和小说中寻找人物内心世界的例子。寻找有梦或噩梦的人物，他带着期待或恐惧等待一件事，他想象另一个人物在做什么，或者他告诉读者他们对故事中正在发生的关键事情有什么感觉——通常是在意识到什么或顿悟的那一刻。例如，在西奥多·韦斯纳（Theodore Weesner）的故事《为钱游戏》（*Playing for Money*）中，我们看到了如何利用对另一个人物感受到的好奇和猜测讲述人物顿悟瞬间的感受。格伦终于在游泳池赢了钱，但他的感受令我们和他都感到惊讶。"他以前从来没有得过大满贯，令他惊讶的是，现在他内心的感觉更接近失望而非满足。他觉得捡来的钱不干净。他想知道，为什么他的自尊心似乎动摇了，而吉姆·卡尔看起来很好？"仅仅看到格伦的行动，我们不会知道这一点。我们需要进入他的内心世界。故事的结局是："格伦坐着，听到音乐的声音，目光游移，他发现自己站在了错误的一边，也许是所有事情的错误的一边。"要进一步讨论在一个故事里，"讲述"的艺术是如何连接一个人物的内心世界的，请见本书练习 80"展示和讲述：被称为讲故事是有原因的"。

　　人物也可能在思想上犯悲剧性的错误——他们可能会误解他人的行为，误判他们所生活的世界，就像奥赛罗悲剧性的行为那样，以及史蒂文斯这个完美的管家和不可靠的叙事者在石黑一雄的《长日将尽》中做的那样。

　　有时候整部小说都是一个人物的想象或者梦境，比如伊丽莎白·乔利（Elizabeth Jolley）的《狐媚宝贝》（*Foxy Baby*），在故事的叙述者意外地在头上撞了个包之后，她想象出了整部小说。同样的道理也适用于蒂姆·奥布赖恩的《追寻卡西艾托》（*Going after Cacciato*）。在这部小说中，叙述者在小说的结尾醒来，意识到整个故事都是一场梦。

　　有时候，一个人物觉得有必要通过想象另一个人物的生活和视角来理解另一个人物。拉塞尔·班克斯（Russell Banks）的小说《苦难》（*Affliction*）由罗尔夫·怀特豪斯讲述，他的哥哥在一场无差别杀戮事件中死去了。在第一章中，罗尔夫以这样的话开始了小说："这是一个关于我哥哥奇怪的犯罪行为和他失踪的故事。没有人敦促我说出这些事情，也没有人要求我不要说出来。"他说他觉得和家人，和所有爱韦德的人分隔开了。"他们想通过讲述重新得到他，而我只想摆脱他。他的故事就是我鬼魂缠身的生活，而我迫切想要驱魔。"叙述者接着要求读者"想象一下，在这个万圣节前夜，沿着定居点东边的山脊上，一片寂静，伸手不见五指"。他描述了一群男孩偷南瓜灯的行为，然后在第二章开始给读者同样的指示："让我们想象一下，在这个万圣节前夜的八点钟左右，我们向西疾驰，经过托比家，从州际公路的岔路口沿着 29 号公路向城里驶去……"他的哥哥韦德·怀特豪斯和他的女儿吉尔在车里。韦德的故事继续，直到尾声前的最后一句话，韦德第二次杀人。视角的转变就是罗尔夫不时提醒我们的方式（"如果你愿意，可以想象……"），提醒我们是他在讲述这个故事，他在想象韦德的内心世界，以便理解他们俩的故事，并摆脱韦德鬼魂的纠缠。

　　想象力甚至可以致命。蒂姆·奥布赖恩的故事《我杀死的那个人》（*The Men I Killed*）的叙述者因为想象一个年轻人死在他面前而瘫痪了。"他的下巴卡在喉咙里，上嘴唇和牙齿都没了，他的一只眼睛闭着，另一只眼睛只剩一个黑漆漆的洞……"叙述者说，"他可能出生于 1946 年……"然后继续想象他早年在村子里听战争英雄故事的情景。叙述者想象这个年轻人想要成为一名数学老师，想象他爱上了一个十七岁的女孩。"也许，有一天晚上，他们交换了金戒指。"叙述者继续想象，这个年轻人希望美国人离开，他希望自己永远不会面临考验，因为他不是一名战士。最后，叙述者想象这名士兵，这名只做了一天士兵的年轻人，从大学回到他的村庄，"在那里，他应征成为第 48 届越共营的普通步枪手。他知道他会死得很快。他知道他会看到一道闪光。他知道自己会死掉，然后在村子和村民的故事中醒来。""说话。"基奥瓦（Kiowa）绝望地对叙述者说。他做到了，所以现在我们有了他的故事——这个合集，《他们携带的东西》（*The Things They Carried*）。

另一个最令人惊讶的例子是，在安德烈·杜布斯（Andre Dubus）的故事《父亲的故事》（*A Father's Story*）的结尾，叙述者与上帝进行了想象中的对话。故事开始时，主人公告诉读者他每天早上都会与上帝对话，然后他带着一个苹果或胡萝卜去马厩喂马。当他的女儿导致了一场车祸时，他开始为她掩盖事实，并很可能要对车祸中年轻人的死亡承担责任。他很快就把女儿送到了佛罗里达州，并开始生活在他制造的这个可怕的秘密中——他必须对他最好的朋友保罗神父保密。他再次告诉我们，他在早上与上帝对话。"当然，他从来没有和我说话，但这不是我需要的。他也不需要。我了解他，我也知道自己了解他的那一部分，那一刻的我感觉到他在那个黑夜的风中，注视着跪在垂死男孩旁边的我。最近，我开始与他争论。"事实上，这样的争论结束了这个奇妙的故事，当父亲告诉上帝，"如果重来，我会再做一次"时，他没有站在上帝子民的这一边，而是他女儿这一边。然后他告诉上帝：

但是你从来没有过一个女儿，如果你有，你就不得不背负对她的情感。

所以，他说，你爱她胜过爱我。

我爱她胜过真理。

他说，那么你爱的是软弱。

就像你爱我，我说，然后我带着一个苹果或胡萝卜走向马厩。

在这种想象的争论中，完全呈现了叙述者的内心世界——叙述者的理解是，他和上帝以同样有缺陷的、持久的方式爱着。

> 一件艺术品首先是一件全力以赴的作品。
>
> ——保罗·恩格尔（Paul Engle）

练习 31
内心世界的幻想与痴迷

你是否曾被一个故事或点子迷住，然后这个故事就占据了你的生活——某种程度上，你的想象力支配了你的生活？艾利斯·霍夫曼的小说《白马》讲述了这样一个人物，迪娜小时候被她父亲讲的阿里亚斯的故事迷住了。阿里亚斯是亡命之徒，"一个不知来处的人，骑着白马踏过平顶山，除了红色的沙漠和凉爽的水源外，没有什么特别的目的地……"属于那种没有迷路，但"从来不回头，从来不回家，他们总是向西旅行，总是朝着太阳落下的方向走"的人。迪娜和金·康纳斯私奔，一个她认为是阿里亚斯式的男人，不过她父亲后来有些迟地告诉她，"我甚至不知道是否有这样的事情。可能是我创造了阿里亚斯"。不管阿里亚斯是不是她父亲想象力的产物，迪娜相信阿里亚斯是存在的，即使后来证明她的丈夫不是阿里亚斯式的人。"当迪娜发现她对金的看法是错误的，他与阿里亚斯相去甚远时，已经太晚了，她不可能向父亲承认自己的错误。但这些天，迪娜觉得这一切都不是徒劳的；这些天来，她确信父亲描述的是一个尚未出生的人。"这个人就是她的儿子西尔弗，她将其描述为"她永远认识的完美陌生人"。

文学作品中有很多被自己的想象力牵引着的人物。这样的人物对作家来说很有用，因为他们的旅程很有吸引力。

还记得弗兰纳里·奥康纳的故事《好人难寻》中的祖母吗？她痴迷于寻找一个她记错了位置的种植园，这让她的家人陷入了厄运。"不远了。"奶奶说，而就在她说话的时候，一个可怕的想法浮现在她的脑海里。一场事故随即发生，将故事推向高潮。然后，我们又一次进入祖母的脑海，"她在事故发生前的可怕想法是，她记忆如此深刻的房子不是在佐治亚州，而是在田纳西州"。想想纳博科夫的小说《微暗的火》（*Pale Fire*），叙述者查尔斯·金博特迷恋他的邻居约翰·沙德，这种痴迷导致他谋杀了沙德。随后，金博特试图承认谋杀，但却在他对沙德的诗《微暗的火》的评论中试图掩盖这一点。

练习

写一个人物为一种痴迷所占据的故事——对一个想法、一个故事、一种幻想的痴迷，这种痴迷决定了你的人物的生活方式，并预示着你的故事的下一步走向。

目标

了解渴望和痴迷是如何驱动故事的。通过我们的人物，探索心灵相信难以置信之物的能力，渴望有所耳闻却看不见的东西的能力，想象任何东西的能力。

> 当你写作时，你没有考虑读者，所以你不会感到尴尬。我相信乔伊斯在写《尤利西斯》的最后五十页时，度过了一段令人兴奋和美妙的时光。他一定是一口气写完的，他心里想：我要向世界上的女人们表明我无所不知。
>
> ——埃德娜·奥布赖恩（Edna O'Brien）

练习 32
其他地方正发生什么大混乱或大场面？

视角可以很狭窄，也可以很全面，因为你的人物可以想象任何东西。他们可以想象在其他地方同时发生的多个场景。当人物知道或怀疑其他人物在给定情况下的反应时，这种方法最有效。

在约翰·欧文（John Irving）的小说《新罕布什尔旅馆》（*Hotel*

New Hampshire）的开头，年轻的叙述者约翰上床睡觉，而他的父母则外出散步。小说是用第一人称写的，因此，当约翰的父母与警察霍华德·塔克谈话时，他不在现场，而在床上。此时他父母正经过汤普森女子神学院，他们决定买下这所学校，把它变成一家旅馆。但约翰可以想象这一关键场景，并继续这样做——他通过受限的视角向读者传递了信息：

"你们搁这干啥呢？"老霍华德·塔克肯定问过他们。

毫无疑问，我父亲一定会说："嗯，霍华德，别和别人说，我们要买下这个地方。"

"你要买吗？"

"没错，"父亲会说，"我们要把这个地方变成一家旅馆。"

这个场景继续下去，欧文提醒我们，他的年轻叙述者用"无论如何"和"请记住"等线索来想象这段对话。叙述者说：

无论如何，是小镇夜班巡警霍华德·塔克问我父亲："你们要管它叫啥？"

请记住：那是个夜晚，而那个夜晚启发了我的父亲……在艾略特公园，巡逻车的大灯对准了他，我父亲看着这所四层楼高的砖砌学校，它确实很像一所县属监狱，墙面到处都是生锈的防火梯，就像建筑物上的脚手架，试图把它变成其他东西。毫无疑问，他握住了我母亲的手。在想象力（他自己年轻的想象力）永远不受阻碍的黑暗中，父亲听到了他将来旅馆的名字，而我们的未来也逐渐清晰。"你们要管它叫啥？"老警察问。

"新罕布什尔旅馆。"我父亲说。

"我的天哪！"霍华德·塔克说。

"我的天"这个名字可能都会更好，但事情已经决定了：它叫新罕布什尔旅馆。

在这之后，有一段插入的文字，我们又回到了那个年轻的男孩身边，他说："爸爸妈妈回家时我还没睡着……"请注意，他的想象力将我们带入那个如此有说服力的场景，到了最后，他停止使用受限的视角了。还请注意，这位年轻的叙述者说："在想象力永远不受阻碍的黑暗中……"这句话应该对所有作家起到指导作用：让你的人物想象那些影响他们自己生活的场景，就像他们告诉读者他们故事的背景一样。

练习

使用你的主人公的视角，让他想象一个事件发生在其他地方的场景——一个他不在场的场景，只在他的想象中存在。例如，一位父亲可能在辛苦工作一天后开车回家，想象他的儿子正从他最上面的抽屉里偷钱，这是他很长时间以来一直怀疑的。然后，他回到家，钱不见了——读者意识到想象中的场景很可能是真的。或者一个人可能正在看电视，感觉被其他两个敦促他去参加聚会的室友抛弃了。然后，他可能会想象，在警察来之前，他们会在聚会上做一些令人发指的事情。毫无疑问，当他被通知去警局交保释金的时候，他会说"他们对派对的描述正是他想象的"。记住，关键在于"同时"——事件正在发生，但是是在其他地方发生的，而你的人物正在想象它发生。

目标

超越传统视角的局限。让你的人物用想象将他们和你带入事件发生在其他地方的场景，带入对我们享受和理解故事至关重要的场景。

学生范例

楷体字表示人物正在想象。

在这篇文章中，一个年轻人在想他的女朋友（即"你"）以及她正在做什么：

我在火车上已经坐了七个小时了，我看到的唯一有趣的事情是七头淹死的肿胀的奶牛。后面的一个家伙认为他在经过塔斯卡卢萨附近的时候心脏病发作，但警报错误，现在他正把妻子送回餐车，再去喝更多的啤酒。波士顿现在是七点钟。各式天线在地平线上闪烁。*各种声音在试*

图贴近你，通过你的电视，通过你的收音机，甚至答录机也被你关掉了。猫在你的腿旁徘徊。你在读情诗，你指着你爱的词句，尽管没有人在你身后伴读。住在你隔壁的那个疯女人又在走廊里唱歌了，但她今晚的歌剧超出了她的能力范围。空调咔嗒一声开始运转，你的灯随之变暗千分之一秒。

你又翻了一页。

厨房台面上放着一口袋食品。冻酸奶正在融化，雪豆正在解冻，但要再过几小时你才能注意到它们。我想和你谈谈。告诉你我前排那个睡着的婴儿，我湿漉漉的袜子，列车在伯明翰的延误，以及所有我希望你知道的其他小细节。

——马特·马里诺维奇

在接下来这个例子中，一个男人回家参加父亲的葬礼，想象着葬礼会是什么样的。在想象了这个场景（为自己和读者）后，他决定不去了，但因为他对这个场景的想象如此生动，我们觉得好像已经去过了——事实上，读者知道莱纳德如果不去会错过什么，是很重要的。

然而，莱纳德并没有感到时间紧迫。他谈到回家时故意对姐姐们含糊其词，他知道自己没有被期待在特定的时间点回到家中。他想象着等待他的场景：他的姐姐卡拉穿着西装站在门口，领着送葬者沿着接待线走。她每隔一分钟左右就调整一下裙子，以一种严肃虔诚的姿态来掩饰对父亲的蔑视。桑迪会憎恨妹妹对形势的掌控，她坐在母亲身边，沮丧而不是伤心地叹息，但对卡拉逐渐增长的体重而感到欣慰。他们的母亲，手里拿着手绢，对着鲜花环绕的棺材哭泣并摇头。她的头发会用银发卡卷成发髻。在抽泣之间，她会说她的丈夫对花过敏，从不让花进入房子，这意味着他从来没有为她带一束花回家。在她的左边，年纪最小的丹尼斯会捏捏他母亲的手，试图安慰她，但她会从他的手中挪开，去寻找，要求莱纳德的安慰——他长得和他父亲一模一样。然后，他们会有团结的时刻，目光数次交汇，因为莱纳德肯定会得到遗产的最大份额，而且肯定很快就会拿到手。

——《醒来》（Wake），发表于《上升》（Ascent）

乔纳森·克兰兹（Jonathan Kranz）

> 我记得当时我和黑人画家博福特·德莱尼（Beauford Delaney）站在村子里的一个街角，等着光线变化，他指着下面说："看。"我看了看，只看到了水。他说："再看一次。"我照做了，看到水面上有油，还有城市在水坑中的倒影。这对我来说是一个很大的启示。我无法解释。他教会我如何去看，如何相信我所看到的。画家经常教作家如何去看。一旦你有了这种经历，你就会看到不一样的世界。
>
> ——詹姆斯·鲍德温

练习 33
"我就知道她要这么说"

你可能也知道他会说什么。通常，我们想象与一个我们非常熟悉的人进行对话，能够想象他对某个特定主题或情况会说些什么。你的叙述者也会这样，他们能够想象另一个人物会说什么，并且能够将这种想象中的对话传达给读者，而无须将这个人物带上舞台或改变叙述视角。

在菲利普·罗思（Philip Roth）的小说《被释放的朱克曼》（*Zuckerman Unbound*）中，主人公内森·朱克曼的小说《卡诺夫斯基》大获成功，同时他对自己在《卡诺夫斯基》出版前夕匆忙离婚而感到遗憾。在《卡诺夫斯基》的前半段，朱克曼说："你怎么会不爱慷慨、忠诚、有思想、善良的劳拉呢？怎么会不呢？然而，在他们住在银行街最后的几个月里，几乎所有的交集都发生在宽敞的瓷砖浴室里浴缸脚下那台租来的复印机旁。"朱克曼在小说中大量叙写他们的婚姻，使得他们之间更为疏远。

在该书的末尾，朱克曼决定把劳拉找回来，并在去见她的路上想象了一场与她完整的对话。他跳上计程车，向村庄驶去："不过，这段时间足够让朱克曼判断他与劳拉之间会发生什么。我不想再提过去三年里我多么让人无聊。这三年你没有。我不再让你高兴了，内森。就这么简单。我们在谈论性吗？那我们说说吧。这件事没什么可说的。我们都很正常，我相信我们都有其他人来核实这一点。其他的我不想再听了。你现在的状态让你忘记了你有多厌烦我。你口中，我'冰冷的'态度让你烦，做你也烦，不做你也烦。你没有让我感到厌烦，真的没有。但后来事实如此。某些事就是让你烦我了，内森。你有办法把这样的事情说得很清楚。"

这个想象中的对话持续了好几页，直到最后内森说："他只能希望她不会像他自己那样对他提出指控。但他知道可能性不大。"内森很好地呈现了劳拉这个人物，罗思甚至没有正面写她。内森这位妻子不在家，她从未直接出现在书中，尽管我们觉得我们认识她，因为内森会以一种令人信服的方式想象她可能说些什么。

练习

从主人公的角度，在自己的故事中加入一段想象中的对话。这种想象中的对话应该是永远不会发生的，但它应该能告诉我们一些重要的事情，关于一个我们对其视角不了解的人物，以及一个通过我们"听到"它是怎么"说的"而变得丰富的场景。它可能还会让人物想象出采取行动或不采取行动的对话，这取决于他们对未出场人物说的话的猜测。请注意，"内森"和"劳拉"这两个名字是如何用来提醒我们被称呼的人的。还要注意的是，想象中的对话不需要背景或肢体语言，只要换个字体区分开就可以了。

目标

利用你的人物的想象力来呈现场景和对话，这些场景和对话对读者来说很重要，但可能永远不会发生。

在探索我的童年（这基本上算是探索一个人永恒性的最好方式）时，我把意识的觉醒看作一系列间隔的闪光，间隔之间逐渐缩小，直到形成明亮的感知块，给记忆提供一个光滑的支撑点。

——纳博科夫

练习 34
混合动机和可能性

> 艺术就是写清楚复杂的情绪。
>
> ——W. H. 奥登（W. H. Auden）

有没有人问过你："你为什么要这样做？"你却不能诚实地回答这个问题。你不知道为什么你会这样做，为什么你会做这样卑鄙的事。你只是做了。你也许会为自己的行为想出几个可能的原因，但仍然不知道哪一个是真的。让你的人物拥有同你一样的自由度。

帕姆·休斯顿的故事《塞尔韦河》（*Selway*）中的叙述者用"也许"这个词来探究她沿着塞尔韦河进行危险的划船旅行的动机。她说："我知道在急流里划船是很疯狂的，但我知道我无论如何都会这样做，只是我真的不知道为什么。杰克说，为了某些价值，我必须为自己去做。一开始我以为我去那里是因为我喜欢危险，但坐在岩石上我知道，我在那里是因为我爱杰克。也许我去是因为他的前女友不会这样做，也许我去是因为我想拥有他，也许这些根本不是我去的原因，因为为我还是为他做这件事，最终是完全一样的。尽管我知道在我的脑海里，没有什么事是男人能做而女人不能做的，但我也知道，在我心里，出于不同的原因，我们会情不自禁那样做。"在后续故事里，叙述者想知道她为这次旅行所冒的险是否会让杰克向自己求婚。她说："也许他是那种需要先看到死亡的人，也许我们会生火来烘干自己，然后他会求婚，我回答我愿意。因为当你三十岁的时候，自由已经回过头来，意味着与二十一岁时完全不同的东西。"研究一个人的动机会带来洞察力和自知之明，通常会决定一个人物如何应对某种情况。

在理查德·福特的小说《隐私》（*Privacy*）中，当叙述者透过歌剧院放大镜，看到在他卧室对面的一个窗户里，一个女人一晚又一晚地脱掉衣服时，叙述者会质疑自己的动机。"我不知道我怎么想的。毫无疑问，我被唤醒了。毫无疑问，我对在黑暗中守望的秘密感到兴奋。毫无疑问，我喜欢这件事的隐秘，我妻子睡在附近，对我在做什么一无所知。也有可能，我甚至喜欢寒冷，因为它包围着我，就像夜晚一样完整，甚至可能会觉得看到这个女人——我认为稚嫩、天真的女人，让我感到不知怎的处于真空中，她让世界停止，让世界完美得像是由我的视线连接而来。我现在确信，这一切都与我即将到来的失败有关。"这种自我反省带给他的思绪真是太好了：这与他"即将到来的失败"有关。

罗斯伦·布朗（Rosellen Brown）的小说《前后》（*Before and After*）中的一个人物想象着，当一家人坐在电视机前，重播他们最近令人难以置信的痛苦经历时，父亲对母亲的看法是什么。那段经历是她兄弟因谋杀被判刑，而父母对此持相反意见。"在路上的某个地方，我看到我的父亲，坐在母亲旁边的沙发上，转向我的母亲，盯着她，而不是盯着一个平面的形象……她看起来完全不同了，不再是……是的，我想我们一起经历了这么多，我仍然不敢猜他怎么看她。他在内心深处是否尊重她，是否因她说过的话恨她，或者他是否能真的懂她。他是不是试着把一个模子叠在另一个模子上，看看它们是否真的匹配？或者猜测当他那样看着她时，她会有什么感觉？就在她身边，他看起来是那么惊讶、受伤、冒昧而遥远。"

请注意，福特和布朗的人物都声称自己不知道自己在想什么，或者没有能力猜测，但事实上，他们都在尝试这样做。

练习

找一个你创作的故事，其中人物的行为让你或你的同学感到困惑。然后，从你的人物的视角找出人物做出如此令人厌恶、迷惑或虚伪等的行为的四到五个原因。接下来，在另一个故事中，让你的人物思考为什么另一个人物会这样做。通常，原因是多种多样的，有时还是错误的，但你可以很容易在这个原因列表中加入一个可能令人不快的事实。

目标

理解人物的行为动机通常很少只有一个，因此我们称它为"混合动机"。让我们的人物探索自己的动机，以及他们的故事世界中重要的其他人物的动机。

> 计划写作不是写作。概述、研究、和人们谈论你正在做的事情，这些都不是写作。写作就是写作。
>
> ——E. L. 多克托罗（E. L. Doctorow）

练习 35
需要知晓：想象的慰藉

我们的人物经常因发生在别人身上的戏剧性事件而困扰，他们能够接受这些事件的唯一方法就是，想象这些事件是如何在另一个人物身上展开的。在这一部分的介绍中，我们提到了拉塞尔·班克斯的小说《苦难》，其中一个男性人物被迫想象他那凶暴的、命中注定要失败的兄弟的生活。在《了不起的盖茨比》中，尼克·卡罗威想象着盖茨比和黛西的初吻：

夜凉如水，空气中弥漫着每年夏秋之交特有的神秘而兴奋的气息。房子里安静的灯光在黑暗中嗡嗡作响，星星之间有一种骚动的喧闹……他的心跳越来越快，因为黛西白皙的脸庞在向他凑过来。他知道，当他吻了这个女孩，并永远把他无法形容的幻象与她那易逝的气息结合在一起时，他的思想就再也不会像上帝的思想那样嬉戏了。于是他等待着，又听了一会儿敲击在一颗星星上的音叉。然后他吻了她。在他的嘴唇的接触处，她为他开花，而他也从此脱胎换骨。

尼克假装总结了盖茨比告诉他的事情，但是这个场景显然是尼克自已想象出来的。

在玛格丽特·阿特伍德的小说《猫眼》（Cat's Eye）中，她的视角人物因一个悲剧事件而困扰，所以她必须想象它。这部小说是从艺术家伊莱恩的第一人称视角讲述的，她深爱的哥哥在一次劫机事件中丧生。他的死一直困扰着伊莱恩，就像它困扰着这部小说一样，最后到了小说的结尾，她想象出了他死亡的确切细节。这一章开头是这样的："我的兄弟斯蒂芬五年前去世了。我不应该说他死了，他是被杀死的……他坐在飞机上。他坐在靠窗的座位上。这大家都知道。在他面前的尼龙网兜里有一本飞行杂志，里面有一篇关于骆驼的文章，他读过。还有一篇关于升级商务舱的文章，他没有读过。"

就是这句话让伊莱恩开始想象他的苦难。他正赶赴一场会议，准备发表一篇关于"宇宙构成的可能性"的论文，并对自己的理论"持怀疑态度"。请注意，伊莱恩现在正在想象她哥哥在想什么——她已经进入了他的视角。飞机被几名蒙面的男子劫持，伊莱恩想象她的哥哥在想："他们就像旧漫画书里的人物，有两个身份。这些人在他们的转变过程中被抓住了：普通的身体，但有着强大的、超自然的头脑，在英雄主义或邪恶的方向上变形。"然后她立马提醒我们，她是正在想象的那个人，她说："我不知道这是否是我哥哥的想法。但现在，我觉得他是这么想的。"她继续想象着那个场景，她哥哥对其他乘客来自哪个国家感到好奇，最后，一个新的劫机者在驾驶舱里出现。接下来的段落是：

新来的人开始沿着飞机的过道走，他那只长方形、只露出三个孔的脑袋左右转动。第二个人走在他身后。不妙的是，对讲机上播放着录音音乐，甜美而催眠。男人停了下来；他那超大的脑袋笨拙地向左移动，就像一个目光短浅、头脑迟钝的怪物。他伸出手臂，用手做手势：起来。他指的是我哥哥。

我在此处停止想象。我和目击者谈过了，事故的幸存者。所以我知道我哥哥站起来，从过道座位上的那个男人身边走过，说："不好意思，让一下。"也许他们把他当成了别人，也许他们想让他帮忙谈判，因为他们朝着飞机前面走去了，另一个蒙面劫匪站在那里等着。

正是这个人，像一位彬彬有礼的酒店门卫一样，在阳光灿烂的日子里为他开门。短暂的昏暗过后，那里异常明亮，我哥哥站在那里眨着眼睛，看着画面渐渐变为沙滩和大海，一张快乐的假期明信片。然后他下落，速度超过光速。

我哥哥就这样成了过去。

这就是伊莱恩为自己和读者呈现的她哥哥的死亡情形。阿特伍德在运用人物的内心世界时是个天才。她的书应该被阅读，读者能获得巨大的乐趣，并在小说艺术方面获得精湛的指导。

练习

回到你的一则故事草稿，或开始创作一个新的故事。在这个故事中，你的人物需要理解发生在他们深爱的人身上的事件。然后让这个人物从经历这些事件的另一个人物的角度来想象这些事件。

目标

探讨如何使一个人物沉浸式地想象一个对他的生活很重要的人的生活——一个将要或不能再为自己说话的人。

练习 36
内心或外部的故事

这个练习起源于罗恩·卡尔森，他让学生们思考他们所有的故事：麻烦来源于哪里？然后说"麻烦"——外部故事——是驱动故事的引擎。这样想可能会有帮助，即想象此麻烦在故事中与人物的生活没有任何关系，直到它在故事里出现。但在麻烦开始之前，你的人物有一段过去，以及一个充满纹理质感和复杂关系的现在的生活——一个远离麻烦的生活。

请记住我们对第六章"情节"的介绍中卡尔森所说的，"没有人是等待麻烦的白板；每个人都有自己的日程表，甚至是孩子和狗"。

练习

首先，想想故事中可能引起麻烦的人或事——一个出现在你的人物正在购物的商店里的抢劫犯，一个来到你的人物门口拒绝离开的推销员，一个意料之外且不受欢迎还要留宿一晚甚至留宿一周的客人，诸如此类。其次，创造一个可能发生这种情况的人物。在他们去购物之前，在不受欢迎的客人出现之前，给他们一种生活，也给你的人物一个日程表。你的人物的生活中发生了什么会受到故事中即将出现的麻烦的影响？你的人物的关注点和烦忧是什么（内心故事）？以及当问题出现时，会如何影响你的人物的行为或反应？然后让你的人物面对这个麻烦。它可以像希恩·麦吉尔克的故事《刺》（*Pricks*）中的碎片一样"小"，也可以像雷蒙德·卡佛的故事《大教堂》（*Cathedral*）中的盲人客人一样"麻烦"。

目标

给你的人物安排外部生活，并给故事导入麻烦。要理解两者之间的互动，外部故事是驱动故事的引擎，而内心故事是真正发生之事的核心。

学生范例

刺

上周我的手指被车门夹了之后，我一直等着肿胀消下去。指尖肿得像一个小而完美的李子。我问米奇是否愿意带我去急诊室。

"什么时候？现在？"他把跳绳挂在脖子上，并用去年圣诞节我们一起搬进此处时我为他买的电子产品检查心率。

"今天或明天。"我说，然后靠在车库门上。

"你知道，"他说，"他们随便打一针都要收费。"

他从房间的另一边看着我的手指，我把手放在背后。

"它让我头疼。"我说。他放下跳绳，戴上按摩仪在垫子上躺了下来。

"你吃了我留给你的维生素 B-12 吗？"他问道。

"我忘了。"

他的下巴贴近胸口，眼睛随腹部按摩仪的电流收缩而转动。

"你能送我吗？"我问。

"啊，现在吗？"

那天晚上我试着把胳膊举到头上睡觉。我用沙发垫和房子里其他枕头支撑它。我感觉好了一段时间，但我的手臂开始疼了。我躺在那里，盯着天花板，用手指摩擦嘴唇。我左臂伸向米奇，把手伸到他的睡衣下面，然后是他的内裤。

"现在吗？"他回头看了看那堆垫子。我告诉他我睡不着，太疼了。

"很晚了。"他说。刚过午夜。

"我知道，对不起。"我把手放回。他翻了个身，要我睡觉。

我五点半起床。吃了六片阿司匹林和一杯我藏在微波炉后面的龙舌兰酒，手指也没有好一点。七点半，我请了病假，然后打给黛布拉。

"你还没去医院吗？"她说。

"我在等，我以为它会消肿。"

"你需要我载你一程吗？"她听起来很生气。

"不，当然不用。"我不得不挂断电话，因为我太痛了。我躺在沙发上，把胳膊举过头顶。我试着读杂志，但家里只有《男性健康》和《健康与健身》。当我醒来时，米奇蹲在我旁边，检查我的手指。

"你吃了 B-12 吗？"他问道。

"什么？"我还没睡醒。"不，我猜我忘了。"他自以为好笑地模仿我的口吻答道。我慢慢放下手臂，这样它就不会跳得太厉害了。有东西从他的嘴唇间闪了一下，我立马坐起来了。

"我想，"他站起来说，"我应该给它放放血。"一根缝衣针在他的唇齿间闪闪发光。

"米奇，"我说，"我想去急诊室。"他低头看着我的眼睛。

"你闻着有酒味，"他说，"你喝酒了？"

"什么？"我说。他装出上下打量我的样子，目光停在我穿着他的新袜子的脚上，然后看着地板上乱七八糟的杂志。

"你喝醉了吗？"

"天啊，我没喝醉。"我撑着从沙发里坐起来，差点被一本杂志滑倒。"我要去医院。"我说着，从他身边走到卧室。他抓住我的肩膀，把我转过身来。

"喝醉了别开车。"我意识到我的 T 恤衫湿了，粘在我的背上。我的额头上全是汗，我可能会晕倒。

"好吧，"我说，"我不在乎，不管怎样，来吧。"

"过去坐下，我去拿点接血的东西。"我跟着他回到厨房，在桌子旁坐下。他拿着破布和打火机坐在我身边。在烛光下，他将针头举到火焰上方，针尖变黑了。我看着他寻找快乐的迹象，这时我记起这是我唯一的针。

"我会感觉好点吗？"我问。他没有回答，也没有从火焰中抬起头来。

——希恩·麦吉尔克

> 如果工作不难，我会无聊死的。在《认可》（*Recognitions*）中，关于炼金术或你有些什么之类的问题有不少作者的介入和一点学术讨论，我发现这太容易了，我不想再这样写了。我想写些不同的东西。我想做一些有挑战性的事情，提出其他问题，自己再去落实。
>
> ——威廉·加迪斯（William Gaddis）

练习 37
五年后……

人物经常怀着期待或遗憾的心情思考自己的未来。我们已经注意到，当人物在故事开始时宣布他们认为自己的未来会发生什么时，故事往往会向前推进，从而产生不一样的结果。与此同时，当一个人物在故事接近尾声时沉思未来，那么这个人物所怀疑和害怕的可能就是这个人物的实际命运。

练习

翻到你的故事中处于初稿阶段的一个故事的开始页，让你的叙述者用大约 150 个词完成这段话：五年后，我可能会＿＿＿＿＿＿＿＿＿。然后，呈现这个故事是如何与这个预期背道而驰的。预期于是变成了意外。

接下来，在同一个故事中，假设你没有写上一段，还使用相同的叙述者，翻到故事的最后几页，让人物再用大约 150 个词完成相同的一段话：五年后，我可能会＿＿＿＿＿＿＿＿＿。此时，人物期望发生的事情应该向读者揭示这个人物生活的真相。

目标

学习当预期出现在故事开头时，如何与之相反，以及当预期出现于故事结尾时，如何接受预期。

> 我从不想和一个写的比读的多的人交谈。
> ——塞缪尔·约翰逊（Samuel Tohnson）

练习 38
"似乎"和"可能"的魅力

初学写作者经常认为他们必须深入到所有人物的头脑中，以便读者知道他们在想什么。他们忘记了人们可以通过无数种方式来展示自己，如对话、肢体语言等等。他们还忘记了，在现实中，除了倾听身边人的想法和观察他们的行动之外，没有人能接触到他人的想法。我们只能不断地假设、怀疑、预测和想象他们的想法。

学会赋予你的人物（尤其是叙述者）与你相同的想象力。巴塞洛缪·吉尔（Bartholomew Gill）的推理小说《麦加尔和政客的妻子》（*McGarr and the Politician's Wife*）就是一个例子。整个情节从"似乎"这个词开始。一名叫奥文斯的男子头部受伤，正处于昏迷中。警探想知道他是意外摔倒还是为人所害。他问医生，奥文斯能不能说话，医生说恐怕 48 小时内不行。

作者写道："然而，奥文斯的眼睛似乎与这位漫不经心的年轻医生的评价相矛盾。棕色深到近乎黑色的瞳色告诉麦加尔，奥文斯知道这一点：他的病情不单单是一个好解决的医学问题，无论是谁对他做这件事，都有很好的理由，而他那双眼睛突然看起来很苍老，因为他意识到，他的麻烦还没有结束。"所以麦加尔不必等 48 个小时。他立即开始调查。

安·贝蒂在她的故事《漂浮》（*Afloat*）中使用了"可能"这个词，这表明，这个故事不是以介绍故事开头的十六岁孩子的第三人称视角讲述的。贝蒂写道："当她还是个小女孩时，她会站在推到甲板前端的金属桌子上大声朗读写给她父亲的信。如果他坐着，她就坐着。后来，她靠在他的肩膀上读。现在她十六岁了，她把信交给他，盯着码头尽头的树、水或船。她可能从来没有想到，当他读这些信时，她不必在场。"词语"可能"是一个线索，表明有人在做这个猜测。后来，在信被展示后，第一人称叙述者出现了："他把信递给我，然后把苏打水和夏布利酒倒进一个高高的杯子里，给安妮喝，然后给自己斟满酒。"

练习

写一个包含两个人物的场景。现在，让叙述者怀疑或想象另一个人物可能在想什么。或者，让你的叙述者想象一些可能是真的事。

目标

展示你的人物如何利用他们的想象力来解释其他人物的行为和对话。

学生范例

他的儿子可能和街上的女孩在一起，正在学习他爸爸不敢和他谈论的事情。

——基思·德里斯科尔

埃莉诺似乎知道医生要说什么，而她不太敢正视他的眼神表明，她已经在计划下一步了，并且可能从来没有考虑过我是否想要保住孩子。

——凯维·威廉斯（Kavi Williams）

她可能希望我整个夏天一直给她修剪草坪和修整篱笆，尽管我告诉她我和那条狗不可能成为朋友。她可能认为这是我们可以解决的问题，我和狗，就像我有时间扔东西和捡东西一样。

——杰克·尼森（Jack Neissen）

詹妮弗可能在浴室里嗨了，但肖恩多年前已经厌倦了隔着门聆听；如果她不想得到帮助，他就按兵不动。

——史蒂文·拉丰（Steven Lafond）

她看着我，表示原谅，但可能不会让我忘记昨晚的事。

——汤姆·普拉斯（Thom Plasse）

答案永远不是答案。真正有趣的是谜语。如果你寻求的是谜语而不是答案，那么你将永远在寻找。我从未真正看到有人找到答案——他们认为有答案，所以他们停止了思考。我们的工作是寻求谜语，唤起谜语，在花园里种下奇异之树而收获神秘之花。

——肯·凯西（Ken Kesey）

第六章 情节

在这本书中，我们更强调由人物驱动的故事，而不是由情节驱动的故事。事实上，直到我们写完手稿并开始整理目录，才意识到我们没有把情节单列成一章。弗吉尼亚·伍尔夫在她的分水岭式的文章《贝内特先生和布朗夫人》（Mr. Bennett and Mrs. Brown）中提到，20世纪的感性——内心活动无意识地在动机中起着直接作用——将小说从情节驱动转变为人物驱动。不再有狄更斯式的巧合，也不再有改变生活的偶然相遇或卑鄙的绑架。事情之所以发生，是因为人物让它们发生，一部分是因为他们过去是谁、他们想要什么，另一部分是由于作者为他们提供了作者本人或罗恩·卡尔森所说的"麻烦"。卡尔森要求他的学生回答这个问题："麻烦来源于哪里？"接着说，"麻烦是推动故事的引擎"。许多短篇小说的情节都是由"麻烦"引发的，在故事真正开始之前。一个男人回到家，发现他的房子被洗劫一空，他的妻子和孩子都不见了。故事从这里开始，有多少版本取决于由多少人写。但在麻烦开始之前，你的人物拥有的是远离此麻烦的生活。正如卡尔森所说，"没有人是等待麻烦的白板；每个人都有自己的日程表，甚至是孩子和狗"。

《巴黎评论》的一次采访中，威廉·肯尼迪（William Kennedy）谈到了这个问题。他说：

> 海明威的故事是，一切都会随着它的移动而改变；造成改变的原因是成就故事的原因。一旦你让一个人物说话或行动，你现在就知道他只会这样做。你要想知道为什么会这样做，就翻到下一页。这是我的方法。我对构建情节不感兴趣。人物是关键，当他做一些新的事情，一些你不知道或没预料的事情时，故事就会渗入。如果一开始我就知道这本书的结局，我可能永远不会读完它。

因此，一个故事或小说的推进源于一个人物行动或反应的方式，而且越出人意料越好。

罗比·麦考利和乔治·兰宁在他们的《小说的技巧》一书中建议，赫拉克利特关于"性格就是命运"的观点应该"写在每一位小说家的书房里"。他们接着说，性格只是情节动起来的一半，特定情境则是另一半。一个特定人物如何观察和处理一种情境，并选择行动或不行动，从而将故事推进到情节中。

麦考利和兰宁用这些术语讨论情节：一开始，你在一个情境中呈现一个特定的人物，这种情况应该有对立的力量和可供选择的余地，你的中心人物应该有行动或不行动的选择权。随后，局势变得更加复杂、更加严峻，最终到达危机点。此后，危机解决，或者至少"发生了什么"。几乎所有事情都会发生变化。

另一位作家兼写作教师道格·格洛弗（Doug Glover）在讨论情节时使用了"不稳定形势"一词。想想作家们是如何将某些人物置于不稳定的境地，并让他们开始行动的。从这里，他们在自身性格的驱使下让故事向前进：亨利·詹姆斯的《一位女士的画像》（*Portrait of a Lady*）中的伊莎贝尔·阿切尔、弗拉基米尔·纳博科夫的《洛丽塔》（*Lolita*）中的亨伯特、霍桑（Hawthorne）的《红字》（*The Scarlet Letter*）中的海丝特·白兰，以及约瑟夫·海勒的《第二十二条军规》中的约瑟连。

在《小说写作》中，珍妮特·伯罗薇将故事和情节做了区分。她说："故事是一系列按时间顺序记录的事件。情节是一系列刻意安排的事件，以揭示其戏剧、主题和情感意义。"她引用了 E. M. 福斯特在《小说面面观》中做的相同区分，在详细阐述"接下来"和"为什么"之间的区别时，她说：

人类想知道为什么的欲望和想知道接下来发生了什么的欲望一样强烈，这是一种最高层次的欲望……当一个故事中"什么都没有发生"时，这是因为我们没有意识到首先发生的事情和接下来发生的事情之间的因果关系，当一些事确实"发生"，这是因为一个短篇故事或小说的解决方案描述了人物生活的变化，以及之前发生的事件的影响。这就是为什么亚里士多德如此简单地坚持"开头、中间和结尾"原则。一个故事有多种含义，首先是在故事的哪一部分构成情节的结构选择上，你给我们提供了我们可以理解的令人欣慰的感觉。

正是在这次讨论中，伯罗薇谈到了短篇故事和小说之间的区别。她说：

许多编辑和作家坚持认为，短篇故事的形式和小说的形式之间存在本质上的分离。然而，我相信，就像故事和情节之间的区别一样，这两种形式之间的区别非常简单，而且许多深刻观点存在差异的可能性来自此简单的根源：短篇故事比较短，小说比较长。

在我们看来，伯罗薇对此事有最终决定权。

大多数关于情节的讨论都认识到冲突的重要性，在这里，我们跟随拉斯特·希利斯（Rust Hills）在《写作的一般性和短篇小说的特殊性》（*Writing in General and Short Story in Particular*）（这本书同样应该放在每位作家的书架上）一书中对"神秘""冲突"和"紧张"的讨论。他认为紧张感是制造悬念最有效的技巧，它源自拉丁语动词 tendere，意为伸展。他说："小说中的紧张感有这样的效果：一种东西被拉紧，直到它不得不断裂。它具有压力下的力量的品质，例如，当它是通过'紧绕的动机'中的人物塑造来实现时——我们知道，一个人物的紧绕的动机必须在动作中释放出来。简单地说，创造它的最显而易见的方式是，某件事情将要发生，然后把它释放出来。"关于紧张感，他说："既预示又制造悬念。"安德烈亚·巴雷特（Andrea Barret）的故事《地图的仆人》（*Servants of the Map*）的开头是一个营造最有效、最巧妙的紧张局势的生动例子。

当你把一个人物置于一个不稳定的情境中时，我们这本书的练习能为你提供几种有机的方式，以推动你的故事变得复杂，走向结局。谨记，永远让你的人物处于动态之中。弗兰纳里·奥康纳在她精彩的《神秘与礼仪》（*Mystery and Manners*）一书中回忆，她把一些故事书借给了一位邻居，当邻居把故事书还给她时说："好吧，故事结束了，你知道了一些人会怎么做。"奥康纳评论道："我想这是对的；当你写故事时，你必须从那里开始，确切地展示一些特定的人会做什么，不管怎样他们都会这样做。"这里的"这样做"成就了你的情节。

> 　　我的早年生活很奇怪。我是一个孤独的人；广播塑造了我的想象力。广播叙事总是要体现出对动作和场景的全面描述。我自己开始这样做。当我七八岁时，我会像山姆·斯派德（Sam Spade）一样穿过中央公园，大声描述我在做什么，然后变成演员和编剧，进入场景。这是我锻炼聆听人物的时光。
>
> 　　　　　　　　　　　　　　　　　——罗伯特·斯通（Robert Stone）

练习 39
骨架

　　最简单的故事是童话故事和神话故事，一个正在进行某种探索或旅行的中心人物不断地出现在舞台上，次要人物只会帮助或阻碍她。这就是我们所说的"骨架"故事，你可以看到它的骨骼。没有微妙设计，动机是给定的，情感是未分析的，叙事以线性方式进行。在骨架故事里，世界及其人民在道德上是非黑即白的。这种诱惑几乎是不可抗拒的，但你如果这样做了，就会把你的读者拖入一堆小情节和一帮小人物中。［以下练习基于民俗学家劳伦斯·米尔曼（Lawrence Millman）的建议。］

练习

　　写一个线性故事，其中一个坚强的主角在寻找重要而具体的东西（例如，婴儿的庇护所、生病的母亲的药品，或是暴君从饥饿的群众手中抢去所有粮食锁起来的仓库钥匙）。对象是给定的。不要解释它的重要性。主角会立即开始行动。然后，她遇到了一个（特定的）障碍。最后，她通过来自外部的魔法或超自然元素［如《绿野仙踪》（The Wizard of Oz）中多萝西的红鞋子］战胜了障碍。你可以介绍次要人物，但叙事时永远不要抛弃你的主要人物。这个故事应该通过行动和对话来讲述。要求：550 个词以内。

目标

就像一名医学生在进入更复杂的系统学习之前，必须先了解人体骨骼的名称和位置，一名初学写作者必须能够处理和控制基本情节，然后才能进入更微妙的要素，如动机、潜台词和歧义。许多伟大的小说都包含了一次探索（《白鲸》）、一次旅行［《大卫·科波菲尔》（*David Copperfield*）］和一次对障碍的战胜［《老人与海》（*The Old Man and the Sea*）］。这些作品也集中在一个主角身上，如果结局不愉快的话，至少会以一种情感上令人满意的解决方案结束。

学生范例

保姆（童话）

从前，有一位年轻的女人，想要一个孩子。她想在自己的身体里创造另一个生命的冲动突然袭来，就像一场暴风雪或一种病毒。

"一个婴儿，"她的丈夫说，"你都不知道要用亚麻手帕做尿布。婴儿很吵，很臭，而且会影响我们的生活。我们现在很好。"

她对此进行了研究。穿过公园，她会指出婴儿们睡得像手推车里的麻袋，在背包里啼叫和挥手，或是用胖出折痕的腿蹒跚而行。"我们今晚吃中国菜吧。"他说。如果她能找到他心中的秘密裂缝就好了，当那个魔幻的话语响起时，大门就会打开的地方，让他们自己的孩子像哈姆林的孩子一样到来。

她开始坐在操场长椅上思考。她可以离开他，找到一个和她有同样渴望的男人。但她喜欢他饱满的笑声，喜欢他做饭时唱歌的方式，喜欢他理发过短时耳朵后面露出的卷发。

一天，当这位年轻女子坐在水池边的长椅上时，一位头发花白的保姆坐到她身旁，硬挺的制服在阳光下闪闪发光。"有孩子吗？"她问道，一边开始打毛线。

年轻女子微笑着摇摇头。

"太糟糕了。你想要一个孩子，不是吗？还没结婚？据说现在很难找到合适的男人。"

尽管保姆的自以为是让这位年轻女性有些不爽，她还是跟对方分享了她的问题："我丈夫不想要孩子。至少现在还不想要。"

"和还没长大一样，"保姆说，"现在这种越来越多了。想要解决方案吗？"不等回答，她就从编织袋里掏出一个石榴。"今晚和接下来的两个晚上，给他这个当甜点吃，自己也吃一些。确保他吸吮了甜甜的红色部分，不要吃子儿。如果他不吃，就告诉他这比猕猴桃还好吃。"

年轻女子照做了，仔细地看着丈夫品尝着甜甜的味道，把子儿吐在盘子里。起初，她没有注意到丈夫的变化。但在第三天，当他在一家意大利餐馆里啜饮卡布奇诺时，他说："怎么了？你想要一个孩子？我们还在等什么？"然后带她回家睡觉。

几个月后，这位年轻女子的肚子像满风的帆一样饱满，她再次坐在水池边的长椅上休息。保姆像以前一样坐在她身旁，穿着整齐的制服和紧紧系好的牛津鞋。她笑着看向这位年轻女子的肚子，拿出毛线活儿，问："找保姆吗？"

——克里斯蒂娜·麦克唐奈

> 小说从传统上和特色上借用了信件、期刊、日记、自传、史书、游记、新闻、八卦等形式。它只是在假装自己是一个与众不同的东西。
>
> ——威廉·加斯

练习 40
从情境到情节

如果你还没有读过我们对情节这章的介绍，请在做这个练习之前先回去读一下。重要的是，请你了解我们更喜欢由人物驱动的故事，而不是由情节驱动的故事。

本练习旨在说明，在特定情况下，仅从几个给定的细节就可以很容易地写出人物。

练习

用以下当中的一个作为你的主人公开始创作一个故事：

- 一个父亲在狱中的小男孩。
- 一个喜欢菜名押韵的女服务员。
- 一个有十只猫的警察。
- 一个肇事逃逸的司机。

（你看到有十只猫的警察这个设定时在等待一点小小的不同意见吗？）

现在，用对立的力量、紧张和冲突使你的人物的生活复杂化，并在这种情况下为你的人物提供备选方案。问：我的人物想要什么？我的人物会做什么？他将如何行动或反应？这些行动将如何推动故事向前发展？

然后请尝试创建自己的一系列细节，包括人物和情境。尽可能快地做 10~15 次。

目标

了解最有效的情节是由人物驱动的。看看一个人物在给定的任何情境中如何创造自己的命运。

学生范例

智力

我八岁。但我有一个十九岁的孩子的头脑。妈妈说这是在弥补爸爸的所有错误。今天这里会来一个完整的摄制组。

他们将从不同角度拍摄我在国际象棋中是怎样击败自己的。然后他们想让我穿着雄鹰童子军制服在附近走走。爸爸不想和他们说话。所以我想他们会在监狱外面拍。

爸爸几个小时前打过电话。妈妈把电话递给我。她从不想和他说话。我最终回答了他想问她的所有问题。他问妈妈最后一次谈论他是什么时候。我告诉他，她说了些关于保龄球馆的事，因为我们很难保持分数记录了。妈妈不在乎我对他撒了多少谎，因为她说他会烂在监狱里。我想念他，但不能告诉他。妈妈会大发雷霆，称我为叛徒，然后开始那套说辞，谁抚养我长大，谁是监狱里的懒汉。对妈妈而言，一切都会归结为外表。"这是在你父亲和亨利·李之间的选择，"她回忆起嫁给父亲时的事时说道，"亨利·李留着长头发。"

在电话中，我问爸爸在木屋里做什么，他问我是不是吃了很多豌豆和胡萝卜，因为大脑只是另一块肌肉，你不能给它吃垃圾。爸爸认为他在培养我获得诺贝尔奖。我提出了一些阅读建议。我给他寄了书，并告诉他标出难的部分，他不太容易解释事情。他如果第一次没搞懂，就会生气。当他生气时，他会自动想起妈妈，说："不许签任何东西，作业本也不行。我拥有你，还有你赚的每一分钱，你他妈的怪胎。"

无论他说什么，我都不会挂断他的电话。

我一直等到他冷静下来，然后告诉他有多少麻雀搬进了我们建的鸟屋。

但其实鸟屋在地下室里。

摄制组来了。他们用胶带粘各种电线，还撞倒了椅子。妈妈正在打电话，因为制片人想拍我和朋友们玩的照片。我告诉他我可以在我的电脑上和一些人打游戏。但他想要真实的东西。所以妈妈打电话，问米尔格拉姆太太中午后能否借她儿子用用。就是去年在科学博览会上教我如何扔飞盘，结果砸了我的发明的那个孩子。制片人建议拍摄我骑自行车沿着采石场巷经过，我的狗追着我跑的画面。但爱因斯坦患有关节炎和牙龈出血。它几乎站不起来。

整个社区都在关注我们。骑山地车和玩滑板的孩子们围着我们的房子转，在路上绕圈。爸爸被带走时，妈妈跑出来，用洒水器对着他们喷。现在她太忙了。她耳朵后面甚至还别了一支铅笔。

我告诉制片人我知道人们想看什么。他们想看到我穿着小围裙制作白沙司，或者弹钢琴，一个小维瓦尔第。当我妈妈翻乐谱或踩下踏板时，也许还有相机在我的运动鞋上摇晃。我喜欢她踩踏板时的样子，音符混在一起，要花很长时间才会结束。

我低下头，假装这是悲伤。

——马特·马里诺维奇
发表于《季刊》

> 作家的障碍是自我的失败。
>
> ——诺曼·梅勒（Norman Mailer）

练习 41
托马斯·福克斯·埃夫里尔：彼得兔，亚当和夏娃
——情节的要素

对于小说作家来说，讲述一个完整的故事至关重要，而不仅仅是写对话、布景或塑造人物。然而，对于初学者来说，策划情节往往很困难。一种练习方法是使用故事要素，将其放入模式中，按照规范编写故事。我所说的"故事要素"是指基本的情节步骤——那些与特定人物、背景甚至冲突无关的东西。

例如，彼得兔和创世记的花园故事有着相同的情节要素。在这两个故事中，一位权威人物告诉人物什么不该做（吃善恶知识树上的水果，或者走进农夫麦格雷戈的花园）。在每一个故事中，主人公都会"做"或"不做"。当然，其他任何事情都会结束。"做不该做的事"在每个故事中都有两个层次的后果：个人后果和权威人士/禁止者施予的后果。

在彼得兔的例子中，他喜欢花园，但一旦被发现，他就会被追赶，他会浑身湿透，或是把衣服弄掉，最后他又病又累，赤身裸体地逃回来。他妈妈让他喝杯茶然后上床睡觉。他的姐妹们吃面包、牛奶和黑莓。

另一个例子中，亚当和夏娃立即为自己的裸体感到羞愧，并试图躲避上帝；他们受到工作、痛苦和死亡的惩罚，并被迫离开伊甸园。

练习

用以下四个元素作为基本情节线写一个故事：

- 一条禁令。
- 做被禁止的事。
- 个人/直接的后果。
- 长期/权威人士施予的后果。

注意，第一个和最后一个元素与禁止者/权威人士有关，中间两个元素与人物做不做有关。

还要注意，有限的改变是被允许的，你可以通过预告、警告或预测开始故事。

目标

为了帮助你理解构成情节基础的基本要素，你应该多熟悉一下格林兄弟收集的故事、《坎特伯雷故事集》、《一千零一夜》、《十日谈》以及神话、传说和宗教故事书。目的不是按照某种公式写作，而是了解通常一起出现的结构要素和模式。想想有多少故事以"缺乏"或"欲望"开头，想想运气和巧合在故事中的作用。想想有多少故事会变成谎言。想想有多少故事揭示了虚伪。其中有多少人需要艰苦的旅程。所有这些都被小说作家反复使用，向我们展示了我们需要处理的情节要素是多么少，然而它们却让我们有无限的可能性来讲述我们的故事。我们对它们的了解越多，我们就越能控制自己的写作内容和方式。

学生范例

我父亲不谈论越南。

作为一个孩子，我有时会想知道他在那里做了什么，或者他为什么去那里。他在母亲之前还有一段婚姻，但他也不谈这个。有时，我会编造关于我父亲的故事。我会坐在爸爸最喜欢的椅子上，看着约翰·韦恩消灭大批敌人，然后梦见我的父亲。他不是个大人物，但很严厉。我的家族拥有很多战争前辈，我想成为其中之一。

有一天，我打开了爸爸的专用行李箱，他瞒着我们这些孩子的行李箱。我们都以为他在藏裸体杂志，但里面塞满信件、奖牌和照片。读完这些信后，我意识到我父亲非常爱我母亲。我也意识到我父亲是个冷血杀手。

一张照片吸引了我的眼球。我父亲和一个黑人男子搂着一个面容病态的越南男子。那是一张奇怪的照片，我以前从未见过父亲微笑。有一瞬间，我为父亲感到骄傲，直到我注意到那个越南男人的左耳，它不见了。那人已经死了。

我从照片上抬起头来，看到父亲从门口茫然地盯着我。我父亲，不谈论越南。

——贾森·帕夫（Jason Puff）

我向你保证，没有任何现代故事主题，也没有什么现代情节技法能够让读者真正满意，除非那些老式情节中有一个被偷运到故事的某个地方。我不提倡说情节是对生活的准确再现，但它是让读者阅读的方式。

——小库尔特·冯内古特（Kurt Vonnegut, Jr.）

练习 42
如果，怎样？：如何展开和结束故事

作家有时会遇到这样的障碍，他们很容易开始一个故事，但当他们试图结束它时，会遇到麻烦。好吧，一个可能的原因是，有些故事没有足够的前进动力来成为一个成功的故事，这些故事应该被舍弃。另外，许多故事开始时需要检查和探索其内在的可能性。正如弗朗索瓦·卡莫因所说，"故事需要有叙事分叉口"。

练习

在你的故事中找一个似乎被卡住的故事，也就是遇到障碍的故事。接下来，在另一张纸上写下两个词：如果和怎样。现在写五种推进故事的方式，不是要结束故事，而是将故事推进到下一个事件、场景等。尽情发挥你的想象力。放松对故事中事件的思考。你的假设可以像你的想象一样多样化。多年的教学和写作证明，很有可能其中一个假设会让你觉得自己的故事是正确的、有机的，这就是你应该走的方向。有时候，你必须为每个故事做几组"如果，怎样"的假设，但只要它们能让你继续前进，就没有关系。

目标

说明大多数故事的开头和情境都有中间和结尾的种子，这些种子不仅能激发你的创造力，还能激发你的好奇心。你只需要让你的想象力驰骋，来发现什么是有效的。

学生范例

一位作家开始了一个关于小男孩保罗的故事，他和一个表亲在商店偷东西。当他们拿了比以前更贵的东西时，故事就开始了。这立即提高了风险。在写了一个长达两页半的精彩开场白之后，作者不知道该怎么继续写这个故事。下面是她的五个假设：

（1）保罗决定承认在商店行窃，但不希望牵连到他的表亲。

（2）保罗因在商店里偷了更贵的东西而兴奋不已，并说服他的表亲很快再去。

（3）商店保安注意到发生盗窃，决定设置陷阱。（涉及一些视角的问题。）

（4）保罗现在觉得自己很勇敢，他从继父那里偷了一些东西，这是保罗很久以来一直想做的。

（5）时间转移到五年后，保罗犯下重大入室盗窃案。

作家用第四个假设推动故事发展，因为她觉得这是有关保罗处境的更复杂的发展。她如果没有探索几个备选方案，可能就不会决定用这条故事线。

> 故事不是关于某个时刻的，而是关于特定时刻的。
>
> ——W. D. 韦瑟雷尔

练习43
玛戈·利夫西：你被邀请至此派对

我们都知道标准的工坊问题：这是谁的故事？他们想要什么？是什么阻止他们得到他们想要的东西？这些问题旨在帮助读者和作家聚焦故事，并推动故事和加剧冲突。这些问题真的很有帮助，对于某些类型的故事，尤其是情节驱动的故事，它们尤其适用。不过，有时候，我觉得从故事的场合来思考更有用。为什么这些人物出现在这里，参加这些活动？为什么我们作为读者，今天被邀请，而不是昨天或明天？

在最好的小说中，场景几乎总是比我们想象的要复杂。凯瑟琳·曼斯菲尔德（Katherine Mansfield）的《花园派对》（*The Garden Party*）在标题中宣布了这一场景。有一个聚会，我们被邀请了。但其他人，生活在这条小巷里的穷人却没有，这种奢侈与贫穷的痛苦并置成为故事的真实场景。

有时候，一个故事会有两个截然不同的场景，一个是我们在开篇发现的，另一个是逐渐浮出水面的。在查尔斯·德安布罗西奥（Charles

D'Ambrosio）的《点》（*The Point*）中，故事的第一个场景是叙述者少年纳拉托尔的母亲举办的一场派对，之后他护送一个醉酒的成年人回家。但当我们继续阅读时，我们意识到，在护送醉醺醺的格尼夫人回到她家的困难背后，还有另一个更黑暗的时刻：早上，叙述者发现父亲死于他自己的车里。

练习

重读你故事的开头一幕或一节，并回答以下问题：这个故事发生的场合是什么？现在阅读故事的其余部分，并再次回答这个问题。

目标

读者是我们的客人，我们需要尽快让他们在故事中感受到这是一个值得参加的场合，无论是悲伤的还是欢乐的。我们需要在故事结束时奖励出席者。

练习 44
所以，发生了什么？

C. 迈克尔·柯蒂斯（C. Michael Curtis）在介绍一组明星故事《美国故事：亚特兰蒂斯小说月刊》（*American Stories：Fiction from the Atlantic Monthly*）时说："每一篇都实现了人们在短篇小说中寻找的那种转变时刻，一种理解的转变，一种意想不到的智慧的一瞥，一种超乎想象的力量的发现……你会发现这里没有极简主义，没有素描或肖像，没有轻描淡写的事物，只有一些事物的本来面目；这些都是诚实的上帝故事（God stories），其中发生了一些事情。"我们还认为，一旦原始情况被呈现出来，从情况和行动的后果来看，就必须在故事中发生一些事情。

在珍妮特·伯罗薇关于冲突和结果的讨论中，她说："另一种看故事形状的方式是，从情境—行动—情境来看。故事以向我们呈现一个情境开始。然后，它会重新叙述一个动作，当动作结束时，我们将面临与开头相反的情境。这个公式似乎过于简单，但很难找到一个没有被它涵盖的故事。"

请记住，"相反"可能意味着故事开始时的叙述者不理解她的处境，但在一个场景或几个场景（动作）之后，到故事结束时她可能会理解，或者可能会理解关于另一个人、一个事件或一段关系的一些东西。请注意，柯蒂斯用"一种理解的转变，一种意想不到的智慧的一瞥，一种超乎想象的力量的发现"表达"转变时刻"——所有的内部变化、大脑的转变。詹姆斯·乔伊斯称这种时刻为"顿悟"。

伯罗薇接着说，"认知的时刻"必须在故事的具体世界中、在一个行动中表现出来或具体化：王子认出了灰姑娘，于是鞋子合脚了（见本书练习80"展示和讲述：被称为讲故事是有原因的"）。

而那些"什么都没发生"的故事又是什么呢？拉斯特·希利斯在《写作的一般性和短篇小说的特殊性》中，讨论了"开始像是人物素描的那种小说"。在故事的结尾，这个人物似乎没有改变，比以往任何时候都更加坚定地扎根在他所处的情境中。然而，什么发生了？他的"改变的能力"已经被移除，他再也没有希望了，这就是变化。珍妮特·伯罗薇用战争的比喻来解释这种类型的故事——一个故事开始时，双方都对胜利充满希望，结束时则双方各有一名幸存者，用血淋淋的拳头抓住边界的围栏。"这场战斗的结局是，双方都不会放弃，也不会有人获胜；永远不会有结局。"在这两种情况下，可能性和希望都消失了。故事带来的影响发生在目睹了这一失败的读者身上。

练习

找出你创作的五六个故事，一个接一个地重读它们，并在每个故事中寻找"发生了什么"。记下每一个转变的时刻、认知的时刻、顿悟的时刻，然后寻找使这些时刻显现的相应行动。

目标

写一些发生了什么事情的故事。

学生范例

［在《婚姻》（*Matrimony*）中，第一人称叙述者终于意识到她和前夫应该继续分道扬镳。故事的最后几句话表明了这一点。］

那天晚上，菲利普回到了自己的公寓，而我播放了我们婚礼的录像带。我把整个婚礼看了一遍，然后倒带时又看了一遍：我看着我们作为丈夫和妻子的第一次亲吻，我们的嘴唇分开了，我们慌乱地向后走下过道，最后在不同的时间走出教堂，各自离开。

——迪娜·约翰逊（Dina Johnson）

我用手写作。我的巴尔的摩邻居安妮·泰勒和我可能是仅剩的两位真正用钢笔写作的作家。她说，把剧本写在纸上的肌肉动作让她的想象力回到了原来的轨道上。我也有这种感觉。我印刷品中的对话，往往会在停止之前持续一段时间，我把这归因于钢笔的字迹潦草。打字写初稿，把每个字与下一个字在物理上隔开一点，会让我有一种麻痹性的意识。好的老剧本，是把这个字和那个字联系起来，把这句话和那句话联系起来，这就是好的情节，对吧？当这个过程循环并连接到……

——约翰·巴思

练习 45
快进，还是"我不知道……"

长期以来，学生一直被告知不要使用"我所知甚少"之类的陈词滥调来向读者透露未来会发生的事情，这些事情是人物当时不知道的。然而，许多作家，如弗兰克·康罗伊（Frank Conroy）、洛林·穆尔（Lorrie Moore）、爱德华·P. 琼斯（Edward P. Jones）和萨曼·拉什迪（Salman Rushdie），都利用了这一技巧，所以学生们也应将其收藏进你们的工具箱。快进式的提前叙述允许叙述者告诉读者在故事发生时他无法知道的事情。这样的启示给故事增添了张力，因为读者看到了叙述者在不知情的情况下对事件作出的反应。

在故事《纸上的损失》（*Paper Losses*）中，洛林·穆尔用快进的方式告诉读者，她的叙述者基特还不知道她丈夫自从在地下室制作火箭模型开始出现的奇怪行为。基特想："她嫁给的那个英俊的嬉皮士怎么了？他易怒又冷漠，满脸愤恨。蓝绿色的眼睛里透着一种茫然。"穆尔又写了几句话，"当然，后来她会明白，这一切意味着他与另一个女人有牵连，但当时，为了保护自己的虚荣心和理智，她只考虑了两种假设：脑瘤或太空外星人。"因此，现在读者所知与基特所知之间存在差距。这一差距使读者产生了对他们婚姻会怎样破裂的好奇心。当离婚文件送达时，穆尔再次为故事增加了快进的声音。"拉夫（她的丈夫）还住在房子里，还没有告诉她自己买了新房。"尽管拉夫试图劝说她不要去他们预订好的加勒比度假之旅，因为这会给孩子们带来虚假的希望，但她坚持说"希望从来都不是虚假的，或者永远都是虚假的。不管怎样，它只是希望"。读者知道一些她不知道的事情：她自己的希望是徒劳的。后来，她希望通过旅行中二人的私密互动和解。穆尔在故事的过程中又使用了两次快进，最后一次她写道："他想给她开什么罚单？（直到后来她才发现，邻居告诉她：'作为女权主义者，你不能责怪另一个女人。''作为一个女权主义者，我请求你不要再和我说话。'基特回答道。）"她对终于知道了真相的愤怒在故事最后的特殊声音中得到了表达。故事的戏剧性部分源自读者比基特了解更多，并等待看她发现真相时的反应。这种技巧与使用不可靠的叙述者有些相似，但相似之处仅在于叙述者还没有掌握所有事实，而不是歪曲事实。

爱德华·P. 琼斯用"以后"表示未来时间，快进的效果很好。在琼斯获欧·亨利奖的故事《老男孩，老女孩》（*Old Boys*，*Old Girls*）中，他的人物凯撒因为两起谋杀案获刑，即将出狱时，收到了哥哥和姐姐的来信。他把信撕了，因为他再也不想见到家人。然后琼斯写道："不到半年以后，当他从姐姐的车里跌跌撞撞、受着伤、感到迷茫地走出来时，他会很高兴自己这样做了。"因此，读者期待着凯撒与姐姐的会面，而在目前的故事时间里，凯撒发誓这永远都不会发生。琼斯再次用快进告诉我们，凯撒最终会遇到伊冯·米勒，他曾经爱过的女人——一个多年前失踪的女人。凯撒已经搬进了一间公寓，琼斯写道："他在那里的第三周才知道，另一条走廊住的是伊冯·米勒。"

琼斯的几个故事在开头的句子中都使用了快进。《养鸽子的女孩》（*The Girl Who Raised Pigeons*）的第一句话是："几年以后，她的父亲会说，这是她梦到的，她从来没有在凌晨两三点爬过厨房窗口去看鸟群。"《第一天》（*The First Day*）的第一句话是："在一个平淡无奇的九月早晨，早在我学会为母亲感到羞耻之前，她就牵着我的手，我们沿着新泽西大道出发，我上学的第一天开始了。"请注意，他是如何让我们预见到他为母亲而感到羞耻的时刻的。《一个新男人》（*A New Man*）第一段末尾有一句话："大约十三年以后，当他俯身在酒店浴室的水槽上，准备做一个年轻工程师声称他无法处理的工作时，死亡的阴云笼罩过来，他会处于同样的位置上。"同时，他还活着，"很早就回家了，发现他的女儿和两个男孩在一起"。

萨曼·拉什迪在《午夜的孩子》（*Midnight's Children*）中一遍又一遍地使用快进，提醒读者未来会发生什么。"几年后，当帕夫斯叔叔试图把他的女儿卖给我，条件是负担她拔牙、换金牙的钱时，我想起了泰伊那个被遗忘的宝贝……阿达姆·阿齐兹小时候就爱他。"再读一读这本小说，可以学习拉什迪使用这种技巧的诸多方法。

练习

找一个故事，你可以在其中插入一句话，即在故事或人物的生命历程中"以后"会发生的事情——人物本身还不知道。它不应该是结局，而是一个能让读者预见未来的细节。尽可能少写，最好只用一两句话。

目标

要意识到你是讲故事的人，可以决定什么时候讲什么。要学习如何通过向读者透露比叙述者知道的关键时刻更多的信息，来增加故事的戏剧性、预期和恐惧感。

练习 46
情节可能性

当你写情节时，最需要记住的是，老板是你，而不是人物。这是你的故事，你有无限的选择权。作为小说的创作者，你应该对故事讲述者的角色感到无比自在。

练习

写五个小故事（每个限 200 个词），描述一个事件或一组场景，比如一对男女站在城市人行道上，正在叫出租车。每个故事的人物、情节和主题都应该与其他故事不同。

目标

松开使你只能讲一成不变的故事的束缚。强调这样一个事实：情节不是预先设定的，而是你可以随意控制和操纵的东西，就像提动木偶的线；并再次证明，解决问题的方法有很多。

学生范例

（1）下午两点，身穿西装的四十四岁男子约翰和身穿紧身裙、高跟鞋的二十二岁女子道恩从汉考克大厦走出来。当约翰站在街上试图叫出租车时，道恩却站在人行道上哭泣。约翰是道恩的老板，她是他的秘书。一点四十五分，她接到医院的电话，她的母亲心脏病发作，正在接受重症监护。当道恩告诉约翰她为什么要这么突然地离开时，他看起来好像是自己的母亲在医院一样。道恩不明白他为什么如此担心，为什么要和她一起去医院。约翰在出租车上拉着道恩的手说："天哪，天哪。"他想知道他怎么才能告诉道恩，他是她母亲的情人，他们在道恩带她母亲参加公司圣诞派对的那天晚上坠入了爱河。

（2）和往常一样，波琳以她的父亲为耻，现在他正试图叫一辆出租车，像个傻瓜一样。他坚持要和她一起去面试。当她和人事主管在一起的时候，他坚持坐在等候室里，还缠着接待员说她小时候有多可爱，长大后有多聪明。波琳知道他做这些事是出于好意，他希望她在这个城市里是安全的，但这快把她逼疯了。

（3）麦琪讨厌这座城市，讨厌这座城市里的人，讨厌噪声，讨厌尘土，尤其是那个站在她面前，一起等出租车的男人。当一辆出租车终于停了下来，他把手放在车门上时，她用臀部狠狠地撞了他一下，致使他摔倒在街上。"等你自己的出租车，伙计。"

"麦琪？"他说，依然躺在地上，"麦琪·菲利普斯？是你吗？"

"哇，"她说，"是你，潘特里医生。天哪，如果我知道是你，我永远不会这么重撞你。"

"还是这么鲁莽，对吗？"他说。潘特里医生是麦琪的精神科医生。她把他扶起来，在接下来的五十分钟里，他们站在人行道上，潘特里医生仔细地听着，并做笔记，麦琪把自己一生的不幸都告诉了他。

（4）试图叫出租车的那对穿着像保险销售人员的男女，刚刚完成了他们迄今为止最大的犯罪。虽然时间不算长，但十一个钱包、一块手表和一台太阳能计算器对于五分钟的工作来说并不算差。一进出租车，他们就开始翻看赃物，并没有意识到出租车司机正在后视镜中看着他们。这名女子谈到他们如何最终买得起辛迪的牙套，这名男子说他现在可以付房租了，而出租车司机带他们绕道去了警察局。

（5）乔只开了两个星期的出租车，仍然觉得这份工作令人陶醉。他喜欢在每个人上他的出租车之前弄清楚他们是什么样子的，尽管他通常对人的看法是错误的。最后一次搭乘他车的是一名异装癖者，对方以假乱真，他差点约对方出去约会。现在，人行道上一对情侣中的那个穿着三件套西装的男人向他挥手，他和那位年轻得多的女人一起工作，而且是一对渴望逃离、想要激情一下午的恋人。为什么不可能是这对呢？"森林草地墓园，"男子上车时说道，"快点。我们不想迟到。"

——特里·弗伦奇（Terry French）

> 一件艺术作品对社会毫无意义。它只对个体的人重要。
>
> ——纳博科夫

练习 47
作为叙事性总结的背景故事：谁来过夜？!

学生通常会避免进行叙事性总结，即使一个故事可能有一段令人着迷的背景故事或者一段重要时间应该被总结。我们有时会建议学生们抄写他们敬佩的作家的一段叙事性总结，以体验叙事总结的长度。一名学生选择将雷蒙德·卡佛的故事《大教堂》的开头抄下来。卡佛的叙述者在第一行告诉我们，"这个盲人是我妻子的一位老朋友，他正找地方过夜。"然后，叙述者向我们讲述了盲人的生活，他妻子与盲人的友谊，以及他对妻子求爱的过程，这一切都在一段长达三页半的叙事性总结中得到了详细讲述。找出托拜厄斯·沃尔夫、艾利丝·芒罗、朱诺特·迪亚斯（Junot Diaz）、安东尼娅·纳尔逊（Antonya Nelson）、艾利斯·霍夫曼、詹姆斯·鲍德温和理查德·福特作品中的叙事性总结段落，看看这些段落的信息有多丰富。

练习

使用《大教堂》作为你创作的故事样板，以一句话开始故事，说谁来过夜。这个"谁"应该是一个不受你的叙述者欢迎的客人。因此，用一句台词介绍即将到来的来访，然后创作一个详细的背景故事，讲述客人是谁，讲述叙述者为什么不希望对方来拜访，同时告诉我们叙述者的生活。客人可以是叙述者认识或不认识的人，以《大教堂》为例。不受欢迎的客人可以是老室友、配偶的亲戚、配偶的前男友或前女友、关系疏远的兄弟姐妹。告诉读者他们随时都会到达。然后，当叙述者和读者在等待他们的到来时，让叙述者告诉我们他们生活中令人紧张的背景故事。

目标

写出这样的段落：能够提供丰富的信息，并能够提供故事将如何进行的背景故事，让读者保持参与并想了解更多。

练习 48
预言的结局

很少有读者会想翻到小说的结尾来找出"发生了什么"，因为到达结尾的旅程是置身于这个特定故事中的乐趣之一。然而，有些作家在故事或小说的开头就讲述了未来的事件，他们相信自己的故事讲述能力能够让读者读下去。迈克尔·坎宁安（Michael Cunningham）在其小说《白天使》（*White Angel*）的开头就写了两个兄弟，其中弟弟很崇拜他的哥哥卡尔顿。"多亏了卡尔顿，我是四年级班上犯罪率最高的九岁孩子。他说东我不会往西。"下一句话开始了，"这是卡尔顿去世前几个月，在一个小时里，雪下得如此大，大地和天空都一样白"。我们能为这"一小时"继续读下去——即使知道卡尔顿即将去世，我们还是继续读这一小时。

鲁道夫·安纳亚在他的小说《奥蒂莫，保佑我》中也预言了一些事情。在第一页，他的叙述者告诉我们："我们家的阁楼被分成了两个小房间。我的姐妹黛博拉和特蕾莎睡在一个房间里，我睡在门边的小隔间里。嘎吱嘎吱的木台阶通往厨房的小走廊。从楼梯顶上，我可以看到我们家的中心地带——我母亲的厨房。从那里，我看到了带来警长被谋杀的可怕消息的查韦斯惊恐的表情；我看到我的兄弟们反抗我的父亲；很多个深夜，我看到奥蒂莫从拉诺回来，她在那里采集草药，那些只有在满月的光下才能由巫医细心的手采集的草药。"请注意，谋杀和他的兄弟们的反抗是如何编织进一句话里的，而这句话把我们引向了他崇拜的奥蒂莫。

在《伊巴拉的石头》（*Stones for Ibarra*）一书的开头，哈丽特·多尔（Harriet Doerr）写道："他们在这里：一个刚过四十岁的男人和一个不到四十岁的女人来到墨西哥城打算度过一生，并已在穿越中部高原的跨国旅行中迷失了方向。旅行车的司机是理查德·埃弗顿，一个蓝眼睛、黑发的倔强男人，死得比他想象的要早三十年。坐在他旁边座位上的是他的妻子萨拉，她既没有想象到他的死亡，也没有想象到自己的死亡，无论是现在还是过去。"

在霍华德·诺曼（Howard Norman）的小说《鸟类艺术家》（*The Bird Artist*）的第一段中，法比安·瓦斯提出了一个惊人的启示："我叫法比安·瓦斯。我住在新发现地的无智湾。你不会听说过我。尽管如此，默默无闻并不一定是失败；我是一名鸟类艺术家，或多或少地以此为生。然而，我谋杀了灯塔管理员博托·奥古斯特，这也是我对自己看法的一部分。"然而，此谋杀案几乎要到小说的结尾才发生。

其他早早写出结局的小说作品还有伊丽莎白·简·霍华德（Elizabeth Jane Howard）的《远景》（*The Long View*）和加布里埃尔·加西亚·马尔克斯的《一桩事先张扬的凶杀案》（*Chronicle of a Death Foretold*）。

练习

从你自己的故事中选择一个，其结局是：有人永远离开了一个地方或一个人，或者有人死亡，或者发生了无法挽回的事情。现在把这个"新闻"移到故事的开头。记住要简短。然后再读一遍你的故事，看看故事的过程本身是否有意义。

目标

通过"放弃"结尾，逐句给故事施加压力。理解时间线是流动的，有时与故事的经历无关。

第七章　风格的要素

风格是箭上的羽毛，而不是帽子上的羽毛。

——乔治·山普森（George Sampson）

我们从 E. B. 怀特（E. B. White）和威廉·斯特伦克（William Strunk）的写作圣经中借用了本章的标题。怀特在一次采访中表示："我不认为风格是可以被教出来的。风格更多来自一个人是谁，而不是他知道什么。"他接着说："有一些线索可以找出来，以利于学习。它们是我在《风格的要素》（*The Elements of Style*）第五章中抛出的 21 条线索。这些线索没有什么新的或原创的东西，但它们都被专门列了出来，供所有人阅读。"每个人的书架上都应该有这本书，作为提醒，我们在下面列出了该书第五章的标题：

（1）把自己放在背景中；（2）以自然的方式写作；（3）根据合适的设计写作；（4）用名词和动词写作；（5）修改和重写；（6）不要过度地写；（7）不要夸大；（8）避免使用修饰语；（9）不要影响到轻松的方式；（10）使用正统拼写；（11）不要解释太多；（12）不要构造令人尴尬的副词；（13）确保读者知道谁在讲话；（14）避免花言巧语；（15）不要轻易使用方言；（16）明确；（17）不要发表意见；（18）谨慎使用修辞手法；（19）不要以清晰为代价走捷径；（20）避免使用外语；（21）宁愿选择标准的，也不选择另类的。

斯特伦克和怀特的建议是一个很好的起点，但不是关于小说风格的全部。如果约翰·巴思没有他教学指导式的风格，如果迪迪翁不是"迪迪翁"，如果弗拉基米尔·纳博科夫没有他复杂、高雅的风格，如果艾丽斯·亚当斯没有她的修饰语，如果劳丽·科尔温（Laurie Colwin）没有她轻快的风格，如果拉塞尔·霍本没有他非正统的拼写，如果尼科尔森·贝克（Nicholson Baker）没有他的解释性话语，如果弗兰纳里·奥康纳没有方言方面的发明，如果约瑟夫·康拉德没有发表他的意见，如果约翰·厄普代克没有他的修辞手法，如果托马斯·曼（Thomas Mann）和桑德拉·西斯内罗斯没有用外语，如果唐纳德·巴特尔梅没有那些不寻常的言论，会是什么样？

从斯特伦克和怀特的建议开始，随着你在写作和生活中越来越有经验，你会形成一种更加个性化的风格。风格是一种个人特征，由作家的特定词汇、句子结构、主题、转折、态度、语气和想象等构成。

英国评论家西里尔·康诺利（Cyril Connolly）说："风格体现在语言中。作家的词汇是他的货币，但它是一种纸币，它的价值取决于支持它的思想和心灵的储备。语言的完美运用是这样的：每一个词都承载着它所要表达的意思，无论多少。"

爵士乐巨匠迈尔斯·戴维斯（Miles Davis）说："你必须演奏很长时间，才能奏出你自己。"写小说也是如此。本章的练习旨在让你更清楚自己的作品和你所欣赏的作家作品的风格，如句子结构、词语选择、措辞、语气等。令人惊讶的是，约翰·厄普代克曾向一位采访者抱怨说，无论他多么努力地让自己的文章看起来像别人写的，他的文章还是像约翰·厄普代克。他还说，让你的文章摆脱别扭的最好方法是大声朗读。眼睛和耳朵是相连的，读者看到的东西会以某种方式传递到他的内耳中。太多类似结构的句子会让你的读者打哈欠。太多无意中重复的字词或短语也会让读者耳朵感到不快。要知道哪些词你用得太多了，比如"以及""就是""看""甚至"等。在向任何人展示你的作品之前，一定要大声朗读。这样做可以帮助你避免单调、重复、平淡、无意中的缀词以及其他阻碍文字流畅度的失误。若你没有大声朗读过你的作品，你的老师、同学和未来的编辑都能看出来。

因为没有记笔记的习惯，或者说没有养成这种习惯，我损失了太多。这本来能带给我很大的好处；现在我年纪大了，有了更多的时间，写作对我来说不那么繁重了，我可以在闲暇的时候多写一些。我应该在一定程度上努力记录过去的印象、记录过去的一切，我看到的一切、感受到的一切、观察到的一切。捕捉并保留生活中的某些东西——这就是我的意思。

——亨利·詹姆斯，日记本，1881 年 11 月 25 日

练习 49
罗德·凯斯勒：你自己的风格

学生们经常会惊讶地发现自己写作风格中的模式。这些模式有时显示出风格的优势，但有时则暴露出一些问题，但问题是很容易解决的。例如，使用了太多"当"的结构，如"当他走路时"。

练习

从你定稿的故事中复制一页。可以是故事的开头，也可以是中间的一页，这并不重要，但要确保文字排列整齐。还可以准备一页你欣赏的作家的小说书页。接下来，分析你的页面。[①]

（1）句子长度。从页面顶部开始数十句话，列出每个句子的字数。你的句子长短变化如何？你使用了长短混合的句子还是长度都差不多？

接下来，将你这十个句子中的所有字数相加，然后除以 10，得到句子的平均长度。

现在，在你欣赏的作家小说页面上进行同样的操作。这些句子与你自己的句子相比有多大差异？作家句子的平均长度是多少？

（2）修饰语密度。在你自己的写作样本上，标记你在前 100 个词语中使用的形容词和副词，并将它们相加。这给出了修饰语的近似百分比。（如果你数出五个，那就是百分之五）。

在你欣赏的作家小说页面上执行相同的操作。相比之下你的风格如何？

（3）句子结构。你的每一段都包含简单句、复合句和从句吗？或者它们都是相同的结构？例如，你有多少次用动词开头（跑到车站，杰克……仰望天空，琼……）？你用了多少次主谓结构？你有多少次用"当"作为连词（当钟声响起时，杰瑞转身离去）？（阅读约翰·加德纳在

---

① 此处讨论多涉及英语写作的情形，翻译时略作调整，以适用于中文写作者。——译者注

《小说的艺术》一书中对"句子"的讨论，他在其中通过例子教授了关于句子的课程。）

（4）措辞。前 100 个词中有多少超过两个字的，三个字的，或更多个字的？（再次阅读同一本书中加德纳关于"词汇"的讨论。）

（5）动词。你的动词中有多少是无聊的"进行"之类的形式？你多久使用一次被动语态？

目标

能够客观地看待自己的文章风格，并决定是否需要做出改变，比如改变你的句子长度，或是改掉一个明显的用词习惯。一些学生可能会想超出 10 个句子和 100 个词的限制，更深入地研究他们"未经雕琢"的文章。

> 战争期间，我从消防队的一个男仆那里得到了《爱》（*Loving*）的灵感。他和我一起在部队服役，他告诉我，他曾经问过他身边的老管家，这个老男孩在世间最喜欢什么。答案是："一个夏天的早晨，躺在床上，窗户开着，听着教堂的钟声，用柔软的手指吃着涂黄油的吐司。"我瞬间就从中看到了一本书。
>
> ——亨利·格林（Henry Green）

练习 50
禁忌：弱**副词**和弱**形容词**

伏尔泰说，形容词是名词的敌人，副词是动词的敌人。于是，战争接踵而至，目的是将形容词和副词永远地驱逐出去，断然而不公平地取缔它们。约翰·加德纳说："副词要么是小说家工具箱里最枯燥的工具，要么是最锋利的工具。"副词并不是用来强化动词的，而是像"慢慢地走"里的用法，用来与动词产生摩擦或改变其含义。举例来说，将下列副词与不同的动词配对，看看它们如何改变这些动词：无情地、认真地、纯洁地、毫无特色地、勉强地、无偿地、错误地、偷偷地、不充分地。这是马克·吐温写给一位年轻的崇拜者的话："我注意到你使用简单明了的语言，简短的词语（简短的句子。这就是写英语的方法。坚持下去。），不要让花言巧语潜入。当你抓住一个形容词时，把它杀死。不，我不完全是这个意思，但杀死它们中的大多数，剩下的就有价值了。它们靠近时会减弱力量，分开时则会增强力量。"

形容词看似支持名词，但实际上往往削弱了名词。然而，有些形容词与风格和意义有着千丝万缕的关系。每当你使用形容词时，要尽量让它出乎意料；它应该远离名词，给二者以一种美妙的张力。副词也是如此。

下面是副词和形容词使用得很好的例子：

她去德国、意大利，那些让人想要**贪得无厌地**去拜访的地方。

——《去年九月》（*The Last September*）

伊丽莎白·鲍恩

在牧师的房子里，人们**热切地**注视着死亡，并对其进行了宣讲。

——《彼得和罗莎》（*Peter and Rosa*）

伊萨克·迪内森（Isak Dinesen）

她把脚踏板踩到底，就像一个巨大的、史前的、笨拙的东西，吉普车**愚蠢地**跳下了畜栏。

——《悲惨季节》（*A Wrestling Season*）

莎伦·希赫·斯塔克

我一直很喜欢优雅的姿态，比如，当我和一个女人跳完舞，我总是会鞠躬。但随着年龄的增长，我获得了一个特质，能够预测我什么时候会做些**愚蠢的**事。

——《空中之王》

伊桑·卡宁

她再次伸手去开门，眼睛一直盯着他，就像一个俘虏**小心翼翼地**朝逃跑的方向走去。

——《金星凌日》

雪莉·哈泽德

我们与河流紧紧相连，我们能感觉到它的位置，并像牛一样**本能地**向它靠近。

——《契诃夫的妹妹》（*Chekhov's Sister*）

W. D. 韦瑟雷尔

当苏拉第一次拜访赖特家时，海伦的冷嘲热讽让她的心像**凝固了一样**。

——《苏拉》（*Sula*）

托妮·莫里森

气球爆炸似的一声巨响，（船）啪的一声分开，直直倒了下去。

——《悲惨季节》

莎伦·希赫·斯塔克

主席闭着眼睛坐着，试图把自己的想法**按字母顺序**排列。

——《少女们的遗言》（*Memento Mori*）

穆丽尔·斯帕克（Muriel Spark）

汉克未被哈佛法学院录取；但**好心的**耶鲁大学接受了他。

——《另一个》（*The Other*）

约翰·厄普代克

在房间的另一边，双胞胎在**摇摇晃晃的**狗狗下面玩耍。

——《宝贝，宝贝，宝贝》（*Baby, Baby, Baby*）

弗朗索瓦·卡莫因

"也许博福特一家不认识她。"珍妮带着**天真的**恶意暗示道。

——《纯真年代》

伊迪丝·华顿

他凝视着她那张专注的年轻面孔，心中充满了占有欲，其中夹杂着对自己男子气概的骄傲，以及对她**深不可测的**纯洁的温柔崇敬。

——《纯真年代》

伊迪丝·华顿

练习

找一篇别人出版过的小说中的故事，圈出其中的副词和形容词，并思考哪些词真正起到了作用。然后，把所有的弱副词和弱形容词换成你自己的强有力的词。再考虑完全不要它们的情形。现在，用一个你自己的故事做同样的练习。

目标

警惕这些词语辅料的威力和弱点。避免使用它们，除非它们能添加你真正需要的东西。

强调这样一个事实，即单独使用动词和名词要比添加修饰语时更强，修饰语不会增加细微差别或意义，它们像一副折断了的拐杖。

学生范例

弯腰驼背，双手紧握剪刀，老妇人像影子一样从一片小白桦树林后走过，**霸道地**走进邻居的花园。

——科琳·吉拉德（Colleen Gillard）

我拍着斯帕基的嘴，让他**魔鬼似的**大笑，或者让他侮辱坐得离舞台太近的人。

——马特·马里诺维奇

我希望故事开头的几句话能让我感到震惊，并让我参与其中；在故事的中间，能拓宽、加深我对人类活动的认识；最后，给我一种完成状态的感觉。结局是读者发现自己是否在读作家认为自己在写的同一个故事的地方。

——约翰·厄普代克
摘于《贝斯入门》（1984）

练习 51
短语不是礼物

短语是由一组中性词连缀而成的陈词滥调式词组。懒惰的作家会使用词组来寻找一种简单的方法帮他摆脱困难或滑头的想法。（它们经常出现在句子的开头。）

练习

远离下面这些短语。它们向聪明的读者表明，你是一个令人乏味的作家。

比以往任何时候都好
出于一些奇怪的原因
一些……
大家都知道
她不知道自己在哪里
事情失控了
这一点也不奇怪
这超出了他的能力
不用说
不用想
他活在当下
早早儿
情绪起伏
我几乎不知道
完全没用
唯一的声音是

目标

学会避开陈词滥调，如果你要使用它们，那一定是带着某种目的的。

练习 52
克里斯托弗·基恩：练习写干净利落的文章

太多的新作家都在琢磨故事而不是文字，应该用文字构建故事。他们早期的努力往往是写得过多，显得花里胡哨。下面的练习将挑战你对语言的使用，它可能会改变你的写作方式。

练习

用单音节词写一个短篇故事。[①]

目标

让你留意词语的选择。

学生范例

火

我看见她穿着红连衣裙，头上系着红蝴蝶结。她穿着黑鞋和白袜，白袜子一直到她的膝盖。火灾发生时，她，应该五岁。天应该还很黑，很冷。

那时她应该在屋里。

她应该会从沉睡中醒来，好像被谁推了一把。她应该知道怎么办。他们告诉我，她就是这样，她就是那种孩子。

---

① 这里指英文情形，为了让读者更直观地感受用单音节词创作，现将原文附于译文之后。在中文写作中可以尝试多用单字的词来进行创作。——译者注

我看到她离开房间，站在前厅的楼梯顶，闻到了烟味。她会穿上衣服，爬下床时穿上衣服。当她闻到烟味时，她会出声尖叫，声音从肺穿过她的嘴，号啕大叫。叫声会吵醒屋里其他人。它会回荡着穿过房间，顺着烟爬上楼梯，从门缝渗出，震动玻璃。

那个男人先起床，叫醒了他的妻子。他们听到孩子的号叫，伴着烟，他们跑向双胞胎的婴儿床，他们跑向他们的房间。火焰舔着紧闭的门，爬上墙。

这名男子和他的妻子匍匐着下了后面的楼梯。他们听到了女孩的尖叫，但无法到她那里去，没时间了。他们不想离开这所房子，但他们必须走，尽管还有时间。他们必须不惜一切代价救下每人怀里各抱着一个的双胞胎。这对双胞胎继续睡着，他们睡得很熟，被安全地抱着。

我看到她的红连衣裙。我看到她头上系着红蝴蝶结。她会被告知她救了他们所有人，她会很高兴。她脸上和胳膊上都会有疤。伤疤会痛的。那场火灾将伴随她一生。

她会在梦中看到红连衣裙和红蝴蝶结，白袜子一直到膝盖。在她的梦中，她会站在前厅的楼梯顶。她会闻到烟味，开始号叫。伤疤还没出现，痛苦也还没来到。

——安妮·布拉什勒（Anne Brashler）

《故事季刊》编辑

附：

Fire

I see her in a red dress, a red bow in her hair. She would have on black shoes and white socks. The socks would be up to her knees. She would have been, say, five years old at the time the fire broke out. It would have still been dark; it would have been cold.

She would be in her room at the time.

She would have waked from a deep sleep as if pushed or shoved. She would have known what to do. She was that way, they tell me. She was that kind of child.

I see her leave her room, stand at the top of the stairs in the front hall, smell the smoke. She would be dressed; she put on her clothes when she climbed out of bed. When she smelled smoke she would scream a fire scream that would start at the base of her throat, pass through her lips in a howl. The howl would wake those in the rest of the house. It would curl through the rooms, ride the smoke that climbed the stairs, seep through doors, cloud the glass.

The man got up first and woke his wife. They heard the child's howl filled with smoke, and they raced to the cribs of the twins, they raced to their room. Flames licked the closed doors, climbed the walls.

The man and his wife crept down the back stairs. They heard the girl's scream but there was no way to reach her. There was no time. They did not want to leave the house, but they had to. While there was still time. They must save at all cost what they had in their arms. Each held one of the twins that they took from the cribs. The twins slept on. They slept a dead sleep, safe in the arms that held them.

I see her red dress. I see a red bow in her hair. She would be told she saved them all, and she would be glad. She would have scars on her face and arms. The scars would hurt. The fire would be with her through life.

She would see the red dress and the red bow in her dreams, the white socks up to her knees. In her dreams, she would stand at the top of the stairs in the front hall. She would smell smoke and start to howl. The scars would not have come yet, nor the pain.

第八章 作家工具箱

正如我们在导论中所说，我们认为这一点值得重复强调——写作者必须要像作家一样思考，并且要掌握流畅、有感觉和有控制力的写作所需的工具。像作家一样思考，意味着我们要开放、怀疑、好奇、热情、宽容和诚实。像作家一样写作，则要学习特定的写作技巧，并不是偶然地学，还要改掉一些坏习惯，比如使用陈词滥调或粗俗语言、浪费文字或匆忙乱写。

我们所说的"工具"，包括解决时间和空间所呈现的问题、将抽象的想法带到生活中、学会更多地展示而更少地讲述，处理过渡，以及为从食客到狗的一切角色取名。

一些"有福"之人似乎能够坐下来，即刻写出优美而激动人心的文章。然而，我们中的大多数人必须经历一段漫长的学徒期，一次接一次地尝试，直到我们的小说落到正确的位置上；除了试错，没有替代品。当你修改的时候，你会发现自己是一个无情的编辑，不断地裁剪和重塑，直到达成你想要的样子。以下练习旨在为你的写作提供一路上的陪伴。它们应该能帮助你的初稿从不确定性和混乱中走出来，成为你完全有理由为之骄傲的一件作品。

练习 53
罗比·麦考利：时间和节奏问题的处理

传统规则是，旨在表现人物重要行为、戏剧化事件或带来改变情境的新闻的片段，应以场景化或目击者的方式处理。对于故事的发展来说，次要的时间或事件的延伸是通过所谓的叙事桥来处理的。直接对话是言论的直接报告；间接话语是对所说内容的总结。以下是一些例子：

场景

现在他们还在浅滩，雨还在下，河水泛滥。约翰下了吉普车，凝视着他们必须蹚过的汹涌的白色河水，过去后才能再次到达泥泞的道路上。

叙事总结

到蓬塔戈达的路途艰险，这趟旅程花了两天时间。有一次，他们不得不穿过一条汹涌的河流，沿着只有吉普车才能驶过的泥泞道路前行。

对话

"现在我们该如何对付这个怪物？"丽莎问道。

"放轻松，"约翰说，"我们把绳子拿过来，绕过那棵大树，用绞盘把吉普车拉过去。"

"但是谁带着绳子在洪水中游过去呢？"

"嗯，我不会游泳，"他说，"但你应该很擅长游泳。"

间接话语

当他们来到水位暴涨的河边时，约翰建议他们放一根绳子，然后用吉普车的绞盘把车拉到更远的河岸。因为丽莎经常谈论自己的游泳能力，他刻薄地建议她把绳子带过去。

练习

以班级为整体，想出一个情节或一系列事件，这些情节或事件可能会构成一个较长的短篇故事。接下来，写一个场景，在其中指出：

（1）你将在哪里写出一个完整的场景或附带的场景。

（2）你将使用总结性话语的地方，可以是叙事总结，也可以是场景总结。

目标

学习识别一个故事的哪些部分应该在场景中直接呈现，哪些部分应该以总结的方式呈现。培养对节奏的理解力。

> 作家是那些写作比其他人更难的人。
>
> ——托马斯·曼

练习 54
罗恩·卡尔森：阐述
——宠物店的故事

讨论任何一个故事的恰当的开始，都是确定阐述所占的百分比；听起来很简单，但却是一个有用的方法，因为它可以提供故事组成部分的准确描述，并确定需要进一步证据的地方。我们将阐述定义为在当前故事的第一秒之前发生的任何事情；它也可能是在当前故事之后发生的任何事情，有时以限定条件或未来的语气写出来。有些故事几乎没有明确的阐述［它们被暗示了，像海明威的《白象似的群山》（*Hills Like White Elephants*）］，有些故事则以阐述为主。许多故事都有多个层次的阐述，也就是对当前故事产生影响的多个时间段。［参见艾利斯·芒罗的故事《拯救收割者》（*Save the Reaper*）。］如果说情节（当前的故事）是任何一个故事的发动机，那人物就是货物。

这项作业将产出一个 600～1 000 个词的短篇故事。如果少于 600 个词或超过 1 000 个词，你需要得到老师的许可。你如果把它写到了第五页——哦，那就把它写短一点吧。

故事将讲述两个人（异性，任何关系均可）去宠物店执行任务的故事。

练习

这是一个由三部分组成的故事，它从中间开始，然后回到开头，再跳到结尾。故事中包括：（1）两个人走近宠物店；（2）我们发现他们最近和不那么近的背景故事；（3）他们走进宠物店。

（1）第一页，写两个人走近一家宠物店，可以是任何一家宠物店——除了 Mammals and More，因为它已经被用过了。它可以是独立的店铺，也可以在购物中心里。这一页的任务是让我们相信两个真正的人出现在一个真实的地方。可以写对话，但这一部分至少应该有 90％的外部故事：两个人走近宠物店时的天气、声音和图像等。

（2）再写一页，让我们发现他们最近（今天）从哪里来，以及他们更大的背景故事是什么。

（3）写一到两页，让他们进入宠物店并寻找自己的目标。这一部分将根据需要把当前故事写进来，也可以有倒叙。可能会有另一个人物出现。这两个人可能完成也可能没完成他们的任务。

目标

当前故事的价值由阐述确立/决定/着色。当前行动与过去之间的动态变化是每个故事的关键演进特征。

> 故事是一种用来表达某些东西的方式，这些东西无法用其他方式表达，而故事中的每一个字都能表达出它的意思。
>
> ——弗兰纳里·奥康纳

练习 55
让抽象概念栩栩如生

写故事的一个主要问题是如何让抽象概念栩栩如生。仅仅谈论贫穷、野心或邪恶是不够的，你必须用描述性的感官细节、明喻和隐喻以具体的方式呈现这些概念。看看穆丽尔·斯帕克的《少女们的遗言》是如何写衰老的，查尔斯·狄更斯（Charles Dickens）的《荒凉山庄》（*Bleak House*）和卡罗琳·丘特（Carolyn Chute）的《缅因州的埃及豆》（*The*

Beans of Egypt, Maine）是如何写贫困的，拉尔夫·艾利森（Ralph Ellison）的《看不见的人》（Invisible Man）是如何写种族主义的，弗兰克·康罗伊的《停止时间》（Stop Time）是如何写成长的，西奥多·德莱塞（Theodore Dreiser）的《美国悲剧》（An American Tragedy）是如何写野心的，查蒂·史密斯（Zadie Smith）的《白牙》（White Teeth）是如何写移民经历的，威廉·戈尔丁（William Golding）的《蝇王》（Lord of the Flies）是如何写邪恶的。

练习

用具体的细节或图像来呈现以下几个抽象概念，使它们栩栩如生。

种族主义	贫穷
偏见	成长
野心	性欺诈
衰老	财富
救赎	邪恶

目标

学会用具体的语言思考。要意识到，具体的语言比任何花哨的词语和抽象的高谈阔论都更有说服力。

学生范例

种族主义
将他人称为"你们这些人"。

——弗雷德·佩尔卡（Fred Pelka）

贫穷
教堂地下室吃感恩节晚餐。

——安妮·卡普兰（Anne Kaplan）

性欺诈

把香槟洒在身上，以掩盖女性香水的气味。

——桑福德·戈尔登（Sanford Golden）

邪恶

故意在路上撞倒动物。

——桑迪·亚诺（Sandy Yannone）

偏见

维多利亚在打开图书馆的大门前，将樟脑塞在皮肤和内衣之间。她的母亲让她这样从犹太新年一直到逾越节，以防冬季感冒。"在波兰，天气更冷，"她总是说，"但我们在冬天从来没有生过病。"此时向维多利亚提到她的姑姑和姑父在波兰的冬天去世了是没有用的，不论他们是否健康。

她把书包放在图书馆高高的石头柜台上，那里用漂亮的书法写着"归还处"。"我希望你没有撕这些书。"福尔摩斯夫人停止了与一个看起来像贝蒂·克罗克的女人的交谈。她一本接一本地翻阅儿童经典读物，说有时候这些书看起来好像维多利亚在上面吃了晚餐。她对那个女人微笑。"你知道，所有东西在他们手里都会变成破烂。"

维多利亚去图书馆的儿童区坐了下来，桌子上摆着三本新书，她可能会在关门的时候把它们看完。她知道福尔摩斯夫人不会让她把这些书带出去，直到她用黄胶带遮住上面一些字。她想知道，如果福尔摩斯夫人知道她是整个五年级最好的读者，是否会对她有所不同。

——芭芭拉·索弗（Barbra Sofer）

生活不了解我们，我们也不了解生活，我们甚至不知道自己的想法。我们所用的词中有一半是没有任何意义的，另一半当中的每一个词又都被每个人按照自己的愚蠢和自负来理解。信仰是一个神话，信念像岸上的薄雾飘散；思想消散；词语一旦发音，就会死亡；昨天的记忆和明天的希望一样模糊，只是我那一串陈词滥调似乎没有尽头。

——约瑟夫·康拉德

练习 56
交通：到达不是乐趣的一半
——它很无聊

这不是一个严格意义上的练习，它更多的是一种提醒。当人物从一个地方移动到另一个地方时，只有在关键的时候才会写下他们是如何到达那里的。想想电影，我们很少在公共汽车或火车上看到一个人物，除非行程本身要告诉我们一些绝对需要了解的故事或人物。情侣们上一秒还在床上，接下来我们就看到他们出现在一家小酒馆里，借着一杯法国绿茴香酒调情。谁在乎他们是怎么从床上到小酒馆的？你如果可以在没有楼梯、人行道、地铁、飞机、火车和汽车等的情况下讲述你的故事，就避开这些地方。

> 写你知道的通常并不意味着写你自己的生活。写你知道的意味着写一个女孩看起来狂野的父亲骑着哈雷-戴维森摩托车从学校接她回家，意味着写你姑姑比拉农场里的罗得岛红母鸡，意味着写 1950 年普利茅斯的化油器工作方式。作家们应该带着内心的激情和同情心向外审视他人。
>
> ——罗恩·汉森

练习 57
给食客命名，给食物命名，给狗命名

如果在你写故事的过程中，以有餐馆和火葬场的县或镇为背景，故事中的人物是玩摇滚乐队的一员、赌马、踢足球或找到新的信仰，那你必须给这些命名。想想威廉·福克纳的"约克纳帕塔帕法（Yoknapatawpha County）世系"，托马斯·哈代（Thomas Hardy）的"韦塞克斯（Wessex）系列"，威拉·凯瑟（Willa Cather）的"红云"（Red Cloud）、玛丽莲·鲁宾逊的"指骨湖"（Fingerbone Lake），安妮·泰勒的《乡愁饭店的一餐》、旅游指南系列和《意外的旅客》，以及奥斯卡·希胡埃洛斯（Oscar Hijue-los）的"曼波之王"（Mambo Kings）。名字很重要。

练习

在你的笔记本里，为潜在人物列出一个不寻常的名字。事实上，每个作家都应该有一本旧年鉴、电话簿等，以便在需要命名人物时浏览。但别止步于此。为你可能需要在故事中命名的事物列出清单。

命名以下内容。想象一下它们可能会加入的故事。记住，语调很重要，所以既要选择一个严肃的名字，也要选择一个滑稽的名字。

沙漠小镇	足球队
赛马	食客
文学杂志	新宗教
新疾病	新星球
摇滚乐队	受污染的河流
夏日小屋	诗集
三胞胎	吉娃娃
利口酒	窃贼
美容院	酒吧
新饮食方式	口红
肥皂剧	游艇

目标

通过给你通常不需要命名的东西命名来释放你的想象力，不用在意它是谁的名字。

学生范例

沙漠小镇
干裂之唇（Drymouth）

——诺伦·凯瑟斯（Noren Caceres）

赛马

势如疾风（Windpasser）

——萨姆·哈尔珀特（Sam Halpert）

为赛而生（Race Elements）

——杰伊·格林伯格（Jay Greenberg）

夏日小屋

小古玩（Bric-a-Brac）

——卡拉·霍纳（Karla Horner）

三胞胎

法拉、斯特劳斯和吉鲁（Farrar，Straus and Giroux）

——罗伯特·沃纳（Robert Werner）

美容院

美到成功（Tressed for Success）

——E. J. 格拉夫（E. J. Graff）

食客

胖仔（Crisco）

——戴维·齐默尔曼（David Zimmerma）

新宗教

树民（People of the Tree）

——卡拉·霍纳

新星球

异食星球（Pica）

——多恩·贝克（Dawn Bake）

受污染的河流

翻滚之河（Floop River）

——丹尼尔·比格曼（Daniel Bigman）

吉娃娃

布鲁诺的午餐（Bruno's Lunch）

——卡伦·布鲁克（Karen Brock）

窃贼

硬币之手（Nick Spieze）

——格雷格·杜伊克（Greg Duyck）

新饮食方式

掉秤之斧（Body Carpenter）

——戴维·齐默尔曼

肥皂剧

被撞的和该死的（有线电视播出）［The Rammed and the Damned (on cable TV)］

——桑福德·戈尔登

游艇

拜浪（Waves Goodbye）

——莫莉·兰扎罗塔（Molly Lanzarotta）

> 让风格保持活力的全部秘密以及它和死气沉沉的风格之间的区别，在于没有太多的风格——事实上，别太在意风格，或者看起来别在意。它给写作带来了美好的生活……
>
> ——托马斯·哈代

练习 58
转场：空行不是转换符号

通常在写故事或小说的过程中，你需要一个转换来表示时间上的变化或空间上的移动，或是从场景到叙事总结的转移。许多作家在转场方面存在困难。他们要么过于精心地对待它们，以致把读者从加德纳所说的"生动而连续的虚构之梦"中拒之门外；要么完全忽略它们，并依靠换行的空白来表示某种转变已经发生。在以上每一种情况下，作家们都忽略了他们使用的语言媒介可以优雅地做到过渡。

在下面的示例中，每个作者都使用了空行来直观地表示转变的发生，但他们并不完全依赖于空行来表示转变。在每个示例中，空行上面的文本中的语言或细节与下面的语言或细节是相连的。

这是雷蒙德·卡佛在《我打电话的地方》中从现在转到过去的例子：

"如果，如果你要求，如果你倾听。布道结束。但不要忘记。如果。"他再次说道。然后他系上裤子，扯下毛衣。"我要进去，"他说，"午餐时见。""他在我身边时，我觉得自己像只虫子。"J. P. 说，"他让我觉得自己像只虫子，你可以踩在上面的东西。"J. P. 摇摇头。然后他说："杰克·伦敦，多好的名字。我希望我有一个这样的名字，而不是我现在的名字。"

空行

弗兰克·马丁第一次谈到"如果"的时候，我就在这里。

请注意，卡佛不仅用"第一次……我就在这里"来表示发生了变化，而且重复使用"如果"来使其变得优雅。

在艾利斯·芒罗的《与众不同》中，有一个时间变化发生在女人对保姆撒谎之后：

"我的车发动不起来了。"她告诉保姆，一位住在街上的奶奶。"我一路走回家。走路让人愉快，很愉快。我很喜欢。"

她的头发很乱，嘴唇肿胀，衣服上全是沙子。

空行

她的生活充满了这样的谎言。

有时，使用短语来表示时间或地点的变化更有效。卡佛在他的故事《发烧》（*Fever*）中使用了几个短语，"整个夏天，从六月初开始""一开始""在客厅""那天晚上，他把孩子们哄上床后""他挂断电话后""艾琳离开后""这是一段……的时间""就在和黛比的事件发生前""整个夏天""但几个小时后""有一次，在初夏时候""第二天早上""过一会儿""几个月来第一次""在艺术史的第一阶段里""下一节课""当他在教师餐厅排队吃午饭的时候""那天下午""那天晚上""秋季学期中""下一次他醒来的时候"。所有这些短语都用来在空间和时间上推进故事。注意学校的一天是如何优雅地从"在艺术史的第一阶段里"到"下一节课"再到"排队吃午饭"的。

练习

找一篇改过三到四次的草稿，检查你的转场。发生的事情清楚吗？你的转场是使用语言还是依赖于空行和读者的想象力？你的转场是否优雅地连接了两端？现在，重写你的转场，用语言作为桥梁，引导读者从这里去到那里，再从那里回到这里。

目标

能够优雅地引导读者跳过故事阅读中不必要的部分，并熟练地连接时间、记忆和空间的变化。

> 不管怎么说，最好的训练是阅读和写作。不要和不尊重你工作的爱人或室友住在一起。不要撒谎，争取时间，如果必要，借钱来争取时间。写下如果你不写就会让你喘不过气来的东西。
>
> ——格蕾丝·佩利

练习 59
如何推进叙事？

叙事作品包含多种技巧，有动作、对话、内心独白、描述、阐述、倒叙，以及作者自己的声音对读者的指导（这一种要少用，因为应该让读者自己弄清楚发生了什么）。一种构建持续向前的叙事的方法是想象作者把脚踩在汽车的油门上。当作者想把故事向前推进时，她把脚放在踏板上，故事就进入了"驾驶"状态。当她想要提供描述、阐述、对话等时，脚抬起，挂空挡，就像遇到红灯一样。当灯变绿，脚再次放下，更多的动作将接踵而至。

练习

看看迈克尔·坎宁安的《白天使》，它是一个很好的例子，当故事中的动作（踩油门）让位于其他技巧（松油门）时，你的脚会上下移动。不要为看似机械的方法所迷惑。我们的学生发现这个练习在写自己的故事时非常有用。

目标

说明作家在推进故事的过程中可以采用的多种模式，以什么样的速度、用什么样的方法去"打盆"。

> 没有什么比现实主义更真实。细节令人困惑。只有通过选择、消除和强调，我们才能获得事物的真正意义。
>
> ——乔治·奥基夫（Georgia O'Keeffe）

练习 60
劳伦斯·戴维斯：关闭噪声
——外来声音之美

在我们的生活中，背景噪声可能会令人生厌，甚至有时会让人发疯，但在我们的小说中，它可以为我们工作。嘎吱作响的楼梯、一首歌、一段广播、一条呜呜响的风扇带，它们发出的声音可能使最激烈的冲突更加尖锐。当行文足够巧妙时，一系列无关的声音可以让一段对话引发共鸣。即时场景之外的噪声、话语或音乐模式不会让人分心，反而会产生一种深度感，让说话者感受到突出的背景和张力。噪声结束时，可能会与读者的第一印象相矛盾，也可能会强化第一印象。也许人物看起来更具威胁性或更脆弱，甚至更可笑，但无论如何，你的人物都会活起来。

在福楼拜的《包法利夫人》第二部分第八章中，鲁道夫在镇上以浪漫的方式向艾玛·包法利求爱，而广场上的夸夸其谈声则标志着一场农业表演的开幕。"为什么要谴责激情？"鲁道夫问，"难道它们不是地球上唯一美丽的东西，不是英雄主义、热情、诗歌、音乐、艺术的源泉吗？"当艾玛的准情人大赞激情时，一位当地政要向乡下的农产品致敬："这里是葡萄树，那里是苹果树，那里是油菜籽，更远的地方是奶酪，还有亚麻；先生们，千万不要忘记亚麻！这几年亚麻的产量大增，我特别希望你们注意到这一点。"福楼拜从各个表达领域收集陈词滥调；在这里，他放手一搏，让两种平庸创造出一种绝不平庸的场景。最高潮的时候，当评委宣布最佳猪、最佳美利奴公羊和最佳粪堆的获奖者时，鲁道夫抓住了艾玛的手。这段小镇幽闭的插曲是让艾玛显得愚蠢或是可怜，还是两者兼而有之？一切都取决于福楼拜精湛的时机感和他对两种交织声音的喜爱。我们经常谈论作家的愿景，也许我们需要一个词来说明作者是如何听到这个世界的。

约瑟夫·康拉德的《秘密特工》（*The Secret Agent*）第四章中出现了另一个离谱的并行例子。两名无政府主义者在地下室餐厅森林之神相遇。当他们讨论警察的监视、传统道德的缺陷、爆炸性化学物质以及一名炸弹袭击者的意外死亡时，一名弹奏钢琴的人在琴键上敲出了马祖卡①。然后，手总是放在引爆装置附近的教授离开了。奥斯朋是一个无能的魔术师，但却是精力充沛的女性主义者，他徘徊着："孤独的钢琴，连一个音乐凳都没有，勇敢地敲击了几根和弦，称为全国广播节目的精选集，最终它以《苏格兰风铃曲》的曲调被弹奏。"奥斯朋幻想出"可怕的烟雾……和残缺的尸体"，道德的和出色的想法，一架钢琴带着自己的

---

① 波兰一种节奏轻快的舞曲。——译者注

思想发出的叮当声：整个序列混合了讽刺和音乐、恐怖和荒谬。

最后一个例子的背景既被看到了也被听到了。詹姆斯·鲍德温的《桑尼的布鲁斯》中的主人公是一名爵士乐钢琴家和海洛因成瘾者。桑尼的无能困扰着叙述者——他勤奋的当教师的哥哥。在这一幕中，桑尼刚刚因藏毒被捕。这名教师和桑尼的一个街头熟人——一个落魄的年轻人一起走过哈莱姆区。就在一家酒吧前，他们停了下来：

> 点唱机里放着有节奏的黑人音乐，我瞥见酒吧女招待从点唱机旁跳着舞到酒吧后面的地方。我看着她笑着回应别人对她说的话时的脸，仍然踩着音乐的节奏。当她微笑的时候，人们看到了这个小女孩，人们感觉到了这个像妓女一样工作的饱经沧桑的脸下那个注定要失败的、仍在挣扎的女人。
>
> "我从来没有给过桑尼任何东西，"男孩最后说道，"但很久以前，我上到高中，桑尼问我感觉如何。"他停了下来，我不想再看他，我看着酒吧女招待，又听着音乐，音乐似乎让地板颤动。"我告诉他感觉很棒。"音乐停了下来，酒吧女招待停下来看点唱机，直到音乐再次响起。"是的。"
>
> 所有这些带着我去到我不想去的地方。我当然不想知道这是什么感觉。它充满了一切，人们，房子，音乐，黑暗，走来走去的酒吧女招待，充满了威胁；而这种威胁就是他们的现实。
>
> "他现在会怎么样？"我又问了一次。
>
> "他们会把他送走，他们会设法治愈他。"他摇摇头。"也许他甚至会认为他已经戒掉了。然后他们会让他松口气的。"他比画一下，把香烟扔进了排水沟。"仅此而已。"
>
> "你是什么意思，仅此而已？"
>
> 但我知道他是什么意思……
>
> ……我再次感觉到肚子冰冷，整个下午我都感到恐惧；我又一次看到酒吧女招待在酒吧里走来走去，洗着酒杯，唱着歌。"听着，他们会让他出来，然后一切都会重新开始。这就是我的意思。"

他哥哥"不想知道这是什么感觉"，桑尼后来告诉他，海洛因就像福音音乐。故事结束时，这位没有给出姓名的老师会意识到，桑尼音乐的力量，就像其他类型的非裔美国人音乐一样，是在几个世纪的侮辱和虐待中成长起来的，音乐就是一种继续前进的方式。在背景中，一名女子随着"有节奏的黑人音乐"跳舞，鲍德温预见了这些见解，而故事里的哥哥将她视为桑尼的对应物，也视为一个处于世故和纯真之间的整个人群的代表。

练习

给两个密切互动的人物写一两页对话，最好写出整个场景，并使对话在一些噪声中进行。在场景中尝试不同的位置，并认真聆听。无论其对话性质如何，噪声都应该有助于控制节奏，在不失去动力的情况下推迟场景的结束。它们还应该与对话相关，强化或削弱主题，使说话人听起来更热情、更浮夸或更辛辣，或是给对话添油加醋。

你可以试试以下场景：拍卖会；电视筹款；冰激凌车（播放什么曲子?）；一列隆隆驶过的长货运列车；隔壁公寓的小号课；棒球比赛中的风琴；婚礼招待会（按照你选择的风格）；小学算术课；政治集会；俱乐部值班的门卫；关于停车位的争吵。

目的

了解偶然噪声和故意的不和谐之间的区别。改变对话的节奏。让你的人物融入他们周围的生活。尽管这个练习让你"玩弄"声音，但想想你能用味觉（大蒜炒鱼、金银花、雨水淋湿的泥土、热金属）、触觉（缎子、帆布、起水泡的手）或视觉做些什么。

练习 61
弗雷德里克·雷肯：将作者、叙述者和人物分开

许多学生都经历过短篇小说或长篇小说的平淡感问题，因为主人公

实际上只是一个被动的观察者，可以到了最后他不是一个故事人物，而是一名曾经被移除的叙述者（在第一人称视角的情况下），或者是所谓的"房间里的大脑"（在第三人称视角的情况下），只是作为一个看和沉思的人，但这个人物从来不会成为行为的中心。这通常是因为学生在不知不觉中与他想象中的主人公"融合"了，而无论故事是否是自传。

当你在写一个由传统的人物驱动的故事或小说时，重要的是，要理解叙述者的功能是呈现并以某种方式解释故事的动作，这样读者就可以客观地理解发生了什么，即使主人公并没有理解。例如，在简·奥斯汀（Jane Austen）的《爱玛》（Emma）中，爱玛·伍德豪斯确信奈特利先生正在向她的朋友哈丽特求爱，在一系列场景中，她敦促哈丽特相信奈特利先生确实正在努力建立一种婚姻关系。然而，如果仔细阅读，所有涉及爱玛、哈丽特和奈特利先生的场景都客观、滑稽、讽刺地表明奈特利先生实际上感兴趣的是爱玛，而爱玛却严重误解了情况。第三人称全知全能的叙述者在没有公开陈述任何内容的情况下，以这样一种方式呈现了这部戏剧，即我们作为读者，可以看到发生了什么，即使主人公爱玛仍然被蒙在鼓里。

同样的情况也适用于成功的第一人称叙事，即使是最受外部声音驱动的和最不可靠的叙述者/主人公。例如，霍尔登·考尔菲尔德在塞林格的《麦田里的守望者》中，从故事时间线之外的一个有利位置进行讲述，他将自己戏剧化为一个人物，然后毫不费力地回到叙述者的模式。在这种模式中，他对自己和叙述者展开的小冒险进行了阐述性评论。但即使霍尔登对他所断言的每一件事都绝对肯定，存在于霍尔登和小说之外的作家塞林格也对叙事进行了设想，因此我们客观地将霍尔登视为一个迷失的男孩。霍尔登的感知和我们的客观感知之间的裂痕，通过塞林格将自己与霍尔登在想象中分开的能力，形成了叙事中的裂痕。

练习

第一部分

在一张纸上写下"从前有一个"，然后继续写，用5~10分钟让自己写下任何接下来会发生的故事。然后用"从前有一个"重新开始写。

第二部分

从你最喜欢的两个童话故事中选择一个。删除故事开头的"从前"，以现实主义的态度重写至少第一段，同时添加人物细节、现实场景并使用现代语法等。

目标

"从前"一词是一种讲故事的惯例，它还会促使我们设想我们选择创造的任何人物，并将故事发生的时间与讲述故事的未来有利位置进行了隐含的分离。因此，有三件事往往会自动发生：

（1）我们不会把自己和叙述者混为一谈。

（2）我们不会把场景和我们现在的生活混为一谈。

（3）我们在故事外，因此我们被提示去创造一些在我们的想象中清晰可见的人物或地方。

无论故事的开头是"从前有一只非常悲伤的乌龟，生活在一个即将干涸的湖里"，还是更现实的故事，比如"从前有个女人死于白血病"，甚至是自我反省的故事，例如"从前我在布鲁克林的街上走着"，在几乎所有的情况下，这种分离都是能明显感知到的。

当然，在现实主义的文学叙事中，这种分离并不总是如此明显，尽管许多作者有时会有意将叙述者和人物融合在一起，以达到各种修辞效果（其中一个例子是弗吉尼亚·伍尔夫和艾利斯·芒罗等作家采用的自由间接引语），但作者、叙述者和人物的成功分离仍然是作品的纹理、深度和维度的关键所在。将你的"从前"童话故事翻译成更现实的故事，通常需要为人物提供更具体和突出的细节，并深入到人物的视角，你应该能够看到这种分离是如何构建出一部好小说的。请记住，这种分离是从你的头脑中开始的，除非你能够想象你的人物，否则再多的句子修补都无法解决这个问题，无论是自传还是非自传。正如约翰·伯杰（John Berger）在他的《愤怒之角》（*Lost off Cape Wrath*）中所写，当一个作家"简单地重复事实而不是想象他的经历时，他的写作就会沦为一份文件"。

练习62
时间旅行

当一个作家使用叙事总结来提供小说的背景故事时，他可能只用几句话就描述了很长一段时间。在《桑尼的布鲁斯》中，鲍德温实际上在九行的跨度中有六次时间变化。叙述者正在与母亲讨论他的弟弟桑尼——桑尼一直是这个家庭的问题——然后叙述者乘船前往战场，后面再回来参加母亲的葬礼。[我们的学生汤姆·布雷迪（Tom Brady）写了一篇文章，是这次练习的灵感来源。]文章中写道：

"我不会忘记的，"我说，"别担心，我不会忘记的。我不会让桑尼出事的。"

妈妈笑了，好像她被我脸上的表情逗笑了，然后说："你可能无法阻止任何事情发生在他身上，但你必须让他知道你在。"（时间A）

两天后，我结婚了（时间B），然后我就走了（时间C）。我脑子里有很多事情，很快就忘了我对妈妈的承诺（时间D），直到我被安排回家参加她的葬礼（时间E）。

后来，葬礼结束之后（时间F），只有桑尼和我在空荡荡的厨房里，我试图了解他的一些情况。

"你想做什么？"我问他。

"我想当一名音乐家。"他说。

叙述者在时间A中的口头保证变成时间D中的"承诺"。关键的过渡词，如"然后""直到""后来""之后"表示时间的变化，使鲍德温能够顺利地进行这些转变。最后，桑尼——时间A中的对话主题到时间F中关于他的自言自语，将这段短文的开头和结尾联系在一起。鲍德温覆盖了大片范围，只用了九行就把故事向前推进了。

练习

找出你自己的几个长篇故事看一看，并确认你可以将长时段浓缩成几句话的地方。或者，创造一个需要高度浓缩的背景故事的情境。

目标

学习詹姆斯·鲍德温如何优雅地在时间中穿梭。

练习 63
楼梯：背景和地点

有时你会想把一个特定的地方或地点作为故事的焦点。威廉·福克纳和威廉·肯尼迪等小说家经常将某些地方联系起来，他们将作品设定在一个城市、镇子或乡村，地点似乎成为故事中的另一个人物。在本练习中，我们要求你使用楼梯作为故事的背景。楼梯上下通达，它们虽然不动，但展示了其他人的行为。它们既不在这里，也不在那里，但它们又都在。

练习

第一句写"我在楼梯上遇见他/她"，并以此为基础构建一个故事。楼梯在故事中的重要性不亚于第一人称叙事中的两个人物。

在这里，人物 A 可能在向上走，而人物 B 则在向下走，或者反过来。他们还可能都朝着同一个方向前进。他们可能相识，也可能是陌生人。在你开始写作之前，先确定他们是谁，他们在这个特定的楼梯上做什么。

目标

要提醒小说作者，锚定时间和地点是发展情节、塑造人物和推进主题的关键工具。楼梯上的相遇，无论是法院的入口、公寓的后楼梯，还是通往地铁的路，几乎都可以暗示任何事情，起到向前推动叙事的作用。

练习 64
标题和要点

标题是读者第一眼看到的东西，也是了解故事最初和最终含义的第一条线索。回顾练习 1 "第一句：从中间开始"中的句子，注意其中第一句比故事标题有力的有多少。

标题还可以是一种寻找故事的方式。布莱斯·森德拉斯（Blaise Cendrars）曾在一次采访中表示："我首先会取一个书名。我通常会找到很好的书名，人们会羡慕我，不仅羡慕我，还有不少作家来问我要书名。"

直到你的书进了收藏馆，你仍然可以更改书名。以下是一些著名小说的标题，以及它们的原标题。

《战争与和平》（*War and Peace*）——《结局好，便一切都好》（*All's Well That Ends Well*），列夫·托尔斯泰

《查泰莱夫人的情人》（*Lady Chatterley's Lover*）——《温柔》（*Tenderness*），D. H. 劳伦斯

《喧哗与骚动》（*The Sound and the Fury*）——《黄昏》（*Twilight*），威廉·福克纳

《了不起的盖茨比》（*The Greet Gatsby*）——《为红、白、蓝欢呼》（*Hurrah for the Red White and Blue*），F. 斯科特·菲茨杰拉德

《太阳照常升起》（*The Sun also Rises*）——《嘉年华》（*Fiesta*），欧

内斯特·海明威

《纽约杂志》（*New York Magazine*）多年来都在刊登一项比赛，其中有一个是在一项游戏中，要求你改变一些著名的（或者成功的）作品名称，使其成为输家而不是赢家。真实标题和戏仿的假名之间的区别表明，好的标题是对确切词语的终极检验。下面是一些例子。

纳尔逊·阿尔格伦（Nelson Algren）的《荒野之路》（*A Walk on the Wild Side*）：《穿越危险地区的徒步》（*A Hike through Some Dangerous Areas*）。

加布里埃尔·加西亚·马尔克斯的《百年孤独》（*One Hundred Years of Solitude*）：《长时间独处》（*A Very Long Time Alone*）。

穆丽尔·斯帕克的《窈窕淑女》（*Girls of Slender Means*）：《低收入的年轻女人》（*Minimal-Income Young Women*）。

诺曼·梅勒的《裸者与死者》（*The Naked and the Dead*）：《裸体的和已故的》（*The Nude and the Deceased*）。

欧内斯特·海明威的《永别了，武器》（*A Farewell to Arms*）：《拜拜了战争》（*A Good-bye to War*）。

最好的书名用激动人心的、诱人的词语序列向读者传达了一些直接的画面或具体的概念。找到理想的标题可能需要时间和精力。欧内斯特·海明威说："我在读完这个故事或这本书后，会列出书名，有时多达一百个。然后我开始删除，有时甚至全部删除。"

练习

第一部分

在你的作家笔记本上留一块地方，你可以在这里琢磨标题，并列出未来故事可能的标题。

第二部分

当你需要一个新故事或新小说的标题时，从故事的内部和思考故事的角度列出可能的标题（尝试 100 个）。然后开始删除你知道你不会使用的标题，看看剩下什么。你选择的标题很可能不是你第一个想到的标题，也不是故事的"基础"标题。

目标

学习标题是如何引导故事的，并提高你的直觉，从而获得一个好的标题。

学生范例

相伴时光(Company Time)

——安妮·斯帕莱克（Anne Spalek）

周末行乐(Sunday Funnies)

——艾伦·塔林（Ellen Tarlin）

歌声间歇处(Silence between Songs)

——弗兰克·巴赫（Frank Bach）

来自戴维·里瓦德（David Rivard）的一首诗

《治愈》(Cures)

自顾的夜晚(Nights Take of Themselves)

——莱娜·詹姆斯（Laina James）

来自丽塔·多夫（Rita Dove）的一首诗

《满意煤炭公司》(The Satisfaction Coal Company)

第九章　创意和一点灵感

我们将这一部分命名为"创意和一点灵感"，因为我们希望尽可能远离这样一种观念，即好小说取决于作家如何以及为什么会受到灵感启发，就好像只有外界的精神击中你，你才能写出任何东西一样。我们不想暗示作家应该坐在那里等待灵感的迸发。事情不会这样发生。你可能不知道一个故事是如何萌芽或为什么击中你的，但它是一个开始。接下来，你需要仔细、稳定地制订和修改写作计划，从而撰写一个令人信服的新颖故事。

我们相信任何人都可以提高自己的创造力，好比音乐或任何需要强化训练的体育活动，你越是练习写作，就能写得越好。我们称之为"拉伸"的课堂练习之一是，在课堂上预先设计一个似乎模棱两可的情境，要求学生提供通向这个情境的各种途径，使其变得清晰。例如，一位年轻的动物园女管理员在得知某个笼子里的"居民"———一头美洲狮——失控之后，走进了笼子，接着美洲狮咬死了她。学生们的练习是提供他们自己想到的四个理由来解释她为什么会进入笼子。每一个都是不同的故事。在一个七人组成的班里，我们得到了大概三十个独立的小情节，例如：她打赌输了；她认为美洲狮受伤了；她吸了毒，自以为无敌；她想自杀。每个做类似"拉伸"练习的人都说，一开始很难。

我们的故事起源于哪里？好像是一个宽阔的水池，它没有边界；有多少人写，就有多少个故事。作家从报纸、广播、电视和互联网上，或从街上目睹的悲剧、听到的谈话，哪怕是对一对夫妇吵架的一瞥获得他们的想法。你可以训练自己编写即时故事；这是一种思维习惯，就像一位摄影师看着坐在沙滩上的一群人，然后对自己说："这会是一张很棒的照片。"你可以训练自己去捕捉触发一个故事或小说的因素。琼·迪迪翁在拉斯维加斯赌场看到一位年轻女演员接电话后，开始了《随心所欲》（*Play It As It Lays*）的创作。迪迪翁说："凌晨一点，一位留着长发、穿着白色吊带短裙的年轻女子穿过拉斯维加斯里维埃拉的赌场。她独自穿过赌场，接了座机的电话。我对她一无所知。谁打给她的？为什么她在这里接到电话？她到底是怎么接到的？正是在拉斯维加斯的这一刻，《随心所欲》才在我脑海中逐步形成。"

本章的练习旨在帮助初学者认识到创作这些小说的触发因素。虽然有些触发因素是一般性的（例如，"星期天"），但是也有一些是具体的，要求提供特定事件的不同版本或描述。另一些练习要求你成为你曾经害怕的童年恶霸，正如罗塞伦·布朗所说，"小说总是对另一方负有义务，不管它是什么"。然后就是写一个具有性张力的场景。在这里，"露骨"是必要的吗？要回答这个问题，请阅读约翰·福尔斯（John Fowles）的《乌木塔》（*The Ebony Tower*）。最后一点：你会发现本章中的指导方针是开放性的。执行一个特定的任务（比如说做一个恶霸）不像写一些抽象的东西那么难，比如"卑鄙"或"童年"；在创造你的虚构世界时，最重要的是你要有足够的经验，所有这些都有潜在的用途。

《大西洋月刊》编辑的备忘录：

话题：我们不想阅读或编辑的是那些要求读者将作者强加给人物的不幸归咎于社会的文章或故事。

练习 65
玛戈·利夫西：插图

我正在和一位诗人朋友谈论评判我作品的困难。"我也有同样的问题，"他说，"如果你直截了当地问我哪首诗是我写得最好的，我会优柔寡断地抱怨，就像是让我在我的孩子们之间做选择。但如果你问我，我要给《纽约客》和《安大略掘金》（*Ontario Nugget*）寄哪首诗，我可以在一瞬间回答你。"

我们确实了解自己的作品，包括它们的缺点和优点，但有时又很难了解其全貌。我对自己和学生采取的策略是将这个故事画出来。我们每个人都画一幅画，而不是对作品进行评论或描述。当我提出这个建议时，大家总是抱怨他们不会画画。但事实上每个人都会画出一些东西，而且这些画都很精彩。一些人描绘了最精彩的场景：在《桑尼的布鲁斯》的结尾，桑尼在酒吧里弹钢琴。一些人画了更具隐喻性的东西：《好人难寻》中的灵车和猫。一些人把几个场景放在一起，或者画出关键的图像，比如丹尼斯·约翰逊（Dennis Johnson）的《紧急情况》（*Emergency*）。也有人画了路易丝·埃尔德里奇（Louise Erdrich）的《爱药》（*Love Medicine*）中那辆破旧的凯迪拉克。

练习

画画在写作的各个阶段都很有用。你可以先画一些图案来说明你过去几年的作品。（如果你是一个作家小组的成员，你也可以为同伴的作品这样做，反之亦然。）然后翻到你正在创作的作品，为每个场景或叙述部分画上一幅插图。

目标

不管从美学角度来看结果如何（而且通常比艺术家预期的要好得多），这些画都提供了非常有用的导图，展示了故事的能量，以及给作为作者和读者的你所留下的东西。更重要的是，我认为，如果你只是局限于口头讨论，它们所提供的信息就可能不会出现。

练习 66
恶霸

小说家面临的最严峻挑战之一是如何在一个充满威胁、残暴或看似令人厌恶的人物的头脑和内心中生存。虽然我们大多数人不喜欢或会回避现实生活中的这种人，但小说家却避免不了令人不快和残酷的情节，因为这样可能会忽略故事中的情感高潮。读者会被"恶棍"吸引并为之着迷。初出茅庐的作家不愿意塑造这种人物，因为一些"坏人"可能会影响他们，或者他们担心读者可能会相信他们自己有施暴的能力。你必须消除你的不情愿，然后投入其中。诀窍是让这个人物就算不完全是令人同情的，至少在情感上也是可以接近的。

练习

想象一下，当你还是个孩子的时候，有人霸凌了你，这个人可能是老师、亲戚、邻居或同学。然后，写一个场景，在这个场景中让那个霸凌者成为第一人称叙述者。用你自己的名字来写。你可以随意发挥，但事件基本上应该是真实的。

目标

作为一个在戏剧或电影中扮演暴虐人物的演员，扮演一个有能力施暴的人；成为那个人，让其变得立体，能够感受到人类的情感，也许他们自己也是暴力的受害者。

学生范例

恶霸

我第一次注意到马克·托拜厄斯是在中心学校读五年级时。

库什曼老师在大厅里和另一位老师谈话，当她走后，一些孩子把马克推到地板上，将粉笔涂在他的毛衣上，又把他娘娘腔的眼镜扔进废纸篓。我看了一会儿，然后加入进来。这事看起来很有趣。我打了他的鼻子，他的鼻子就流血了。他没有号叫或干其他什么，这让我很生气，因为那样才是痛疯了的样子。

然后，库什曼老师回到教室，大声叫我们回到座位上去。马克从地板上爬起来，试图蹭掉一些粉笔灰，再从废纸篓里捡起眼镜，回到座位上。他一句话也没说。这是个什么样的孩子？

我想让他生气或哭什么的，但他只是看起来好像没有戴眼镜——有点"我在哪儿"的感觉。我真的对他这副样子很生气。我讨厌那些认为自己比我们强的孩子。我并不是真的恨马克，但他是个孤儿，我们都有妈妈，马克没有，可他对此并不在意。我妈说我们应该对马克好点，因为他母亲去世了。我真希望我有时没有妈妈；因为她更喜欢我的弟弟斯图尔特，总是问我为什么不能像斯图尔特一样，还会无缘无故让我不吃晚饭就回房间！我总会躺在床上，哭着睡去，有时候会想，如果我妈突然去世，我变成像马克一样的孤儿，会是什么样子。我不知道。

有一天午餐时，马克问他能否与我、伯尼和乔希坐在一起，接着他和我们一起坐下来，给了我一个他的奥利奥，因为他看到我在看它。"给，"他说，"你拿去吧，我有很多。"真是个混蛋。他不会打球，总是掉球，而他只有一个朋友，就是那个孩子史蒂维。他和他一样坏，只不过史蒂维有一个不知从哪里学来的很棒的左勾拳。马克不会爬绳子，当我们去操场时，他在读书，而不是玩球。那天之后，在他们让我离开中心学校之前，我强迫他背着我的书，还有一次我说服他把吃了一半的鸡蛋沙拉三明治放在库什曼老师的小提包里。

——马克·托拜厄斯

> 一个短篇小说就像是一个向天空发射的烟花。突然之间，它令人惊讶地照亮了世界的一部分，照亮了少数人的生活。光线是短暂的、强烈的，对比可能是戏剧性的。它的辉煌时刻如果是值得的，就会在旁观者的心目中留下一个印记。
>
> ——罗比·麦考利

练习 67
遥远的地方

许多作家都写过他们从未去过的地方：弗朗茨·卡夫卡（Franz Kaf-

ka) 在《美国》（*Amerika*）中描写美国，索尔·贝娄在《雨王亨德森》
（*Henderson the Rain King*）中描写非洲，托马斯·品钦（Thomas Pynchon）在《万有引力之虹》（*Gravity's Rainbow*）中描写战后德国，W. D. 韦瑟雷尔在《契诃夫的妹妹》中描写克里米亚，奥斯卡·希胡埃洛斯在《曼波之王的情歌》（*Mambo Kings Play Songs of Love*）中描写古巴，希尔丁·约翰逊（Hilding Johnson）在英国广播公司的故事《维多利亚》（*Victoria*）中讲述印度——他们对这些地方的描述都很有说服力地将读者带到了那里。下面是对其中两篇小说的摘录。

终于有一天早上，我们发现自己在一条相当宽的河流——阿努伊河的河床上，我们顺流走下，那里快干涸了。泥巴已经变成黏土，巨石在尘土飞扬中像一块块金子一样闪光。然后，我们看到了阿纳维村，看到了高耸的圆形屋顶。我知道它们只是茅草，一定是易碎的、多孔的、轻飘飘的；它们看起来像羽毛，但又像沉重的羽毛。烟雾从这些覆盖物中升入寂静的光辉。

——《雨王亨德森》

索尔·贝娄

花朵紧紧地保持着萌芽状态，在干脆的豆荚中晾干，在寂静的夜晚一朵接一朵地落在地上。

搬运者只送来了定量一半的水，不够用。病房里的孩子们发着牢骚，慢慢睡去。

一头神圣的奶牛溜进了医院的院子，再也走不动了。它是灰白色的，没有肉，松散干燥的皮毛中随机地藏着疤痕，脖子上扎着一个干燥扭曲的花环。它站着，眼睛闭着，头几乎贴在地上，就那么待了一天一夜。第二天一大早，我看到理查德拿着一桶水放在这只动物的鼻子下面。

我说："我们没那么多水了。"

"这是分给我刮胡子用的。"

我耸了耸肩："随便你。"

下午，奶牛跪下来，发着抖，死了。清洁工带着大钩子赶来，把它从院子里拖走，在苍白的尘土中留下了鲜红的痕迹。

晚饭时，理查德说："如果他们这么重视野兽，怎么能让它们受苦呢？"

"对他们来说，它们是神。一般来说，人们不太关心神的痛苦。你现在应该知道这一点。"

——《维多利亚》

希尔丁·约翰逊

练习

选择一个你一直渴望去但还没有去过的国家，并写一个在那里的故事。阅读福多（Fodor）的指南，以及其他近期的旅行指南和《国家地理》杂志；买一张地图；研究这个国家的政治、宗教、政府和社会问题；阅读食谱，寻找有说服力的细节，一些你几乎必须在那里才能知道的事情。

目标

令人信服地写一个你从未去过的地方。

学生范例

苔丝来日本的原因之一是想去参观隅田川河边的鱼市，这是她父亲外派期间想找到家的感觉时可能去的地方。他在圣伦纳德教堂的后停车场卖东西，一直卖到苔丝十岁那年。在集市附近，她蹲在易滑倒的人行道上，用厚厚的垃圾袋包住她的黄色运动鞋。拍卖已经开始了，批发商正在出价。她发现另一名游客把塑料袋套在鞋子外面，直到膝盖那儿。有一本旅游手册建议给鞋套上塑料袋，因为有人会不停用软管往人行道上冲水，冲走散落在地上的生鲜。苔丝在人群和成箱的金枪鱼、螃蟹中穿梭。她吸了吸鼻子。杰克应该和她一起来看看这些。

杰克是苔丝度假时第一个与她交谈的陌生人。她的朋友玛琳昨晚工作到很晚，所以苔丝去了一家寿司店，店中央有一个大鱼缸。她想知道这个大缸是否取代了印出来的菜单。就在这时，杰克走过来和她聊起来。那是他在东京出差的第三天。

他们当晚点的鱼被切成薄薄的带状，摆盘看起来像玫瑰。杰克用一根筷子把一些生金枪鱼片塞进绿色的芥末泥里。他呛了一下，把舌头贴在袖子上摩擦。"这是一种讨厌的小糊糊。"他说。他咳嗽了一声，喝了一大口啤酒。她看着吧台上的纸灯笼。她父亲过去常把一个黄色气球挂在一个写着"万物拍卖"的木牌上。"这是辣根。"苔丝说。

——金·莱希

> 我不创造人物，因为上帝已经创造了千千万万个，就像指纹专家不创造指纹，而是学习如何读取指纹一样。
>
> ——艾萨克·巴舍维斯·辛格

练习 68
乔丹·丹恩和阿斯彭作家基金会：故事交换

在这项练习中，小组中的人按照年龄、性别、种族或家庭背景等与自己不同的人配对。每个参与者都被要求讲述生活中的一个重要故事，由此表明自己是谁。然后，要求合作伙伴重述这个故事，并将故事写成自己的故事。故事交换计划是一个创新项目，它使用故事讲述和创意写作来促进不同群体之间的理解。你可以在 www.aspenwriters.org 上找到关于故事交换的更多信息。

练习

（1）选择你的合作伙伴。

（2）讲述你的故事，然后听你合作伙伴的故事。

（3）交换故事。

（4）写下你合作伙伴的故事。

关于"交换"，对故事讲述者的说明

告诉你的合作伙伴一个生活中对你有深刻意义而且有情感内涵的故事，从而揭示你是谁。如果明天就是世界末日了，你应该会把这个故事放在一个时间胶囊里。想想那些让人感到危险或激动的事情，你就会知道自己走在了正确的轨道上。在向合作伙伴讲述故事时，尽可能详细具体。

关于"交换"，对聆听者的说明

要认真、开放地倾听你的合作伙伴的故事。注意你是否对你的合作伙伴是谁或者故事的结局有预想；如果是，试着把这些感觉放在一边，倾听你的合作伙伴，不要带有任何偏见。在故事结尾，你可能会问一些问题来充实细节，或者澄清你可能存在的困惑。记得随时记笔记。

写作说明

现在，轮到你把你合作伙伴的故事讲出来了，就像它是你自己的故事一样。目的是掌握合作伙伴的故事，并根据你听到的和你想象的，用自己的声音讲述故事。使用第一人称视角，尽可能接近故事。不要担心确切的日期、时间或姓名。充分发挥想象力是这个练习的核心。

目标

通过交换故事，参与者可以站在彼此的立场上，通过彼此真实的互动来增强同理心。对于作家来说，重要的是要敞开我们的心扉，面对我们自己以外的困难、艰辛、欢乐和成功，分享有关家庭、风景、心理和情感差异的故事，挑战我们对世界的认知。

> 写作是一种艰难的谋生方式，但却是一种很好的生活方式。
>
> ——多丽丝·贝茨（Doris Betts）

练习 69
幽默：一只完整的青蛙

> 幽默是在平静中想起的情感混乱。
>
> ——詹姆斯·瑟伯（James Thurber）

幽默风格的变化似乎比任何其他形式的写作都快。从林·拉德（Ring Larder）到詹姆斯·瑟伯、S. J. 佩雷尔曼（S. J. Perelman）、奥格登·纳什（Ogden Nash）、纳撒尼尔·韦斯特（Nathanael West）、约瑟夫·海勒、约翰·肯尼迪·欧图尔（John Kennedy O'Toole）和伍迪·艾伦，这些人有美国式的幽默，从温柔的回忆到最阴暗的黑色。之所以有这样的差异，部分原因是一个人喜欢的肉食是另一个人的毒药（或者，正如奥格登·纳什所说，"一个人当宝，另一个人当草"），对于什么是笑点，很难让很多人达成共识。因此，幽默作家必须在很大程度上依赖于自己对生活有趣之处的感觉。正如 E. B. 怀特所说："幽默可以像青蛙一样被解剖，但在这个过程中，事物会死亡，内在的东西会使人气馁，而不是只有纯粹的科学思维。"

就像幽默无法被分析一样，它似乎违反了各种规则——有关宽容或品位的规则。英国经典的讽刺作品之一是乔纳森·斯威夫特（Jonathan Swift）残酷的《一个温和的建议》（*A Modest Proposal*），W. C. 菲尔兹（W. C. Fields）取笑婚姻、节制和家庭价值观，莱尼·布鲁斯（Lenny Bruce）在很大程度上依靠种族诽谤和狭隘来逗乐观众。一些作家和喜剧演员为了幽默甚至会冒险口出秽言，而这是传统上最受鄙视的幽默形式。

值得一提的是，你如果对世界持讽刺的观点（"世界对思考的人来说是一场喜剧，对感受的人来说则是一场悲剧"），并能用机智幽默的方式表达出来，就应该这样去写。读一读这些人的作品：劳伦斯·斯特恩

（Lawrence Sterence）、金斯利·艾米斯（Kingsley Amis）、戴夫·巴里（Dave Barry）、P. G. 沃德豪斯（P. G. Wodehouse）、尼古莱·果戈理、库尔特·冯内古特、洛林·穆尔、伊里夫和彼得罗夫（Ilf and Petrov）、马克·吐温、迈克尔·弗莱恩（Michael Frayn）、伊夫林·沃、萨默维尔（Somerviue）和罗斯（Ross）、莫莉·基恩（Molly Keane）、奥斯卡·王尔德、乔治·桑德斯（George Saunders）。

作家应该记住的主要一点是，书面幽默与舞台上的喜剧或脱口秀演员的幽默截然不同。口头幽默在很大程度上取决于时机、语调、肢体语言以及观众笑声的感染力。书面幽默则仅取决于语言，是文字创造了笑话。因此，作家不应该在小说中模仿舞台、电影或电视上喧闹或诙谐的内容。小说中的细微差别、典故、意料之外的事和戏仿都来自语言技巧和精妙构思。良好的叙事、新颖的语言、简洁的表达、不协调的并置等都是书面幽默的核心。或者，正如莎士比亚所说，"简洁是智慧的灵魂"。

练习 70
星期天：发现情绪的触发因素

大多数时候，你在一周的哪一天采取行动并不重要，除非这天是星期天。［还记得电影《血腥星期天》（*Sunday Bloody Sunday*）吗？］大多数人在这一天感到无所事事，即使是那些在教堂度过上午的人。我们中的许多人没有明智地利用自由生活，反而倾向于吃得过多、睡得过饱、反应过度。星期天是人们最糟糕的时候。随着周日的临近，孩子们越来越焦虑，因为他们意识到自己还没有完成家庭作业。在足球赛季，还会出现另一种可能的紧张因素。他们必须去爷爷奶奶家吃一顿丰盛的大餐和面对一些同样沉重的相互指责。事情发生在星期天，而不是在工作日。所以，你如果想近距离观察家庭内部动态，就在周日采取一些行动，撕扯你的人物。

练习

以"星期天"为题，写一篇 550 个词构成的故事。

目标

某些词语及由之引发的想法，如退休、亲人、老板、休假、肺炎和欺诈等，可能会触发小说中的故事或场景。周日就是其中之一。试着考虑其他因素。

学生范例

星期天早上，我走过浴室时，看到我的室友艾比和一个我不认识的男人躺在床上。每个星期天，我都会告诉自己，我需要去找自己的公寓，或者至少在这间公寓内安上一扇门。艾比搬进来之前，我喜欢星期天。我会坐在厨房阳光明媚的地方，喝一杯又一杯的咖啡。我会读报纸——先是旅行板块，然后是艺术板块，还有婚礼、新闻……然后我妈妈会打电话给我。我们会谈论我们一起去天文馆、买内衣、煮大麦的星期天。星期天，我没有碰我带回家的学生试卷。直到上午 11 点，我才穿好衣服。我不介意孤独。

现在，当我读到报纸艺术板块的一半时，一个光着上身的男人走进了厨房。我把袍子拉紧。

"天哪，我讨厌星期天，"他说，"它们没完没了。周六或任何一天的晚上都好。嗨，我是斯坦。"他说着，伸出一只手。我握了握。艾比尾随其后。

"嗨，美女，"她对我说，"见过斯坦了吗？"

"当然。"我笑着说，然后继续看报纸。走开，我想，回去睡觉吧，把我留给我的星期天吧。电话铃响了，光着上身的斯坦扭过来接电话。

"早上好，"他说，"哦……是找你的。"他说着，递给我电话。

"她妈妈，"艾比说，"每个星期天都打。我猜有点像每周去教堂。"

"不，妈妈，"我对着移进客厅的电话低声说，"不，妈妈。那不是我的男朋友……不，他也不是小偷……不，我不知道他是谁……不，不，我不会让陌生男人在任何时候进入我的公寓。"解释这些时，我头上的血管怦怦直跳。

放下电话后，我回到了厨房。斯坦坐在我的椅子上。艾比坐在斯坦的大腿上，用手卷着他的胸毛。

"嘿，美女，"艾比说，"我们要去吃个百吉饼，然后去天文馆。周日半价。想来吗？"

"总比坐在这里闷闷不乐好，"斯坦说，"哎哟，别扯我的胸毛了。"他一掌拍开艾比的手。

——赫斯特·卡普兰

虽然短篇小说经常告诉我们不知道的事情——这样当然很好，它也应该如此——但也许更重要的是，它要告诉我们每个人都知道却没有人讨论至少不会公开讨论的东西。

——雷蒙德·卡佛
摘于《贝斯入门》（1986）

练习 71
杀死那条狗

你如果想写严肃小说，就必须"杀死邻居的狗"。在小说中，你无法避免恶毒的人。事实上，很少有心理状态或动机是你无法触及的。你应该能够描述一棵树、烹饪一顿美味佳肴，你也应该能"宰掉"一只出于某种原因想要摆脱掉的动物。就像一名演员去扮演一个杀手，让他变得有眉有眼、栩栩如生。像安东尼·霍普金斯（Anthony Hopkins）饰演的汉尼拔·莱克特或托尼·帕金斯（Tony Perkins）饰演的贝茨男孩一样，你应该毫不畏缩、令人信服地对付那只动物。重读蒂姆·奥布赖恩的《如何讲述战争故事》（*How to Tell a War Story*），里面构建的是一个以越南为背景的大场景，其中愤怒的士兵们慢慢地杀死了一头小水牛。

练习

花点时间想象一下，你邻居家的狗变得过于危险，以至于你有必要除掉它。它咬了你孩子的脸；它吃掉了你所有的鸡；它一再来到你的院子里，不顾你的哀求，摧毁了你所有的花坛。或者，你可能对完全不相干的事情感到愤怒，但把你的愤怒发泄到那个毫无戒心的动物身上。可能是因为你很易怒，你决定杀了那条狗。在想象中，弄清楚你要怎么做——毒药、武器，或是制造某种"事故"。然后用第一人称的叙述方式写出你的计划。不要跳过细节；贴近一点，让读者一直陪着你。

目标

我们希望你对不舒服的事情感到舒服，并记录生活中残酷的行为。好的小说并不"礼貌"；它是冷峻的。

学生范例

八月下旬，一个安静的周日早上，它在马萨诸塞州韦尔弗利特的科德角外端开始活动了。我醒得比平时早得多，一开始感到不知所措。我感觉到有什么东西打扰了我的睡眠，但我躺在那里，昏昏欲睡，半梦半醒，找不出原因。我逐渐意识到有一种高亢的尖叫声。不是一只鸟或一个孩子。可能是那只讨厌的狗，它在一年前咬死了我们的小猫。

我喜欢动物。也许喜欢猫比狗多，但我也真的很喜欢狗。

第二天早上，我醒来时又听到了同样的声音，比昨天还早，早上七点半左右。我妻子翻过身来对我说："我想睡觉。有人可以让它闭嘴吗？或者开一枪！"

"一会儿就会停下来。"我说。狂吠声持续了一个多小时，然后突然停止了。"听到了吗？就是这样。"

第二天早上，我醒来时，又听到了同样的声音，但这次更早，六点半左右。

我起床穿上昨天的衣服，跌跌撞撞地走出去，发现外面是一片陌生的景象——屋外的早晨。邻居家传来狗叫声。当我走近邻居家房子时，犬吠声越来越大，越来越刺耳。它知道我在那里，但我是唯一一个人。人们都出去了。一只小小的狗在一个有纱窗的门廊上来回奔跑。事实上，把它叫作狗似乎不公平。它有狗的部分——头、尾巴和腿，但它们不匹配，就像是由一个不知道狗应该是什么样子的人组装的。我本想留下一张字条，但后来我意识到，那些养着这样一只狗并向邻居不停发出噪声的人不太可能对字条做出回应。像主人一样的狗，或像狗一样的主人。

我看着沼泽地，想出了一个办法，从技术上讲，这个办法可以免除我的罪行，而且还带有讽刺意味。

那天晚些时候，当犬吠声再次响起时，我穿上深色衣服，戴上我为这次冒险选择的帽子。我收集了一根绳子、一把刀和一根木桩。当我走近狗舍时，我小心翼翼地不被人看见。时间已经很晚了，太阳刚刚落在地平线上。走到门廊时，我打开门，拿出一块饼干给那只老是吠叫的小狗吃。在它从我手里抢走饼干的时候，我抓住了它的项圈，把它塞进一个袋子里。当我快速穿过沼泽地时，它起初挣扎得厉害，但很快就安定下来。也许它感觉到了即将发生的事情。

在远处的沼泽地上，我停下来，跪着把木桩打入地面，在上面系上绳子，然后从袋子里掏出狗，把它绑在绳子的另一端。这是我必须做的。我退到我家附近的沼泽地边上等待。

就在天黑之前，它们一个接一个地从沼泽地的深处出现了。毫无疑问，郊狼们被狗的哀鸣声吸引了，因为它离家太远了，所以它的主人听不见。一开始，它们躲在一边，一边轻哼着，一边互相示意，说它们找到了值得吃的东西，但不知道该怎么做，因为它不会（也不能）跑掉。现在我改变主意已经太晚了。当太阳落山时，我看到它们聚在一起。犬吠声停止了。

我在那里坐了一个小时，直到郊狼的声音消失在夜晚的背景噪声中。

然后，我上床睡觉，我知道我的家人会得到一个不被打扰的夜晚，但对我来说，这个夜晚可能是噩梦的一部分。

——弗雷德·马吉（Fred Magee）

练习 72
五个不同的版本：没有一个是谎言

我们生命的每一天都在讲故事，但我们讲述故事的方式往往取决于将故事讲述给谁听。想想出现在我们生活中的各种人——父母、配偶、孩子、朋友、爱人、牧师、姻亲、社会工作者、假释官（请发挥你的想象力）、医生、理赔员、律师、法官、陪审团、脱口秀主持人、占星家等等。当我们告诉这些人我们的故事时，我们会根据他们的身份对故事进行增减、夸大或淡化、容忍或谴责。

练习

情况是这样的：晚上七点左右，你刚从电影院出来就被抢劫了——一个人向你要钱，然后把你打倒在地，接着逃跑。或者自己编一个情境。

接下来，假设你正在给五个不同的人讲述这一事件：

■ 你的母亲。

■ 你最好的朋友。

■ 你的女朋友或男朋友（妻子或丈夫）。

■ 医生。

■ 警官。

目标

根据听众的不同，意识到我们如何塑造我们讲述的故事。你的人物也会相互讲述故事，并根据听他们讲故事的人、他们希望故事产生的效果以及他们希望从听众那里得到的反应来选择内容。无论是在现实生活中还是在小说里，许多对话都是在讲故事，并且这些故事总有听众，他们对故事很重要，和故事本身一样重要。

学生范例

告诉母亲

不，我没有穿我的黑色迷你裙。不管怎样，我问了一个看起来还在上学的孩子几点了，他告诉我说七点十分。别担心。他不是抢劫犯，是叫约翰尼什么的，我的一个学生。我只是走在人行道上，向车走去，结果事情就发生了。约翰尼·沃兹特一定听到了。他是个大孩子，可能是个足球运动员之类的，这就是我能想到的。我都倒在地上了。那孩子本来可以帮我的。

告诉男朋友

听我说，我从来没有，一次也没有，这么努力过。他们发现我躺在蒂沃利前面的人行道上哭，我的裙子缠在屁股那儿，我也魂不守舍的。警察告诉我，我必须冷静下来，告诉他一些事实。但我甚至记不起我去看了哪部电影。[我其实记得这是我第三次去看《发胶》（*Hairspray*），我对约翰·沃特斯很感兴趣。]

告诉警察

我只是在忙我的事，提前一会儿离开了影院，明天要去学校，我是老师。他一定是从那边的一辆车里出来的，因为我在大楼里没看到他。他是个大块头，肌肉很多。我没看清他的脸，但他穿得像个街头混混，闻起来也像。他很强壮，你知道的吧，在很多方面。

——卡拉·霍纳

我以前教创意写作时，会告诉学生让他们的人物立刻想要一些东西，哪怕只是一杯水。被毫无意义的现代生活麻痹的人物仍不得不想要喝水。我的一个学生写了一个故事，讲的是一个修女把一根牙线卡在左下白齿之间，一整天都拿不出来。我觉得这太棒了。这个故事涉及的问题比牙线重要得多，但让读者感到焦虑的是，牙线什么时候会被移除。没有人读到那个故事时能不用手指在嘴里摸索。

——库尔特·冯内古特

发表于《巴黎评论·作家访谈》

练习 73
你随身携带的物品

我们都会在口袋里、手腕上、脖子上、手指上、脚上、头上、肩上等携带或佩戴各种物品。其中一些物品，如手帕或塑料梳子，是普通的、可有可无的，在我们的生活中几乎没有意义。还有一些东西，比如结婚戒指、一串钥匙甚至一支笔，都有价值，因为它们对我们有着象征意义。对于作家来说，我们认为随身携带的物品是道具，它们告诉读者人物的特征，就像肖像画画家画一张有皱纹的脸来暗示画中人的年龄一样。今天没有人比蒂姆·奥布赖恩更能提供道具了。在他的小说《他们携带的东西》中，他写道："亨利·多宾斯是一个大块头，他携带着额外的口粮；他特别喜欢在一磅蛋糕上加带有浓糖浆的桃子罐头。戴夫·詹森在野外也很讲卫生，他携带了牙刷、牙线和几块酒店的肥皂，这些肥皂是他从澳大利亚悉尼的 R&R 酒店偷来的。泰德·拉文德有恐慌症，所以携带镇静剂……"

练习

在你身上或包里选择一个你喜欢的物品，用不超过 100 个词来描述它，就像你在为警察做失踪物品描述一样。这意味着你的描述应该清晰、客观、简洁，连盲人都能够从这个描述中"看到"它。

接下来，用不少于 200 个词给这个物品赋予"生命"。也就是说，告诉读者你是如何以及何时得到它的，什么情绪把你和它联系在一起，是否还涉及其他人（给你手表的爷爷、给你做戒指的女儿等等）。如果这个物品丢了，你会怎么想？这个道具应该给你的人物带来独特性。

目标

学习如何在写作中使用日常物品，使其产生情感共鸣和意义。为了弄清楚我们在小事上投入的情感力量有多大，我们让一名学生在课堂上展示一些他可以用这种方式来写的东西。不过，他声称自己什么都没有。当被问及口袋里有什么时，他拿出了一个钥匙环，上面有一把钥匙。这是他自行车的钥匙，他说他骑着自行车往返于母亲家和父亲家。只有当钥匙环拿到他面前，他才意识到了它的重要性。

练习 74
精神分析：制造恐怖

初出茅庐的作家倾向于回避实际发生暴力的场景。目前尚不清楚这是因为我们大多数人承认自己有天生的敏感神经，还是因为他们自己从未经历过类似的事情，所以觉得自己无法用语言表达出来。无论如何，暴力和恐怖都是优秀的戏剧性因素；正是紧张的局势和时刻给小说以刺激。你应该能够很好地处理暴力和恐怖，就像两个人喝几杯啤酒聊天一样。对于作家来说，在创造一个令人痛心的场景时需要注意的一件事是：你的语言越平淡，形容词越少，你的场景就越直接。在暴力占主导地位的场景中，行动和对话为你工作。

练习

你正在你的房子或公寓里洗澡。你没有在等任何人，前门是锁着的（没有浴室门）。你听到浴室外面的房间里有奇怪的声音。现在，从这里开始写，不超过两页。可以采用第三人称，也可以采用第一人称。不要花笔墨写洗澡的场景；让行动直接开始。

目标

讲述一个以推测和恐怖为中心的令人信服的故事。

学生范例

我的猫，阿贾克斯，一定又爬到冰箱顶上打翻了一篮子洋葱。现在它在玩洋葱，那是爪子刮擦的声音。等我从淋浴间出来的时候，洋葱会满地都是。有时，当阿贾克斯看到另一只猫时，它会低吼和号叫，就像它现在做的那样，但它现在听起来很奇怪，也许它弄伤了自己。

我拉开浴帘，把头伸出来听。动静已经停止了，但我刚刚似乎看到大厅里有什么东西在动。从这里我看不太清楚，但我确信有一个影子从门口飞过。我打开开关，让水再次从我的头上流过，当肥皂泡流下来时，我闭上了眼睛，突然感到一阵冷空气侵袭。我透过肥皂泡睁开眼睛，屏住呼吸；肥皂刺痛了我的眼睛。一切都是轻轻的，我能听到的只是水声，但我再次认为我看到了影子闪过。我关掉水，呼吸加快。我站在浴垫上，阿贾克斯走了进来，蹭了蹭我湿漉漉的腿，然后那声音又开始了。不是猫，猫都吓得跳起来了。我把毛巾围在胸前。我不知道是往大厅里看还是把门关上。我僵住了。厨房里乱七八糟，玻璃碎了，椅子也移动了。我砰的一声关上浴室的门，尽管我的手指在颤抖，但我还是设法把它锁上了。我在低声哭。阿贾克斯蜷缩在角落里，躲在马桶后面。呻吟声越来越大；它们越来越近了。

我可以用什么作为武器？一次性剃刀？一管洗发水？一把马桶刷？一瓶清洁剂？我像拿着枪一样拿着一个瓶子，手指像放在扳机上。我丢掉了毛巾，躲进另一个角落，发出微弱的哭泣声。忽然，呻吟声戛然而止，有东西开始敲门。

——赫斯特·卡普兰

> 一个好的标题应该像一个好的比喻：它能引起人们的兴趣，而不会太令人困惑或太直白。
>
> ——沃克·珀西（Walker Percy）

练习 75
一石在手

谚语是如何诞生的？我们中的大多数人说这些话时并没有多想。但我们如果仔细观察，就会发现它们包含了人类浓缩版的戏剧。"滚石不生苔，转业不聚财""小洞不补，大洞吃苦""一鸟在手，胜过二鸟在林"。每一个都暗示着选择、冲突和解决。叙事无处不在；训练观察和捕捉它，是改进你的写作技艺的一种方法。

练习

从上面的谚语（或者你喜欢的其他谚语）中选择一个，并将谚语用作情节和主题创作一则短篇故事。

目标

这里有两个目标。第一，让自己对包含戏剧本质的普通事物敏感。第二，将最初看起来只是一种老旧智慧的东西转变成一种有条不紊的叙事。

学生范例

滚石不生苔

我和我的两个姐妹以及两个兄弟在我们的成长过程中，被那些几乎从未停止过的活动折磨得几近窒息，即使是周日也躲不过。有戴夫和迈克尔的棒球活动，有我和苏珊的足球活动，有丽贝卡的小提琴活动，有我们所有人的希伯来语课——我简直不敢相信这是我们所有人的成长经历。但妈妈坚持这样做。当一个填满活动的日子结束时，我太累了，以至于穿着衣服趴在被子上睡着了。

作为煤气和电力公司的故障检修员，爸爸全天候待命。妈妈是那些认为如果你不从源头开始做每顿饭它就不值得吃的女人之一。也许我有点夸张，但其实没那么夸张。我们试图说服她做饭走捷径。爸爸会问："用罐装肉汤代替煮一整只鸡有什么问题？""就是不一样。"妈妈告诉他。

有一天，在足球训练结束后，我走进厨房想吃点零食，妈妈站在那里，用僵住的姿势结束了我们过于紧张的生活。妈妈把手放在烤面包机的门上，正要放进自制的比利时华夫饼。她被一股电流击中，动弹不得。她面色苍白，张开嘴，想说些什么但又说不出，她的眼睛恳求帮助，我拨打了911。急救人员松开她紧抓烤面包机门的手后，将她送上救护车，接受二度烧伤和轻度休克的治疗。

爸爸吻了吻妈妈苍白的脸，然后告诉我们准备去希伯来语学校。他把我们赶上越野车，当我们坐车离开时，他说："我希望你们的妈妈不会在那里待太久。我们需要她。"然后他说，下课后我们可能还有时间在天黑之前耙一些树叶堆肥。"等这些结束后，带你们去汉堡王怎么样？"就在这时，他的传呼机响了。

——波利·卡普兰（Polly Kaplan）

练习 76
注释和信件

第一部英文小说就是以信件的形式出现的，被称为"书信体小说"，比如塞缪尔·理查森（Samuel Richardson）的《帕米拉》（*Pamela*）和《克拉丽莎》（*Clarissa*）。最近的书信体小说有哈尔·德雷纳（Hal Dresner）的《写脏书的人》（*The Man Who Wrote Dirty Books*）、李·

史密斯（Lee Smith）的《美丽温柔的女人》（*Fair and Tender Ladies*）和艾利斯·沃克的《紫色》。还有一些小说使用了书信。索尔·贝娄在小说中用赫佐格这个名字给斯宾诺莎写信，给著名的银行劫匪威利·萨顿写信，给总统写信。安·贝蒂的小说《永远爱你》（*Love Always*）中，露西·斯宾塞与辛迪·科厄互通书信，她是《乡村迷惘》杂志的"孤独之心小姐"。鲍比·安·梅森的《在乡下》（*In Country*）中，山姆·休斯是一个活泼的十七岁女孩，她的父亲在她出生前就去世了，她在父亲越南的日记和寄回家的信件中和父亲"相遇"。在小说作品的叙事中，使用书信让作者有一种特别亲密的语气，有点像在读者耳边说话。它在关键时刻也很有用，因为很多事情都是以简洁和紧张的方式告诉你的。书信通常是一种快速给出阐述、描述和声音的方式。

练习

下面是几种很有可能用到信件的情况。你是一名大四的学生，写信回家告诉你的父母你要退学了。你希望他们理解，即便他们不完全同意你退学的原因。让这些理由具体而有说服力。然后，由父母中的一方或双方回信。或者，你正在写信给你的房东，告诉他你将暂停支付房租，直到他解决你公寓的问题。或者，你会给你的配偶留下一张字条，解释你为什么要离开他或她。再或者，你正在国会图书馆厕所的墙上写文学涂鸦。篇幅限制在 500 个词以内。

目标

进入另一个人的头脑，一个你创建的人物，并假设使用他的声音，从而改变你的叙述方式。

学生范例

亲爱的妈妈和爸爸：

我希望你俩能说一点法语，因为我有一些消息要告诉你们，这会惊掉你们的贝雷帽。记得我告诉过你们，这个学期我在学法语？我没有告诉你们我的老师是皮培特小姐，也没有告诉你们，我迷恋上了她。原来她也暗恋我，现在我们疯狂地相爱了。我们想结婚，这样小皮埃尔或小吉吉在五月底出生时就会有一个 Pére（法语中的"父亲"）了！

珍妮特无法用她的教学工资来支撑我们的生活，所以我要辍学了。你一直教我对自己的行为负责，这似乎是正确的做法。我要找一份工作养家，为我们建立一个家庭。总有一天我会回到学校。院长向我保证，我可以稍后重新申请并完成学位。

你俩要当祖父母了！我相信你们和我一样兴奋。面对这些巨大的变化，大学目前似乎并不重要。我知道你们会喜欢珍妮特，她会给你们送上一份祝福。

Avec amour（法语中的"带着爱意"），

泰迪

亲爱的泰迪：

放弃吧。我的儿子不会因为学生时期对他法语老师的迷恋而辍学结婚。当我说一个 21 岁的男孩不知道什么是一个负责任的父亲和丈夫时，我想我比你更清楚。你希望自己得到什么样的工作？谁会雇一个唯一的工作经验是修剪父母草坪的男孩？

我也和院长谈过了。学期结束时，你的皮培特小姐将告别教学和你。我已经安排她回法国，在那里生孩子。我也得到了她的保证，她和你不再有联系。

我没有让你妈妈知道这件事。这只会让她病得更厉害。虽然你现在不这么认为，但你会在未来几年感谢我让你摆脱这种局面。与此同时，我建议你重新开始学习，努力攻读这个至关重要的学位。

爱你的，

爸爸

——布莱恩·福斯特

练习 77
连环故事

这个练习基于弗朗辛·普罗斯的故事《南瓜》（*Pumpkins*），该故事出现在《闪小说》（*Flash Fiction*）中，可以在 www. pifmagazine. com/vol3 上找到。请注意故事是如何在特定的时间点开始并作为一个链条向前发展的，向前的每一步都与之前发生的事情和之后发生的事情建立了联系。故事开始于一名年轻女子的意外死亡，她被砍下的头落在了一堆南瓜中，接着是她的丈夫直到在报纸上读到这一令人不安的细节后才知道这一事实，然后一名女工读到了这一消息，她将这一令人痛心的新闻传递给了自己的丈夫，他内疚的反应使该女子意识到，他的婚外情事上还没结束，这个认知让她去了心理咨询师那里，心理咨询师又……故事的发展取决于作者对各种事件和细节的"链接"或"重叠"。还要注意，心理咨询师在故事稍晚的时候出现口误，在脑海里重复了开头句子中的"意外"。此项练习最初是由一名学生塞西莉亚·坦恩（Cecelia Tan）建议的。

练习

写一个三页以上的连环故事。你故事中最初的"事件"应该像《南瓜》中的事故一样具有戏剧化。参照弗朗辛·普罗斯将被背叛的妻子和她的心理咨询师写活的方式，将你的几个人物写活。至少使用五个"链接"。要注意让故事结尾与开头被杀的年轻女子之间形成 U 形联系。

目标

了解将不相关人物的生活细节联系起来如何推动故事向前发展。这也许是能让巧合起作用的为数不多的机会之一。

第十章　修订：改写就是写作

　　修订只是一个机会，让你重新审视你的作品，修改你的故事或章节，直到你感觉完成了。我们所说的修改，是指在第一稿的基础上，用各种策略修改它，直到把它变成第二稿，然后继续修改你的故事或章节，最终定稿。重要的是要注意，当你完成一稿并进入下一稿时，你得将之前的草稿放在一边。你不希望同一个故事有六个不同的版本；你只想要一份草稿，尽管它可能是你的第六稿。虽然可能会有作家一次又一次地从头开始，但我们不建议这样做。罗伯特·弗罗斯特所说的"第一次融化"中，几乎总是有一些美妙的东西必须保存下来，并加以修改。一个好故事和一个可发表的故事之间的区别通常是修订。泰德·索洛塔罗夫（Ted Solotaroff）在他的文章《在寒冷中写作》（Writing in the Cold）中说：

　　写初稿就像是摸索着走进漆黑的房间，或是无意中听到一段微弱的对话，或是讲一个你已经忘了的笑话。正如有人所说，一个人写作主要是为了改写，因为改写和修改是一个人的思想如何充分融入材料的过程。从好的方面来看，重写是第二次、第三次，也是第 n 次让事情变得正确的机会，用刘易斯·海德（Lewis Hyde）的话说就是"慢慢地优雅地到位"。但这也是一个考验：一个人必须学会尊重这样的疑虑，这听起来仍然不真实，仍然没有触底。这意味着要再次回到矿井，四处寻找丢失的矿石，并为其找到一个位置，让其发挥作用。

　　我们不理解初学者为什么不愿意改写，事实上，这是由于缺乏信念，正如一名学生在课堂评估中写道："这学期我学到的最重要的事情是，改写就是写作。虽然从理论上理解了修改作业的重要性，但不知怎的，我感到内疚，除非我第一次就写出了新的东西，最好是好的东西。改写就像出轨。"在后来的课上，学生们承认，他们不信任知名作家的修改程度。"当然，索尔·贝娄不必重写！"然而贝娄却重写了《赫索格》（Herzog）

二十次。"任璧莲小说的前几章写得很流畅，肯定是第一次就写对了。"然而，她的开头章节改写了四十次。从那堂课开始，我们就向学生展示改写就是写作，把一个故事或小说修改两次、十次或四十次是写作乐趣的一部分。我们还鼓励学生将改写视为一个连续的过程。我们必须先写一稿，才能在过程中抓住要点，继续写下一稿和下下一稿。这就好比一个徒步旅行者，他仰望山顶，出发到达那里后却发现自己到达了一个假山顶。真正的高峰，隐藏在虚假的总和后面，隐现在前方，或者一旦到达，它可能是另一个虚假的顶点。但不要气馁；你正在取得进展，每一版连续的草稿——尽管可能被证明是一个虚假的高峰——都在使故事越来越接近于完善。

当威廉·福克纳被问及他会给年轻作家什么建议时，他说：

我一度认为最重要的是天赋。我现在认为，年轻人必须拥有自学的能力，以无限的耐心训练自己，不断尝试，直到成功。他必须冷酷无情、不容异议地训练自己，即不管他多么喜欢那一页或那一段，都要扔掉任何虚假的东西。

我们发现，学生们经常对修订失去兴趣，因为他们只会从头到尾地复读一个故事，并在复读过程中做一些修改。他们没有看到早期的草稿处于流动状态，完全可以重新起草或重新安排：最后的场景可能移到开头；第一人称可能变成第三人称；现在时可以改为过去式；某个字符可能被丢弃或发明；语言、场景、图像、描述等，通常也是单独评估的。

我们选择不举出正在创作的作品的示例、页面或多份草稿的示例，因为某些内容如何进入页面或被更改或删除是一个神秘、复杂且始终是个人的过程。修改过程中最成功的"复制品"出现在珍妮特·伯罗薇的《小说写作》和戴维·麦登（David Madden）的《修改小说》（*Revising Fiction*）中，以及杰伊·伍德拉夫（Jay Woodruff）主编的《一件作品》（*A Piece of Work*）中，其中托拜厄斯·沃尔夫和乔伊斯·卡罗尔·奥茨向采访者讲述了他们如何修改他们的故事。本章中的练习旨在带学生了解修订过程的各个方面，并帮助他们发现如何修订才最适合自己。伯纳德·马拉默德说："修订是写作的真正乐趣之一。"

> 我尽量省略人们会跳过的部分。
>
> ——埃尔莫·莱昂纳德（Elmore Leonard）

练习 78
打开你的故事

当故事还是初稿时，它们会很单薄，需要更多的质感，需要添加一些东西。这正是你的故事最灵活、最能被打开的时候；连续的草稿将句子编织得更加紧密。乍一看，这个打开你故事的练习似乎是你工作中最人为、最具侵入性的尝试。然而，请记住，即使建议来自故事的"外部"，你自己的想象力仍然控制着材料、细节和语言的选择，从而使这些建议中的许多内容以绝对有机的方式融入你的故事。

练习

选择一个处于初稿阶段的故事。通读一遍，你需要完全熟悉它以及其中的人物。然后在故事中找一些地方，完成并插入以下句子（根据需要改变代词）：

最近几天晚上，她反复做了一个关于＿＿＿＿＿＿＿的梦（或噩梦）。

她妈妈总是警告她，＿＿＿＿＿＿＿。

我不能告诉他/她/他们的一件事是，＿＿＿＿＿＿＿。（把这个想法加到一个有两个或更多人物的戏剧场景中。）

电话铃响了。对方打错了，但打电话的人拒绝挂断电话。相反，他＿＿＿＿＿＿＿。

她做了一个清单：要做＿＿＿＿＿＿＿，不然＿＿＿＿＿＿＿。

_____看起来不一样了。

他最后一次穿这个是在_____。

当有人说可以许愿时，她会许愿_____。

至于上帝，_____。

所以这就是它的全部：_____。

人们可能在说_____。（你可以用这条来验证所说的是真的。或者，人物可以呈现人们的想法，然后反驳。）

去年这个时候，她_____。

我秘密收集了_____。（收集的是什么，保存在哪里，对谁保密？）

外面_____。（让天气来烘托室内气氛。选择一个季节。）

突然，她想起自己忘了_____。

电视（或收音机、CD 播放器）上在播放_____。

她怀疑_____。

_____闻起来的味道，带她回到_____。

_____成了一个家庭故事。

还是孩子的时候，他就学会了_____。

现在，想一些可插入的你自己的句子。

目标

体验你的想象力是如何为上述句子中的每一个"空白处"创造出与你的故事能够绝对有机融合的材料的。做这项练习的作家总会感到惊讶：这些看似人为的东西是如何为他们的故事提供有效补充的。

学生范例

昨天晚上，鲍比又做了一个梦，梦到阿尔伯特把所有尸体都放在地下室，每具尸体都被绑在一张椅子上，围成一个大圆圈。洗衣机在运转，隆隆作响，就像里面有石头一样。阿尔伯特手里拿着一杯啤酒，在圆圈中间唱歌、旋转，对着每个人唱歌，向每个人鞠躬。鲍比对他喊道："阿尔伯特，你搞什么鬼？"阿尔伯特对他叫道："自己拿啤酒，我的兄弟鲍比。"这时他才意识到那是什么声音，是他们的鞋子，是他们所有人的鞋子，艾伯特在洗衣机里洗鞋子，他们所有人都光着脚，都是紫色的，而阿尔伯特还在对他唱歌，他唱道："我在给他们洗鞋子。"

——《兄弟们》（*Brothers*）

吉姆·梅扎诺特（Jim Mezzanotte）

那天晚上，我梦见我在备用卫生纸卷上绑着的玩偶在舞池上旋转。它们的裙子不是我的针织裙，而是卫生纸本身，像成串的婚纱一样，成股地展开。

——珍妮特·塔什健（Janet Tashjian）

我不能说的一件事是，我觉得我们可能做不到。在山上，消极的态度是一种禁忌。就在一周前，有两个人在同一座山上的暴风雪中迷路，冻死了。但唐尼知道他在做什么。

——汤姆·布雷迪

有一件事我不能告诉我的哥哥，就是那晚纳尔逊在我穿裤子的时候闯入了洗手间。纳尔逊一句话也没说。他把我推向水槽，压在我身上，我只能看到他剃短的头，紧贴着那一茬乌黑的头发，遮住他头皮上的疤。接下来妈妈喊我帮忙做晚饭，我在厨房里试图解释发生了什么。当事情发生得那么快时，人们宁可相信其他任何事情，也不愿相信这件事情。

"温妮，"妈妈说，"纳尔逊只是去洗手了。"

后来，你所拥有的所有证据就是，每当闻到某种洗手间清洁剂的味道，你就会感到恐惧，而这是你无法向哥哥解释的。

——克里斯蒂娜·弗拉纳根（Christine Flanagan）

她拒绝挂断电话，而是一直问我是否知道乔伊在哪里。我告诉她这里没有叫那个名字的人。

"告诉他是玛丽亚打来的，"她说，"他会知道的。"

"但这里没有乔伊。"

"他告诉你我的事了吗？"她的声音提高，"他告诉我你的事了，你这个小荡妇。"

有一瞬间，我想知道这个玛丽亚是否真的认识我，或者认识比利、萨曼莎甚至是我的母亲。"我要挂断了，"我告诉她，"对不起。"挂断电话后，我意识到我已经道歉了，她只是叫了一晚上我不敢说的名字。

——芭芭拉·刘易斯（Barbara Lewis）

他打电话给帕特森夫人，告诉她可能会在吸尘器抽奖中赢得一百万美元。我说："这里没有帕特森夫人。"

"我能和你妈妈谈谈吗？"他问道。

"不，"我说，"她的名字不是帕特森。"

他说："那你妈妈一定是幸运夫人了。她答应过会给我回电话。"我妈妈是幸运夫人，但那个男人不知道的是，我妈妈总是向每个人承诺一切。她没有时间兑现所有的承诺。我尽量不伤害他的感情。"先生，"我说，"当有更重要的事情需要记住时，承诺便很容易忘记。"不知道他是否懂我的意思。

——多里·埃尔扎尔迪亚（Dory Elzaurdia）

似乎有些不同，所罗门不再给我们表演魔术。他喝了很多，妈妈和他后来都失眠了，因为他担心这种植、浇水、除草，种出来的是黄瓜，而不是他心爱的哈密瓜。

——埃里克·梅克伦伯格

至于上帝，他经常被双方提及，所以我最后告诉那些混蛋说，上帝就坐在外面。我说最好挑选赞美诗，把尸体埋葬，祈祷魔鬼不是写遗嘱的人。

——卡罗尔·托马斯（Carroll Thomas）

"走吧。"女孩说着，让男孩从她手里接过钥匙，仍然看着我的哥哥。她可能认为我们来自一个病态的家庭，但这不是我们的错。

——克里斯蒂娜·波斯托洛斯（Christine Postolos）

那年夏天，我们看了十二部电影。我们走了两英里路，每天至少出去吃一顿饭，有时两顿。我偷偷收集餐馆里的纸质菜单，把它们整齐地压在手提箱的彩色书下面。我把吃过的食物圈起来，把热量加起来。如果是早餐，我通常点两个荷包蛋（160 卡路里）、干全麦吐司（140 卡路里）和一杯橙汁（100～120 卡路里）。然后我把我想吃的食物用彩笔做上标记，但我不能吃。

——艾比·埃琳

我偷偷地从桌上拿走了所有的雕花火柴盒——洛林和格雷戈里牌的，1952 年 4 月 29 日——然后把它们放在我外套口袋的钱包里，偷偷地从前台溜出去。它们塞在我衣橱顶部的一个储蓄箱里，一个在上一个在下。

——珍妮特·塔什健

在外面，当其他一切都出了问题时，这就是你所期待的——冰冷的雨和一场旅行咨询会，让我和克莱夫在一起的时间比我们计划的要多一晚。

——戴维·斯坦纳（David Steiner）

湖水的刺鼻气味让我想起了我在家沿河跑步的路线。

——安妮·L. 塞弗森（Anne L. Severson）

新鲜咖啡的味道总是让人回想起老师的休息室，我们课间会在那里休息，交流关于学生的故事和对校长的抱怨。我们假装是朋友，但我真的想知道，我们曾经是朋友吗。

——克里斯托弗·霍兰（Christopher Horan）

他还是个孩子的时候，就学会了成为父母争论的避雷针，现在他想知道他们是否会感谢他，是否会记得他痛苦的经历。

——安德烈·奥恩斯顿（Andrew Ornsten）

采访者：你重写了多少遍？

海明威：这要看情况。我把《永别了，武器》结尾的最后一页重写了三十九遍，才感到满意。

采访者：是因为技术问题吗？是什么困扰了你？

海明威：把话写对。

——《工作中的作家》（Writers at Work）

练习 79
给自己的礼物

除了写活你的人物和故事，细节也是作家可以给自己的重要礼物，它可以重复使用，很可能还是决定故事进程的东西。弗兰纳里·奥康纳讲述了细节的神秘力量："我很怀疑，许多作家是否知道他们开始写作时会做什么。当我开始写《好乡下人》那个故事时，我不知道会有一个木腿博士。我只是在一天早上发现自己写了一个两个我略有所知的女人的故事，而在我意识到这一点之前，我已经给其中一个女人配了一条木腿。"这条木腿成为该故事的中心。

的确，故事中强有力的细节往往具有象征意义，但我们从不鼓励学生在故事中插入象征符号。符号是代表其他事物的东西，它通常比它所代表的那个更大的真相要更小、更平凡。符号可以从许多事物中产生——真实的细节以及个人的态度、习惯、行为等等。关键在于，要记住重要的细节会增加故事的质感。它使故事成为一个更有趣（或更有价值）的虚构故事。符号应该是作者对小说最终意义的微妙暗示。不要混淆这两种用法。细节，当被很好地使用和重点展示时，就有可能成为符号，而无须作者的自觉努力。

练习

在故事的初稿中列出重要细节。然后考虑其中是否有细节——给自己的礼物——适合你自己的故事，它们有尚未开发的潜力，可以打开你的故事，让情节朝着不同的方向发展。你能删除多余的细节吗？如何突出重要的细节？在小说中，1＋1＋1＝23，而不是3。

目标

了解弗兰纳里·奥康纳的意思，她说："小说是通过细节展开的，并不意味着简单、机械地堆积细节。细节必须受控于某种总体目标，每一个细节都必须为你服务。艺术是有选择性的。"

学生范例

克里斯托弗·霍兰说："我不知道是什么让我在房东出现时让叙述者戴上橡胶手套擦洗马桶，但当我不得不决定叙述者叙述了什么时，我不必看太远。

"那天下午，房东出现在我的门口，说他已经等够了。我脱下橡胶手套（几个月来我第一次擦洗马桶），和他握手。我感谢他的耐心，告诉他我当然很理解他，也明白他也有账单要付。幸运的是，我向他保证，他不会等太久了。到本周末，我期望能收到我专利的第一笔付款，这将使我有足够的偿付能力，如果他愿意的话，我可以付给他一年的租金。他深深地叹了口气。然后，好像知道自己会后悔一样，他重复了'专利'这个词。于是我告诉他，拼命地想让我听起来好像不是当场编造的，关于我的专利——我的自清洁马桶的专利。"

另一名学生说："在我的故事《镜子里的物体比它们看起来更近》中，我让高速公路收费员成为我的主角。由于工作上的重复劳动，她的医生为她的腕管综合征开了'药'，即一种特殊的手套。随着故事的推进，这些收缩的手套开始代表了压抑她的一切（她的母亲、宗教等）。我用它们来结束故事。

"手套让我慢了一点，但拉森医生坚持我每天都戴着它们，以帮助我抽动的手腕。它们让我想起了我妈妈以前在我的手套上系一根长带子。它穿过我冬季夹克的一只袖子，套在我脖子后面，然后穿过另一只袖子。"

——珍妮特·塔什健

发表于《马萨诸塞州评论》（*Massachusetts Review*）

这个故事的最后一句话是："我把手套挂在门把手上，系紧了带子。它们立刻充满了高速公路的风和废气，就像手的自动反射，挥手告别或挥手打招呼。"

> 我认为，学会写短篇小说的唯一方法就是去写它们，然后试着去发现你已经做了什么。思考技巧的时候，需要你真正把故事摆在面前。
>
> ——弗兰纳里·奥康纳

练习80
卡罗尔-林恩·马拉佐：展示和讲述
——被称为讲故事是有原因的

新手作家经常被告知"要展示，不要讲述"（show，don't tell），有时甚至由那些大量讲述故事的作家告知他们。弗兰纳里·奥康纳观察到，"小说写作很少是一个说的问题，它是一个展示的问题"。但是，"说"和"讲"是有区别的，聪明的作家不怕讲。正如后面的故事节选所示，奥康纳和其他优秀作家在他们的故事或小说中融合了讲述和展示，这是有道理的。当一个作家仅仅依赖于展示，而忽略了巧妙塑造、刻画、限定或以其他方式告知人物行为的叙事时，读者便不得不根据观察到的内容推断出意义。例如，一个人物开始手心出汗或神经抽搐，接下来就只能由读者而不是作家来创作故事了。

与你可能认为或被引导相信的相反，作家讲述他们自己的故事，就连奥康纳也讲了很多故事。在《好乡下人》中，主人公乔伊是一个残废的、自学成才的愤世嫉俗者，在与一位《圣经》推销员经历了一次短暂接触后，她改变了自己。奥康纳展示了动作，同时也讲述了乔伊的转变。在下面的例子中，我们先阅读仿体文字，再阅读包括楷体文字的全文：

她坐着凝视他。她的脸上，她那双冰冷的蓝眼睛中，没有任何迹象表明她被打动了；但其实她觉得自己的心脏好像停止了跳动，血液也停止了流动。这是她有生以来第一次当面表现出真正的天真。这个男孩，凭着一种超越智慧的本能，触摸到了真实的她。过了一分钟，她用沙哑的声音高声说道："好吧。"就像是向他彻底投降，就像是失去了自己的生命，然后奇迹般的在他的身上重新找到了生命。

他轻轻地把那条松松垮垮的裤腿卷起来。

"没有任何迹象"这一句解释了为什么"要展示，不要讲述"规则有时会失败。仅仅通过观察，我们无法知道乔伊内心发生了什么。你如果不信，就再单独看一遍其中讲述（楷体字）的部分。有没有迹象表明乔伊变了？在这篇文章中，讲述不仅强调了这一时刻，而且揭示了它是一个令人欣喜若狂的时刻。

《好乡下人》和其他故事证明，在故事人物的转变时刻，讲述和展示之间的互补作用往往对读者的理解至关重要。以下是尤多拉·韦尔蒂的《丽芙薇回来了》（*Livvie Is Back*）中的一个关键片段。这是一个女孩嫁给一个名叫所罗门的多病老人的故事。当丽芙薇抱着年轻的工人喀什并亲吻他时，韦尔蒂告诉读者丽芙薇对自己和婚姻的真实认识：

她把他外套的褶子收在身后，把红唇紧贴在他的嘴上，然后感到眩晕，就像他一开始感到眩晕一样。在那一刻，她感到一种无法言说的东西，那就是所罗门的死就在眼前，他对她来说就像现在已经死了一样。她大叫一声，哭了出来，转身朝房子跑去。

在这里，读者被告知丽芙薇对所罗门的想法和感受，"他对她来说就像现在已经死了一样"。韦尔蒂选择了不让这一刻独自出现。

还有一个简单的例子。在简·斯迈利的故事《莉莉》（*Lily*）中，斯迈利用一个词讲述了莉莉背叛好朋友时的经历：

莉莉一停止说话，就流了一身汗，瞬间后悔不已。

莉莉的反应被描述为"后悔"。如果莉莉做出"困惑"或"胜利"的反应，整个故事就会不一样。

詹姆斯·乔伊斯的《死者》（*The Dead*）中，在加布里埃尔顿悟时，讲述了毫无节制或缄默之意。当他意识到与妻子的一切并不像他认为的那样——她曾为一个男孩所爱，加布里埃尔对此却一无所知。相比内心活动，加布里埃尔的外在表现却相当温和：

"他死了，"她最后说，"他十七岁就死了。这么年轻就死了，这不是一件可怕的事吗？"

"他是做什么的？"加布里埃尔问，仍然不无讽刺。

"他在煤气厂工作。"她说。

加布里埃尔感到羞辱，因为他的讽刺失败了，而且他还唤起了这个死者的形象，一个在煤气厂工作的男孩。当他对他们在一起的秘密生活充满了回忆，充满了温柔、喜悦和欲望时，她一直在把他和另一个人做比较。一种对自己的羞耻意识袭击了他。他把自己视为一个可笑的人物，扮演着姑娘们的跑腿男，一个神经质的好心、多愁善感的人，向粗俗的人演讲，把自己的丑陋欲望理想化，那个他在镜子里瞥见的可怜的愚蠢家伙。他本能地将背转向灯光，以免她看到他额头上燃烧的羞耻。

他试图保持冷漠的审问语气，但说话时声音谦逊而克制。

埃米·亨普尔的故事《在埋葬艾尔·乔尔森的墓地》（*The Cemetery Where Al Jolson Is Buried*）中，第一人称叙述者正在医院探望一位奄奄一息的朋友。亨佩尔写道：

"我得回家了。"她醒来时，我说。

她认为我是指她在峡谷的家，我不得不说"不"，"是回我们的家"。我像人们陷入痛苦时那样扭着双手。*我应该给她些什么的。最好的朋友。我甚至不能带她回去。*

我感到虚弱、渺小和失败。

同时又有些兴奋。

亨佩尔的叙述者准确地讲述了她内心的矛盾。

彼得·泰勒的《普罗迪加尔的礼物》（*The Gift of the Prodigal*）中人物的转变时刻，就是一个极好的展示和讲述之间平衡互补的例子。为了欣赏讲述的非凡之处，建议先阅读文章中楷体文字以外的部分：

我对自己说："他真不像个人。尽管他经历了很多困难和磨难，但他从未有过任何反思，也从不知道悔恨的含义。我本该把他吊起来的。"我又对自己说道："用他自己漂亮的锁。"

但几乎同时，我听到自己大声说的是："请别走，瑞奇，别走，儿子。"是的，我在恳求他，我是真心实意的。他仍然用右手握住门把手，并转动了一大圈。我们的目光穿过房间直直相遇，这是瑞奇和我一生中从未有过的。我想我们谁都不能告诉其他任何人彼此在对方眼中看到的是什么，除非这是我们任何一个人都无法描述的需求。

然后瑞奇说："你不需要听我的废话。"

我听到我困惑的声音说："我需要……我需要。"还有"别走，瑞奇，我的孩子"。我的眼睛甚至起雾了。但我仍然在寂静的房间里看着他的目光。他以可以想象的最富有同情心的方式看着我。我想我的孩子从来没有这么看过我。或者，也许他在看我的时候并不是出于同情，而是突然间欣慰地意识到，这毕竟不是一件单方面的事情，它是我们之间的事情。他把右手放在门把手上几秒钟。然后我听到门闩咔嗒一声，我知道他已经放开了。同时，我观察到他的左手做着那个熟悉的手势，手指张开，手前后摆动。我从椅子上起来，走到桌子旁，从书桌另一个抽屉里拿出两支我一直锁起来的 Danlys 雪茄。当我转过身来时，他已经准备好接受我的礼物了。我微笑着递给了他雪茄，他微笑着接过了雪茄。

现在问：如果这篇文章只有"展示"部分可用，读者会知道父子之间的关系发生了什么微妙的变化吗？仔细研究这篇文章，观察泰勒的写作策略。他通过父亲敏锐的感官（展示）为这篇文章奠定了基础，同时让读者了解父亲最真切的想法和感受（讲述）——所有这些都是在动作不断推进的过程中出现的。

练习

选择一个你认为人物的转变时刻得到有效渲染的故事。在那一转变时刻的讲述部分画下划线，并阅读除了下划线部分的内容。多找几个故事进行这样的练习。

然后，翻阅你自己的故事草稿，找出你认为转变时刻还没有得到有效呈现的那一篇。在那一转变时刻讲述的部分画下划线。你如果没有"讲述"，那就加一些，但要尽量平衡展示和讲述的效果。不要害怕使用"感到"之类的词。注意它在前面的例子中出现了多少次。

如果看起来没什么可讲述的，那么你可能不太了解你的人物，或者你可能不知道你的故事是关于什么的。

目标

在小说写作中，要既能展示又能讲述。尝试采用不同的展示和讲述的组合，以增强你的叙事技巧，并阐明你故事的最终意义。

> （你必须）学会像一名作家那样去阅读，找出隐藏的机制，这是一门隐藏的艺术，也是学习写作者需要理解的事情。
>
> ——玛戈特·利夫西

练习 81
一点园艺，几次手术

当一个故事或小说没有产生应有的效果时，可以采用一种新的方式来处理它，不仅是在电脑屏幕上，而且在打印的手稿上，甚至借助剪刀、胶带或会议桌、墙壁来完成。安妮·迪拉德（Annie Dillard）在《写作生涯》（*The Writing Life*）一书中表示，她经常"借助二十英尺的会议桌进行写作"。你把手稿放在桌子边上，然后放慢工作节奏。你的视线沿着纸张走；你一点点修剪、移动、挖掘，像园丁一样用真诚的双手俯身于一排排纸张。

当被问及编辑与写作技巧之间的关系时，前主编也是小说家E. L. 多克托罗说："编辑教会我如何将书分解并重新组合起来……学会如何变得非常自由和轻松地驾驭文字，这是读者永远做不到的。读者看到一本印出来的书，只能是一本书。但当你作为编辑看到一部手稿时，你会说：'这是第二十章，但应该是第三章。'你在书中很自在，就像外科医生做胸部手术那样，充满了鲜血和胆量以及其他的一切。你熟悉这些东西，可以把它们扔来扔去，甚至冲护士说脏话。"因此，有一种修改或"重新构思"的方法是，当一个故事在你面前被分成几个自然段时，你要对它的形状和组成部分了然于胸。

练习

选择一个看起来没有产生应有效果的故事，并将其分成场景段落、叙事段落和倒叙段落等独立部分。按照故事中出现的顺序对每一部分编号。然后用胶带和标签将印有这些片段的纸张挂在墙上，并对它们有足够的了解。然后向自己提问：

有多少场景？是太少还是太多？

是否有太多相同篇幅的部分？

每个场景都达到了什么目的？哪些可以合并或者删除？

有没有缺失的场景或未开发的领域？

"过去"的材料是否放在了正确的位置？

如果重新安排，事件的顺序会发生什么变化？

如果从结尾场景开始，并用它来框住故事，会发生什么？提前讲述结局？

当你问自己这些问题时，可以来回走动，把你的故事片段挪来挪去，就像是拿着它们玩游戏。开始实验吧。你如果有缺失的场景，请在一张纸上写上"添加场景"。然后，当你对重新安排的故事顺序满意时，再对章节进行编号，同时忽略原始编号。然后将旧的顺序与新的顺序进行比较。现在编号9的可能是由原来的编号3、编号2和编号4合并而来的。请记住，不要在计算机上进行"剪切—粘贴"，而应该根据新的顺序从头开始，重新录入故事。感受修改前后之间的差异，感受修改后的词语所蕴含的力量。

目标

不要把故事的初稿看作板上钉钉的东西。不仅文字和对话能够修改，而且故事结构本身也可以修改。为了行文足够流畅，可以再次根据前面列出的问题对故事进行分析。

学生范例

我让一个班级写下这个使用剪刀和胶带的过程，下面是几个回答：

这是一个很好的学习过程。我把故事当作一个整体，把它放在地板上，同时也看到了各个部分是如何融入整个故事的。实话实说，这一次完全是因为分开的页面盯着我的脸，然后我问自己，现在的顺序已经调整到最好了吗？我发现我没有尽可能地诚实或谨慎。

——金·雷诺兹（Kim Reynolds）

我发现，直到第 18 页才介绍我无可救药的管家格拉迪斯。在课堂上，金·雷诺兹建议我放弃格拉迪斯，但我想留下她。现在，我明白金的意思了。我可以在不影响故事核心的情况下删除关于格拉迪斯的所有内容。很难客观地看待一个场景，除非你把它与故事的其他部分分开，将之独立出来。剪辑故事可以解放你；当你看到塑造和移动事物是多么容易时，它会给你一种"去你的吧"的态度。

——李·哈林顿（Lee Harrington）

我以为，把文章分开，再把段落交换，会以某种方式损害我的故事整体。我认为我的故事已经接近完美了（我对这种态度感到有点尴尬，因为我从来不认为自己属于"敏感的艺术家"类型，但这是另一个话题）。然后我看到描述一个场景的篇幅占了十七页中的十四页。其他部分太短了，并且有一个部分重复了我在另一节写的所有内容。第二稿写得很慢，但我很喜欢它呈现的方式。

——迈克尔·萨默斯（Michael Summers）

主要是我意识到任何故事都是流动的。我现在对每个故事都这么做。我还特地剪了一些其他的故事，比如艾利斯·芒罗的一些故事，因为她的很多故事都是关于过去的。我很惊讶她过去的一些片段居然这么长（就像我的一样！），但她的每一句话都很重要。

——玛丽安·奥哈拉（Maryanne O'Hara）

切碎这个故事让我贴近了它。过去尽管我不断地拿起它阅读，但我还是觉得离它很遥远。现在，在逐一看了我的故事片段之后，充实它的任务似乎更容易完成了。

——杰克逊·霍尔兹（Jackson Holz）

> 你如果告诉自己明天会坐在办公桌前，就是在要求你的潜意识准备材料。
>
> ——诺曼·梅勒

练习 82
戴维·雷：加剧冲突

伟大的小说是紧张的——人物之间、人物内心、人物以及反对他们的力量之间的冲突。我们只需要想想塞缪尔·巴特勒（Samuel Butler）维多利亚时期的冲突片《阿尔·弗莱什之路》（*The Way of Al Flesh*）中欧内斯特·蓬蒂费克斯与父亲的纠葛，或者拉斯科尔·尼科夫在陀思妥耶夫斯基的《罪与罚》（*Crime and Punishment*）中对谋杀的执着、对爱的冲动和对家庭及其价值忠诚的保留，或者更准确地说，他在理智和精神错乱之间展开了斗争。我们可能会想起塞缪尔·理查森笔下的女主角帕米拉，她与不怀好意的雇主作斗争。或者我们可能会想到哈克贝利·费恩，他对自己所受到的种族主义教育感到困惑，他觉得朋友吉姆

（一个逃跑的奴隶）忠诚且更值得信任。在《白鲸》中，有很多层面的冲突，但主要是猎人和猎物之间的冲突、邪恶的力量和无辜大自然的对抗。任何一部现实主义小说作品都能提供现成的例证。日本诗人小林依萨（Kobayashi Issa）发现，即使在一滴露珠中也有一场激烈的冲突，这是他在寻求从悲痛中解脱时所能找到的大自然中最平静的东西。如果作家失去了用冲突激发小说活力的责任，那么他的读者可能会屈指可数，或只是暂时的读者。

练习

通读一个完整的故事，尝试激化其中的冲突，将之放大到荒谬或夸张的地步。尽可能增加冲突导致的压力，无论是在人物之间还是在人物内心。最大限度地夸大他们面临的障碍。

目标

让人们意识到高度紧张的必要性，同时鼓励人们辩证地看待过度紧张的情形。这一练习意不在于完善故事，尽管它经常能引发新的、更具活力的描述和对话。它促使作家意识到强化小说中冲突的必要性。

练习 83
肯·里瓦德：利害关系是什么？

你的故事有什么利害关系？也就是说，你的故事中有什么危险或风险？例如，你的人物如何赢得或失去孩子的监护权，如何赢得在首发阵容中的位置，以及如何赢得暴虐老板的认可？

写到你能回答这个问题，再问问你下的赌注是否足够高，足以吸引读者。当它们太低时，故事就无法打动读者。一段十年关系的存续，一个小小的个人洞察，在一份乏味的工作中再度过一天——这样熟悉的场景很难变得生动起来。你必须打消读者的疑虑，在糟糕的丈夫、糟心的工作或微不足道的认识等事情中发掘引人入胜之处。为什么不创造一个两难的局面，立即让我们停下并吸引我们的注意力？考虑以下情况：

一个六岁男孩失踪了几个小时。最终，在离他家只有几个街区的地方，他被发现，毫发无伤，对发生在自己身上的事情没有任何记忆。几年后，作为一名正在度假的大学生，他开车路过他曾失踪的街道，注意到一个小男孩，他用一种无法抗拒的魔力诱惑男孩上车［露丝·伦德尔（Ruth Rendell）《坠落的帷幕》（*The Fallen Curtain*）］。

一位古怪的代课老师通过向四年级学生介绍"代替事实"（如 6＋11＝68）、埃及宇宙学和希望钻石的诅咒，颠覆了他们 2＋2＝4 的宇宙。一天下午，她解释了塔罗牌的用法，并用塔罗牌预测了某个学生的早逝（查尔斯·巴克斯特《狮鹫》）。

多年来，一位沉默寡言的工薪阶层白人女性允许一位心怀不轨的朋友在丈夫不知情的情况下说服她"冒险"，包括每周溜出去跳一次舞。在舞厅里，他们结识了一位年轻的黑人男子，他成了她们的固定舞伴。当这个更勇敢的朋友死后，她鼓起勇气，终于在某个下午逃去舞厅。这一次，她们的舞伴开始发出温柔但明确的求爱信号［威廉·特雷弗（William Trevor）《午后的舞蹈》（*Afternoon Dancing*）］。

没有经验的作家常常忘记，读者本质上是偷窥者，透过故事的窗户窥探人物的生活。尽管结构和风格迥异，但上述三个故事中的每一个都让我们进入有事将要发生的期待中。在学校管理部门发现之前，代课老师会变得有多奇怪？成年绑匪会记得他小时候发生了什么吗？对他来说，这可怕的场景注定要重演吗？面对新的冒险，她勇敢的朋友已无法鼓励她，她会怎么办？

新手作家通常原则上同意加大赌注是好的，但在实际提高自己故事中的赌注时却犹豫不决。这种避免紧张或冲突、避免将任何事情置于危险之中的自然倾向，在现实世界中是一种生存技能，但对小说来说却是一个丧钟。为了创造一个高风险的故事，你必须实现想象力的飞跃，相信某些事情至少对你的人物来说，是值得为之奋斗的。

练习

翻看一些你最喜欢的故事或小说，自问："有什么危险？"然后翻看你自己的小说，自问："有什么危险？"如果你不能回答，那么意味着你对你的人物及他们的生活了解得还不够。

目标

明白那些令人信服的故事，是关于那些人物的，他们为了得到自己想要的东西而冒险，或将某些东西置于危险境地，或进行大赌注赌博。

> 中间段落有着互相矛盾的双重功能，既能延缓高潮部分的到来，又能让读者做好准备，并把他引向高潮部分。
>
> ——约翰·巴思
> 《迷失在游乐园》（*Lost in the Funhouse*）

练习 84
直到结束才能落幕

当说书人开始在晚上的篝火旁讲故事时，听众最常说的话肯定是"然后发生了什么"，直到听众中有人说"再讲一个"，这些说书人讲的故事才算真的结束了。这也是你在故事或小说结尾时希望读者做出的最后回应——"再讲一个"。如果你的读者还在说"然后发生了什么"，那么很明显，你的故事还没有结束，也没有达到大多数故事中所需的情感解决方案。

一个完整的短篇小说应该像一滴即将坠落的油，展现出完整的形状。或者，从另一个角度来看应该是心理上的"解决"。也就是说，读者读到最后一句话时，会明白故事到此为止，而不必知道人物在小说结尾的最后一刻之后发生了什么。

练习

仔细检查你的每一个故事，确保它有这种精神上的结局。读给你的朋友或同学听，问他们是否认为故事已经结束了。最难学习的事情之一就是评价自己的工作；在一个富有同情心但客观的听众身上试一试，是非常合适的方法。

目标

掌握叙事和主题线索相结合的艺术。

> 爱情故事必须含蓄地包含爱情的定义。
>
> ——布赖恩·欣肖

练习 85
双结局：时间上的两点

有时候，你读完一篇短篇小说，有没有觉得故事仿佛未完待续，但若在未来的某个时间结束的话，又超出了故事本身？应对这种进退两难的局面，需要解决双重结局的问题。这并不是说第一个结局是不合适的，而是说它是通往最终结局的必经之路。一旦你在未来的某个时间写下了故事的第二个结局，而这个时间已经超过了当前的结局，你可能会发现第一个结局不再符合故事弧线。下面三位优秀的讲述者讲的故事，说明了双结局的优雅艺术和架构。

莎伦·希赫·斯塔克的故事《阿帕洛萨之家》（*The Appaloosa House*）的开头是这样一句话："我父亲的女朋友名叫德洛丽丝，我母亲去了教会，因为她曾是教徒。"女儿讲述这个故事时，带着尖刻的嘲讽，她讲述了父亲是如何因为花心被赶出家门的，但他最终被允许回来。出乎意料的是，她作为教徒的母亲把房子漆得像一匹阿帕洛萨马，当父亲回家时，她正骑在屋顶上。他和女儿一起在屋顶上欢聚，这是女儿一直渴望的，但最终父亲还是不被信任。这里有一段间隙，然后故事继续展开，女儿在一个不是他妻子的女人的陪伴下见证了父亲的死亡。之后故事又回到了欢乐的时刻——一种故事当前时间就会结束的欢乐，但它并不会持续下去。

艾利斯·芒罗的故事《梁柱结构》（*Post and Beam*）讲述了洛娜的故事，她是一位年轻的母亲，有两个孩子，丈夫是一位年长的学者。这位学者对他们的驿站和木梁之家"非常自豪"。洛娜迷上了她丈夫的一名学生莱昂内尔，他在家里出入，为她写诗。随着故事的展开，莱昂内尔消失了一段时间，这时洛娜心怀不满的表姐波莉前来探望。故事快结束时，一家人正外出度假，洛娜想象着被抛在家的波莉要自杀。为了避免这种情况，洛娜想：

得达成协议。相信这仍然是可能的，直到最后一刻，达成协议是可能的。

这必须是严肃的，是一个最终、最痛苦的承诺或提议。接受这个。我保证……不是孩子们。她把那个想法踢出脑海，仿佛把它们从火里丢出来一样。不是布伦丹，原因正好相反。她不够爱他……她自己？她看起来……她突然想到自己可能想错了。在这种情况下，你可能无法选择。不是由你来设定条件的。当你遇到他们的时候，你会认识他们的。你必须承诺在不知道他们是怎样的人的情况下尊重他们。

事实上，当一家人回到家时，波莉为自己做得很好，她似乎已经看上了莱昂内尔。洛娜在后院听到他们友好的交谈，心想："莱昂内尔，她已经把他忘得一干二净了。"她在讨价还价时忘了免除他的责任。故事接近尾声，孤立无援的洛娜从楼上的窗户俯瞰着聚在一起的家人，以及波莉和莱昂内尔，她现在已经失去了他。这里有一段空隙，然后故事继续展开：

> 这是很久以前的事了，在北温哥华，当他们住在木梁之家时。她24岁，刚刚开始讨价还价。

很明显，洛娜已经学会了更好地讨价还价，这无疑与他们为什么不再住在木梁之家有关。这是一个至关重要的细节；当然，只有死亡或离婚才能让她的丈夫摆脱困境。

在琼·汤普森（Jean Thompson）的故事《怜悯》（*Mercy*）中，一名离异的孤独的警察告诉一名女子她的儿子在车祸中丧生后，与她同床共枕。之后他一直给她打电话，但她避开了他，直到故事的最后，他在她工作地方的外面等待。当他和她搭讪时，她告诉他："天哪！我为你感到难过。你和你那张悲伤的麻袋脸，还有你那愚蠢的徽章。那一次是出于怜悯，好吧。"他被压垮了。几句话之后，故事继续展开：

> 很久以后，在与第二任妻子相识并结婚，离开警局，习惯了新的幸福之后，他能够更清楚地看到那一刻。她可能很残忍，但她抛弃他并不是不明智。他只想用她的悲伤来填满自己，因为这会比他自己不完美的悲伤占据更多的空间……但他还不知道，或许事情会变得更好，或许他不会永远觉得自己的羞愧是一种病。他发动了汽车，她向他挥了挥手，雨幕落在挡风玻璃上，模糊了她的裙子。她做了一个躲雨的手势，转身消失在商店里。他从什么东西中解脱出来了，尽管那是他还不知道的另一件事。

故事就这样结束了，尽管我们知道他的未来会更好。请注意，双结尾允许作者使用极端结尾作为第一个结尾，因为后面的结尾会减轻这种情况。在《怜悯》中，男警察在第一个结局中触底，女子告诉他，他们之前的事只是因为她可怜他。在《梁柱结构》中，年轻的妻子也对失去莱昂内尔、他"获得波莉"以及回到以前的处境感到绝望，因为她是一位年轻的母亲，嫁给了一位自大的学者。在《阿帕洛萨之家》中，女儿看到了父母最好的一面：母亲的疯狂诱使父亲再次回家，还有他们在屋顶上的巨大欢乐。但这太极端了，无法持久，父亲的性格（性格即命运）没有改变，他再次背叛了妻子，并和年轻的恋人死于一场意外。

由于以下原因，第一个结局中的极端情况是可以接受的：

有时，人物发生的事情需要时间才能让人物表现出来（如《梁柱结构》）。

人物需要时间来治愈，但不能立即治愈（如《怜悯》）。

人物需要足够的时间来做出决定（如《梁柱结构》），或不可避免的事情发生也需要足够的时间（如《梁柱结构》中婚姻的破裂）。

允许人物有令人满意但暂时的性格变化（如《阿帕洛萨之家》），但这种暂时的变化不能持续下去。

练习

看看你的故事草稿，并考虑其中一个故事是否会从这样的双结局中受益。思考人物的未来会如何与现在的结局截然不同，并为他们的故事带来一个更真实的结局。一定要把"第二次"的结局定在未来至少 2~5 年。推荐你阅读理查德·拉索在他的故事《欢乐骑行》（*Joy Ride*）中使用的双结局。在一段间隙后，他写道："这一切都是很久以前的事了。现在已经过去二十多年，当我回想那年春天我们的欢乐骑行时，它似乎比当时我以为的更非凡，而接下来发生的事还要更加不同寻常。"为什么拉索此处会先回顾再讲后面的事？

目标

以一种更自由的方式思考人物的生活，展现他们的故事弧线。了解如何在第一个结局中预测未来。

> 当你在写作工坊时，你的手稿会被给予一整天的关注。
>
> ——埃德温·希尔（Edwin Hill）

练习 86
课堂修改

尽管有良好的意图，但作者往往没有花足够的时间来修改故事，因此他们从未学会相信这个过程，他们的故事的潜力也未被发掘。本练习对修改方法提出了一些建议，并向读者展示如何放松地进入修改过程。理想情况下，此练习应该在两个连续的写作工坊或课堂上进行，总共 6～8 个小时。尽管所有的问题和修改建议并不适用于所有故事，但足够多的问题和建议能与每个作者所创作的故事相结合，从而使写作工坊或课堂变得有意义甚至有趣。作家劳伦斯·戴维斯将这项练习称为"错乱战略"。

练习

将一个故事的初稿或第二稿带到课堂上——选一个你在意的故事，需要花 6～8 个小时来修改。（你对故事的在意程度对这项练习的成功至关重要。）同时带上几支荧光笔、剪刀和胶带。老师或工坊负责人会提出问题，给出指导，并辅助你进行各种练习。你可能会发现在课上无法回答或解决的问题；记下笔记，作为下次修改这个故事时的提醒。

■ 这是谁的故事？故事如何体现这一点？这个视角适合这个故事吗？（叙述者拥有故事。）

■ 你的主角想要什么？你在故事中的什么地方指出了这一点？它是如何推动故事的？参见练习 13 "你的人物想要什么？"。

■ 你能回答这个问题吗？问问你的叙述者："这个麻烦是怎么来的？"你能描述他的生活并找出问题吗？

■ 读者在故事前三分之一对主要人物有什么了解？作者是否隐瞒了任何重要信息？参见练习 11 "关于你的人物，你都知道什么？"。

■ 你的人物有内在的生活吗？参见第五章"人物的内心世界"。你是否允许他们发挥想象力？

■ 你的叙述者对他的生活中其他人了解多少？让他们实时想象另一个人物正在做什么，这将影响故事发展。参见练习 32"其他地方正发生什么大混乱或大场面？"。

■ 你的故事是不是既能展示又能讲述，尤其是在故事的结尾？参见练习 80"展示和讲述：被称为讲故事是有原因的"。

■ 你的故事有多少个场景？参见练习 81"一点园艺，几次手术"。现在就拿出剪刀：把你的故事分成几个部分，把它们分散开分别仔细阅读。或者更好的做法是，把它们贴在一面墙上。

■ 你故事的不稳定因素是什么？参见第六章"情节"的导言。

■ 你的故事是从正确的地方开始的吗？还是从中间开始？故事的"过去"是什么？

■ 你的开头句是开始故事的最好方式吗？参见练习 3"开始一个故事的方法"。

■ 你的故事中有什么利害关系？风险是什么？即将赢得或输掉什么？参见练习 83"利害关系是什么？"。

■ 你的故事有冲突吗？参见练习 82"加剧冲突"。

■ 你的故事中发生了什么吗？它是重要的，能推动一切吗？有变化吗？参见练习 44"所以，发生了什么？"。你可能无法确定这一点，除非你把故事分成几个部分。

■ 你的场景编排得如何？突出你最重要的场景中的肢体语言。参见练习 29"看不见的场景：在动作中穿插对话"。

■ 你的对话能很好地为故事服务并推动情节发展吗？你在需要的地方使用间接话语吗？参见练习 27"写对话：何时直接用对话，何时概括对话？"。

■ 你有没有为自己开发故事的礼物？列出重要的细节，并检查你是否重复使用了它们。参见练习 79"给自己的礼物"。

■ 你的故事有足够的质感吗？用练习 78"打开你的故事"打开你的

作品。这个练习应该需要一段时间。在 6～8 个"插入句"上各花约 4 分钟。让学生创建其他"插入句"。

■ 在故事中第一个有趣的句子下面画线，这句话可能在语言、人物塑造、背景和气氛方面都很有趣（应该是第一句或接近第一句的句子）。

■ 你故事的语言有趣吗？参见本书第七章"风格的要素"的导言。

■ 你的形容词和副词能增强你的名词和动词的表现力吗？在前两页圈出所有形容词和副词。参见练习 50"禁忌：弱副词和弱形容词"。

■ 你的句子在长度和复杂度上有差异吗？参见练习 49"你自己的风格"。

■ 你知道你的故事是如何结束的吗？有没有未回答的问题？参见练习 84"直到结束才能落幕"。

■ 你故事的最终意义是什么？

■ 你的标题是放在页面顶部还是谨慎选择好位置？列出 50 个或 100 个可能的标题，可以从故事中抽取一些。参见练习 64"标题和要点"。

在过去的几个小时里，你已经完成了很多项工作。现在，思考一下你对这个故事的发现，并在接下来一两天的某个时候回到这个故事做进一步修改。然后，给下一堂课带一份新的草稿，包括可供你讨论、修订及对你有影响的一两页。你将会怎样做？

目标

放松地进入修改过程中，全神贯注地关注你的故事。要将所有流程视为一个流动的过程，它由可变的、可管理的和你自己的组件组成。

第十一章　突发小说、闪小说、微小说、纳米小说：
　　　　　写小小说

　　小小说是一种难以捉摸的形式，也许比短篇小说或小说更为神秘。在《突发小说》（*Sudden Fiction*）中，斯图亚特·戴贝克（Stuart Dybek）回答了编辑们关于什么是小小说而不是短篇小说的问题。他说："小小说介于散文与诗歌、叙事与抒情、故事与寓言、笑话与冥想、碎片与整体之间，经常栖息在无人区，其特征之一就是它千变万化的形式。写作的乐趣之一是在缝隙之间滑动的感觉。在这些细微界限的约束下，作家发现了巨大的自由。实际上，突破它们篇幅的局限性往往需要非常规的策略……每一位作家都有助于塑造这种形式，每一篇都是一个出发点。但是从哪里出发呢？"

　　我们在课堂上尤其感受到了小小说的难以捉摸。在课堂上讨论长篇小说或小说节选时，我们使用了小说艺术的语言，询问人物是否充实饱满，情节是否向前发展，故事超越虚构的方面是否扩大了我们对小说的理解，故事是否在总结性叙事和场景之间找到了平衡等。然而，在讲授小小说的创作工坊中，我们发现自己只问每个小小说一个问题：它有效吗？欧文·豪（Irving Howe）在《超短篇》（*Short Shorts*）简介中指出："写小小说的作家需要特别大胆。他们把一切都放在创造性的笔触上。有时他们必须做好准备，直言不讳，与其说是为了陈述一个主题，不如说是为了提供一个令人惊奇或复杂的评论……然后，几乎在开始之前，小说就被带到了一个突兀、血腥、令人筋疲力尽的结局。这个结局不需要完成行动；它必须果断地打破一切。"

　　一如既往，最好的老师是故事本身。这一形式著名的实践者包括卡夫卡、博尔赫斯、海明威、川端康成、三岛由纪夫，最近还有格蕾丝·佩利、托马斯·伯杰（Thomas Berger）、路易莎·巴伦苏埃拉（Luisa Valenzuela）和黛安·威廉斯（Diane Williams）。即使是以长篇作品著称的作家也以这种形式写作，如乔伊斯·卡罗尔·奥茨、戴维·福斯特·华莱士（David Foster Wallace）和蒂姆·奥布赖恩等。还有许多优秀的小小说选集。最早出现的作品之一是欧文·豪和伊拉娜·维纳·豪（Ilana Wiener Howe）的《超短篇》，上面提到了这本书及其内容丰富的介绍。接着是影响巨大的《突发小说》，还有《闪小说》、《国际突发小说》（*Sudden Fiction International*），以及由杰罗姆·斯特恩（Jerome Stern）主编的超级短篇小说《微小说》（*Microfiction*），其中包括斯特恩发起的被称为"世界最佳小小说大赛"（World's Best Short Short Story Contest）的许多获奖者和入围者的作品。这场比赛中一名获胜者是布赖恩·欣肖，当时是爱默生学院的 MFA 学生。欣肖的故事《托管人》（*The Custodian*），被罗恩·华莱士（Ron Wallace）在《AWP 编年史》（*AWP Chronicle*）（第 33 卷，2001 年第 6 期）的文章《作家对小小说的尝试》（Writers Try Shorts）中进行了详细讨论。（可以通过谷歌在线阅读，输入"Ronald Wallace"找到他的网站。）其他小小说选集包括罗伯利·威尔逊（Robley Wilson）主编的《四分钟小说》（*Four Minute Fictions*），这些小小说首发在《北美评论》（*North American Review*）上。此外还有丁蒂·穆尔（Dinty Moore）主编的《突发故事：猛犸小故事集》（*Sudden Stories：The Mammoth Book of Miniscule Stories*）。最后，爱默生学院以前学生创办的两本新杂志也以小小说为特色：詹妮弗·坎德（Jennifer Cande）和亚当·皮耶罗尼（Adam Pieroni）主编的《快小说》（*Quick Fiction*），发表 500 个词以下的小小说（www. quickfiction. org）；罗德·锡伊诺（Rod Siino）和拉斯蒂·巴恩斯（Rusty Barnes）主编的《夜车》（*Night Train*），每年举办两次有趣的"火箱"小说竞赛（www. Night-trainmagazine. com），与竞赛优胜者分享阅读收入。《骑士》（*Esquire*）经常在最后一页以"Snapfiction"为题刊登一篇小小说。由爱默生 MFA 毕业生阿比盖尔·贝克尔（Abigail Beckel）和凯瑟琳·鲁尼（Kathleen Rooney）创办的新颖而令人印象深刻的玫瑰金属出版社（Rose Metal Press）在闪小说界占有一席之地。他们的第一本书是《简洁与回声：爱默生学生的小小说选集》（*Brevity and Echo：An Anthology of Short Short Stories*），其中的故事首发在《现实世界》（*Real World*）。该出版社最新出版的一本书是塔拉·马西赫（Tara Masih）主编的《玫瑰金属出版社闪小说写作指南：编辑、教师和作家的提示》（*The Rose Metal Press Field Guide to Writing Flash Fiction：Tips from Editors, Teachers and Writers in the Field*），其中包括罗恩·卡尔森、拉斯蒂·巴恩斯、兰德尔·布朗（Randall Brown）、斯图亚特·戴贝克、汤姆·哈祖卡（Tom Hazuka）、朱利奥·奥尔特加（Julio Ortega）、杰恩·安妮·菲利普斯等人的作品。

小小说的长短没有绝对的规则，但我们认为它大约 250 个词，最长不过四五页。这不是一个浓缩的长篇故事，而是一个需要如此长度和特殊形式的故事。最引人注目的小小说往往有叙事线索。

由于故事很短，我们鼓励你自己或在写作工坊里做练习。当布置罗恩·卡尔森的求解 X（见本书练习 89）时，我们要求学生尽快想出以 A 开头的单词，允许在房间里来回走动，直到有人重复同一个单词。（他们惊讶于自己知道的 A 开头的单词如此之多。）然后是 B 开头的单词。接着我们转到 X、Y 和 Z 开头的单词。当学生们把他们的 ABC 故事带进来时，我们要求每个学生朗读他们的 AB 和 YZ 句子，只是为了听其中的变化。当学生进行"游戏规则"练习（见本书练习 92）时，我们会在房间里四处走动，列出一系列游戏。有时，我们要求学生根据他们读过的故事来做自己的练习。一名学生基于弗朗辛·普罗斯的《闪小说》中的《南瓜》想出了一个绝妙的"连锁"故事练习。当学期结束时，每个学生都惊讶地发现，自己写了 10～15 篇新的小小说并进行了修改。此时，学生们除了创作一本小小说选集外，还整理了各自的藏品，包括标题页和封面艺术。现在，轮到你了。

> 诗人和小说家的任务是展示最伟大事物背后的阴暗，以及最可悲事物背后的宏伟。
>
> ——托马斯·哈代

练习 87
詹姆斯·托马斯：突发小说

在《突发小说》的导言中，罗伯特·夏帕德（Robert Shapard）和我一起讲述了我们如何征求第一部作品《爆炸者》（*Blasters*）的回应，并对它阐述的骚动感到惊讶。作家们不仅对"小小说"这个词有意见，还对它们的传统、目前的发展、写作和阅读它们的动机发表意见，把它们与十四行诗、格萨尔诗、民间故事、寓言、歌谣和其他形式做对比。几乎没有人完全同意所有事情，尤其是什么是小小说。高度压缩的，充满活力的，暗中为害的，变化无常的，突如其来的，令人惊恐的，诱人的……小小说确实能赋予混乱的小角落以形式，而且，在其最佳状态下，一页能抵二百页。

问题：什么比"突发小说"更短？

回答："闪小说。"

这些更短小的故事（都在 750 个词以内）被收录在《闪小说》中，由汤姆·哈祖卡、丹尼斯·托马斯（Denise Thomas）和我编辑。然后是世界最佳小小说大赛，由佛罗里达州立大学塔拉哈西分校的杰罗姆·斯特恩主办，其获奖者和入围者的作品收录在《太阳狗：东南评论》（*Sundog：The Southeast Review*）中。有人会忘记 1991 年的获奖作品《大风》（*Big Wind*）和《劳苦狗》（*Moiling Dogs*）吗？或者弗朗索瓦·卡莫因的《宝贝，宝贝，宝贝》吗？

练习

阅读，阅读，阅读。阅读这些最短的故事，也许你会对它们的范围和形式的多样性感到高兴和惊讶。然后写一个不超过 750 个词的故事。

目标

创造一个世界，让它在瞬间成形。

练习 88
用一小段时间写一个故事

有些小小说在一个很小的时间单位内展开或以一个事件为中心，使故事具有给定的自然形状。例如，在尼科尔森·贝克的小小说《裤子着火了》（*Pants on Fire*）中，叙述者穿上衬衫，坐地铁上班——其他什么都没有发生。雷蒙德·卡佛的故事《大教堂》发生在一个晚上，一位老朋友来看望叙述者的妻子（见本书第十五章）。路易莎·巴伦苏埃拉的《余光外的视觉》（*Vision out of the Corner of One Eye*）捕捉到了一次在公交车上短暂的相遇。伊丽莎白·塔伦特（Elizabeth Tallent）的故事《无人是谜》（*No One's a Mystery*）延续着叙述者从已婚情人杰克那里收到礼物所需的时间，杰克也向她讲述了他们处境中不想面对的真相，实现了时间和地点的统一。这种小块时间对于小小说形式来说是很自然的。

练习

列出你在小的时间单位内完成的事情：给孩子或宠物取名、洗车、偷东西、排队等候、收拾旅行用的行李箱、听答录机上的信息、上课、理发、开生日派对等等。现在写一个发生在特定时间单位内的2~4页的故事。例如，一个有关生日聚会的故事可能只持续几个小时，也许是一个下午或一个晚上。

目标

识别我们生活中大量的各种长短的时间单位。这些时间单位可以为故事提供一个自然的底层结构，并使故事的写作看起来不那么令人畏惧。

学生范例

翻滚

　　他站在厨房水槽边，正用力眨眼甩开睡意，忽然听到妻子的尖叫声，"哦，天哪"，接着是可怕的砰砰声和嚓嚓声。他站在那里，知道是他的小儿子穿着短裤从楼梯上滚下来，就像他一直担心的那样。他丢掉咖啡壶，及时跑到楼梯下接住受惊的小孩。当他从最后一级铺着地毯的楼梯上翻滚下来时，一扇塑料儿童防护门随之"砰"的一声撞上了墙壁，在上面留下一个大洞，这个大洞本可能是他儿子的脑袋要撞上的位置，但他现在用一只手托住了他的脑袋，也托住了孩子紧张的小小身体的其余部分。他盯着那张小小的脸，那张在冰冷、无声的恐惧和惊叹声中变形的脸，光滑的皮肤变得通红。当听到妻子的"上帝保佑"时，他屏住呼吸，发出他自己的祈祷，同时呼喊着"呼吸吧，洛恩"。当僵局终于被打破时，他的眼泪流了出来，哭得像有人用针扎他一样，声音从突然隆起的身体里喷出，威胁着要撕开他的身体。然后就在突然间，猫从旁边走过，完全不在乎眼前的场景，儿子痛苦的表情转晴得像冬至的早晨，只留下一个母亲和一个父亲，他们的生活不再属于自己。

——基思·洛伦·卡特（Keith Loren Carter）

发表于《中美洲评论》（*Mid-American Review*）

　　盯着看，这是一种培养观察力的方法。盯着看，打探，听甚至是窃听。死亡让我们懂得，每个人在世间的时间都不长。

——沃克·埃文斯（Walker Evans）

练习 89

罗恩·卡尔森：求解 X

本练习如果先做后讨论，效果最好。

练习

根据以下要求写一个短篇故事：长度是 26 个句子，每个句子开头的首字母都按字母表顺序排列。① 例如：

所有②的借口都被用过了。当③校医看到我的时候，他已经听说了所有的事情。咳嗽④着，我开始说谎，希望能拯救我们所有人的谎言。（依此类推。）

此外，其中要有一个残缺句；还要有一个句子正好 100 个字，而且没有语病。

目标

这里的目标最初因每个人都有如此奇怪的任务而让人迷惑。告诉他们，让他们忘掉任务有多奇怪。练习说明的是形式在流程中的作用。由于强加的形式与作者的真实议题完全无关，因此练习成为对我们的故事感、叙事上升和下降以及最突出的过程的基本探索。知道下一句是怎么开始的，多么具有挑战性但同时让人感到安慰啊！我们对这些 ABC 故事的讨论是最激烈和最核心的，我们整个学期都在讨论这些问题。

为了更戏剧性地说明结构及其与过程的关系，将一组写作者分成两组，并将上述练习分配给第一组。给第二组分配相同的练习，但让他们知道这 26 个句子开头首字母不必按字母顺序排列。你猜谁的任务更难吗？

---

① 读者可按汉语中的声母表顺序进行尝试，或参照文中使用英语字母表的顺序做练习。——译者注

② 英文原文为 All，以 A 开头的单词开始了这个句子。——译者注

③ 英文原文为 By，以 B 开头的单词开始了这个句子。——译者注

④ 英文原文为 Coughing，以 C 开头的单词开始了这个句子。——译者注

学生范例①

安东，我妻子的法国情人，一直在厨房水槽里给我留下线索。在我意识到是什么在起作用之前，我以为他们只是对他们不忠的行为偷懒。"粗心，粗心。"我想。当我发现堆在台面上的蛤蜊时，有些蛤蜊涂了口红，一种我以前从未见过的红色。我决定不打扰他们，于是什么也没说，收拾了一下，擦洗了锅和盘子（安东有时会有礼貌地把最脏的一堆盘子冲洗干净，这些招数对我来说不痛不痒）。

然而，最终还是越界了，或者更确切地说，他们划出了一条线。声明一下，我想说的是，我最初的反应本质上并不暴力；我并没有痛苦地撕扯头发，或者诅咒，或者捶胸顿足——事实上，我退缩了。一天傍晚，回到家，我发现屋子里一片混乱：椅子翻了，书架倒了（大部分是我的），挂钩上的画歪了等……但餐厅却是为我一个人毁的。老实说，他们似乎不厌其烦地给我做了一场表演，因为墙壁上溅满了汤（我用手指蘸了很多次品尝后，确定是猪肉土豆汤），盘子和里面的东西散落在地板上（剑鱼，用淡的初榨油混合成绿色），而桌子上则散落着计划好的激情残骸；一块雪天使形状的酒渍和银器是他们故意搞恶作剧的记录。在这一场景的中心是一条长长的盐线，沿着桌子纵向延伸，把房子分成了我和他们的领地，但也就像挑战一样——如果你愿意，这是一个挑战。无可非议的是，我仍然是一位绅士，并没有努力收拾那条线或垃圾，而是关掉灯，此时盐线像一条磷的尾巴一样照亮了房间。我自己也饿了，于是我扶正了一把椅子，开始吃剩饭。

几周后，这种食物的味道还留在我的嘴里，在我的喉咙里生长成一种永久性的呕吐反射，一种不可动摇的甜味，就在我的舌头后面，毫无疑问地被胃液刺痛。有一瞬间，我相信这种恶心是一个巨大的溃疡窝的宣告，因为我的压力和不良的习惯使我越来越胖——这是我成年后学会

---

① 本范例英文原文中，每个句子的开头单词首字母按照字母表顺序依次排列。——译者注

生活的结果。尽管如此，这里的症状与之不符，它们更为剧烈、难以预料，甚至出现剧烈干呕、夜间发烧、失眠和某种坏脾气。当然，没有任何传统的治疗方法可以缓解胃液的翻滚；粉状药片、氧化镁牛奶，甚至是一条浓烈的蓖麻油带，都没能帮上什么忙，除了让我的牙齿变色，让我食欲不振。如你所愿，我每天晚上都贴在我们共享浴室的凉爽瓷砖上，忍住呻吟，急切地翻阅一本法语词典，耳朵贴在墙上，把他的不规则和感叹性动词与死刑判决的严厉程度结合起来。

偶然间我发现了解药。

关于我的纯真意图，我必须说，在我的厨房里，鲁莽的刀的游戏从来都不是惯例；然而，幸运的是，我的手偶有失误。因此，一天中午，当我想在砧板上切新鲜大黄菜做大黄馅饼时，我发现自己在家里徘徊，手里拿着刀，显然在寻找一些隐藏的大黄菜，或者类似的东西。这项漫长而看似漫无目的的搜索最终（令人惊讶地）在我妻子的私人卧室里结束了。在宣誓下（如果我发现自己陷入这样的民事困境），我会觉得有义务在证词中简要描述一下我妻子的习惯，她会把废旧物品和碍眼的物品（包括衣服、手提箱、箱子和书籍等，这些物品和配饰的摆放方式就像障碍物一样）丢弃在卧室的地板上，所以我是如何设法走过去把刀子插到床上的？可以说我是被绊倒的。非常巧合的是，床上空无一人，没有一个人被杀，但是，哦，那些被玷污、弄脏的床单，它们确实经历了一些事情，上帝啊！没有爱意了，我收集了妻子心爱的破旧床单，因为我觉得它们没有什么用处，而且大黄菜也有点少，所以我决定把它们放在馅饼里。事实证明，埃及棉床单只需要在封入肉桂皮并在中火下烘烤两个多小时之前浇上一点雪利酒。是的，它的味道非常棒，最后尝起来像杏仁或砒霜，就像是一种毒药，你可以用它来增强抵抗力，每吃一口，这种感觉都会变得更强烈，直到最后一口，你会永远吃饱。没有其他状态，在胃、心脏和所有其他部位，永远充满或空虚，再也不会感到饥饿或疼痛。现在可以自由进食了，为了你自己。

——德里克·艾伯曼（Derrick Ableman）

发表于《夜车》

> 再试一次。再次失败。但失败得体面些。
>
> ——塞缪尔·贝克特（Samuet Beckett）

练习 90
长句的旅程

下面的练习来自与诗人理查德·杰克逊（Richard Jackson）的对话。理查德·杰克逊重视练习，每次都和学生一起做练习。他让全班同学写一首一句话长诗。他说，这首诗应该持续推进并获得动力。即使在暂停和限制的过程中，句子也必须向前推进，不仅要重复，还要添加新的信息，达到新的情绪水平，以在结尾时用不同的情绪音符结束。他说，伴随着这项任务的是这样一种假设，即句子应该辐射出更多的世界，包括围绕细节和事件、观察和感受的复杂情况。然后，细节成为一系列复杂关系的一部分，从中给予和索取。

下面是一首诗的开头，经允许摘录在此，它来自一句话长诗《整日活着》（*Alive All Day*），是杰克逊和他的学生在课堂上做这个练习时一起写的。

不久前的某一天①

关于不久前某一天的事，我只想说几句，我碰巧想起的一个普通的日子，我的女儿无缘无故给了我一朵黄花，一朵毛茛花，重要的是，前几天，石头是石头，不是其他东西的象征，当星星毫不费力地填满我们看到的它们之间的空间时，尽管也许你记得的不一样，有一天早上，当我醒来时，发现我的手伸到了我妻子的胸前，这是一个如此平凡的日子，我碰巧注意到街对面的一位老妇人，臀部如此之丰满，试图描述它们是

---

① 英语语法中，一个单句内只能有一套主谓宾，如果增加更多信息就要使用分词、连词或从句等，此篇原文为一个英语长句。——译者注

没有用的，她从沙发上挣扎着起来，拉起了窗帘，永远地把我们分开，她的房间和济慈在斯帕格纳广场上的房间一样寂寥，那里几乎没有任何文字空间，在那里，我拍了一张被禁止的照片，后来没有看到他的影子朝伯尼尼喷泉上方的窗户走去……

关于作家风格中固有长句的其他例子，请参考威廉·福克纳、朱利奥·科塔扎（Julio Cortazar）、马塞尔·普鲁斯特（Marcel Proust）和戴维·福斯特·华莱士的作品，所有这些人都探索并展示了持续的行动，既有限制又具复杂性。

练习

写一个只有一句话的短篇故事。

目标

培养一种语法如何限定、发展和为我们的观察提供一个扩展的文本的感觉，就像大脑一样，为观察中经常同时出现的事情找到先后顺序。

学生范例

一天从前门走过

我唯一能哭的地方就是高速公路，因为交通堵塞和没有弯道使边哭边开车变得不那么危险，不像普通街道上车站乘客座位上散落一堆传单，把印在上面我妹妹的头像弄得乱七八糟，面对生命的流逝，我害怕得泪流不止，当我驶进加油站、咖啡馆、休息站时，一个疯狂的女人在墙上贴传单，对着人们的脸，脱口喊着，你看到她了吗……不久，我只得从电话亭打电话，避开我和她曾共用的空荡荡的公寓，与警察、朋友、记者交谈，甚至接受电话采访，所以有时我开车时听到的新闻都是我自己的声音，我只希望她平安，我要她回家，还有些时候我对广播喊话，说出她的名字……天哪，拜托，不要再重复了！然后我会哭得更厉害，发现自己是多么孤独，被数百人包围在有色玻璃的世界里，可以很好地隐藏任何个人的恐惧，直到我只能低声说，甚至只是她的尸体，好吗？因为我一定要知道她的下落，否则将永远困在这一刻。我再也睡不着了，只能等着，永远等着有一天，只要经过前门，就可以看到她……然后，最后，我最后的希望是从我们的牧师那里听到，但那是第五天，从广播中被冷漠地报道：他们发现了一具尸体，漂浮在海湾里。

——莫莉·兰扎罗塔
来自世界最佳小小说大赛

> 我只是尝试不眨眼地看一些东西。
>
> ——托妮·莫里森

练习 91
他说/她说——但说了什么！

这项练习是由简·贝伦森（Jane Berentson）提出的，她曾是一名学生，在办公室的布告栏上发现了一份"他说/她说"形式的餐厅评价。这两种"声音"在餐厅的食物和服务质量上的评价完全不同。这种结构是有意思的，但要让它在小说中起效，就应该对正在讨论的内容有潜在的意思。

练习

写一个250~500个词长的故事。使用两种"声音"交替的结构。他说：_____。她说：_____。他说：_____

_____。她说：_____。用斜体字，并把它们放在同一段里。两个"人物"应该在一个问题或主题上有分歧，他们的对话应该有潜台词，有一种情感真相在更深层也许是隐藏的层面上展开。我在一次作家会议上遇到过一个学生的例子《不假思索》，它其实并不是一个关于放错钥匙的故事。

目标

用一个简单的结构来讲述一个故事。

练习 92
游戏规则

正如我们在导言中提到的，除了篇幅，小小说没有任何规则。但是，"游戏规则"和桌游、国际象棋、跳棋和字典等所附带的装备是小小说形式的好材料。在本练习中，我们希望你写一个故事，在这个故事中以某种方式使用熟悉的游戏及其规则。

练习

在全班范围内做这项练习，每个人轮流说出一个游戏的名字。你会惊讶于原来我们大多数人都知道那么多游戏。马上合上这本书，开始上课。当你回到这个练习时，请确定整个班级一共说出多少游戏，例如：填词、大富翁、线索解谜、桥牌、字谜、捕鼠游戏、跳棋、国际象棋、围棋、麻将、传话游戏等等。

接下来，写一个以某种方式使用游戏的故事。玩家们是在玩游戏吗？他们是否在为自己制定游戏新规则？有人打电话给帕克兄弟来裁决大富翁中的某一步怎么走吗？

目标

展示规则如何赋予小小说自由。

学生范例

阿尔法尔法

《纽约时报》周日版一个简单的密码电文开启了这场"斗争"——找到一个字母组合为 XYZXYZX 的单词，但事件升级了，似乎是不可避免的，很快，这不再是一场友谊竞赛，即看谁能先解开谜题，而是一场在玻璃咖啡桌上你死我活的较量，这场较量的结果将是谁更聪明的最可靠标志。最近由于诸如此类的话——"噢，拜托，我十二岁的侄女知道俾斯麦是北达科他州的首府"，"第三十五行的答案是'轻率的'，而不是'有头发的'"——"斗争"变得更激烈了。当然，我过去认为存在主义也很有趣，但那是在高中时，尽管他们都受过教育，都相信自己超越了大多数新婚夫妇的争吵，但他们发现自己仍然在同样琐碎的事情上争论——SAT 分数的重要性。他们谁真的读过法语的波德莱尔，或者知道纳博科夫的正确发音吗？然而他们却都知道他们想听到的答案与他们真正想问的问题几乎没有关系。所以现在在他们在这里为一个文字游戏争吵，说对方父母的坏话，威胁要放弃整个该死的婚姻。他们拍着桌子强调每一点，直到玻璃表面突然碎裂成上千个小碎片。他们在想刚刚发生了什么，直到其中一个人想通了。

——泰瑞·瑟姆林（Terry Theumling）

发表于《故事季刊》

> 新闻允许读者见证历史；小说则给了读者生活的机会。
>
> ——约翰·赫西（John Hersey）

练习 93
赫斯特·卡普兰：10 到 1

写作技巧的一部分是将故事还原为语言本质的能力，同时仍允许丰富而复杂的思想和图像存在。想象力和控制力相结合能创造出好小说。有时候，"少"真的意味着"多"。这个练习总是很受欢迎，感谢特蕾西·布斯曼·杜克（Tracy Boothman Duyck）把它传给我。

练习

用 55 个词写一个完整的故事。第一句有 10 个词，第二句 9 个，第三句 8 个，依此类推，直到最后一句只有 1 个词。

目标

说明写作的力量往往体现在更精简的方式上，这种精确性可以产生令人惊讶的原始结果。

学生范例①

奥菲莉亚

今晚我被扮演奥菲莉亚的女演员打动了。

我在舞台门口等着和她见面。

她是最后一个出来的。

我告诉她我爱上她了。

她说，这每天晚上都会发生。

想拥有你的签名海报。

---

① 英文为 55 个单词，第一句 10 个单词，第二句 9 个，第三句 8 个，依此类推，直到最后一句只有 1 个单词。——译者注

致弗雷德。爱你，奥菲莉亚。

她走开了。

朝着百老汇。

独自一人。

——弗雷德·马吉

练习 94
列出清单

你列过清单吗？购物清单？待办事项清单？要办的事、要打电话的人、要写的信、要打包的物品、读过的书、住过的地方？几乎每一个人在某个时间都会借助列表处理事务。它可能是一张用来安排一天时间或清理家务的清单，也可能是一份旨在为你提供关于你自己信息的清单：你曾经爱过的人、你离开的人、不再是朋友的朋友，或者你用过的借口，比如安东尼娅·克拉克（Antonia Clark）的短篇小说《我已经用过的借口》（*Excuses I Have Already Used*）。你几乎可以想象格雷戈里·伯纳姆（Gregory Burnham）发表在《闪小说》的精彩小说《小计》（*Subtotals*）中主人公编造的清单。还有一篇有趣的小说叫《狗的数量：1；猫的数量：7》（*Number of Dogs*：1. *Number of Cats*：7.）。因为主人公的生活还在继续，计数不会停下。然后是列在书单上的书：亚历山大·泰鲁（Alexander Theroux）的《原色》（*The Primary Colors*）和约翰·米切尔（John Mitchell）的《谐音：诗人的声音词典》（*Euphonics*：*A Poet's Dictionary of Sounds*）。

练习

写一个关于清单或类似清单的故事。这个故事必须告诉我们一些关于列出清单的人的信息，并有自己的有机结构。

目标

能够列出一张普通的清单作为你的人物生活的缩影。

学生范例

包含列表的故事

也许我会成为某个超级英雄，直接从漫画书中走出来，我的超能力，无论是复活、抑制呼吸、吐岩浆、催眠，还是对拖把、面食、窗帘、洗碗机、苹果酱、门把手、耳垂、漫画书、粗麻布、雾和猴子的操控，都会让老人和弱者自信地走过最艰难的街区。

——布莱恩·鲁斯卡（Brian Ruuska）

爱与其他灾难：混合磁带

《我独自一人》（艾瑞克·卡门）。《寻找爱》（卢·里德）。《我想和某人跳舞》（惠特尼·休斯顿）。《我们跳舞》（戴维·鲍伊）。《我们接吻》（Beat Happening 乐队）。《让我们谈谈性》（Salt-N-Pepa 组合）。《宛如处女》（麦当娜）。《我们才刚刚开始》（卡朋特乐队）。《我想成为你的男朋友》（雷蒙斯乐队）。《为你翻滚》（Culture Club 乐队）。《神魂颠倒》（The Go Go's 乐队）。《没有什么比得上你》（希妮德·奥康纳）。《我的女孩》（诱惑乐队）。《这会是爱吗?》（鲍勃·马利）。《爱情与婚姻》（弗兰克·辛纳特拉）。《白色婚礼》（比利·伊多尔）。《和你困在中间》（Steels Wheel 乐队）。《诱惑》（The Squeeze 乐队）。《宝贝来了》（The Drifters 乐队）。《发生了什么?》（马文·盖伊）。《你昨晚睡哪儿了?》（利德贝利）。《你的靴子在谁的床下?》（仙妮娅·唐恩）。《嫉妒的家伙》（约翰·列侬）。《你出轨的心》（塔米·咸内特）。《射穿心脏》（邦乔维）。《别让我心碎》（埃尔顿·约翰和琪琪蒂）。《我的心筋疲力尽》（比利·雷·赛勒斯）。《心碎酒店》（猫王）。《停止！以爱之名》（The Supremes 组合）。《尝试一点温柔》（奥蒂斯·雷丁）。《试试（再多努力一点）》（詹尼斯·乔普林）。《只剩道歉》（涅槃乐队）。《在电话里》（金发女郎乐队）。《我打电话来是想说我爱你》（史提夫·汪达）。《爱会让我们在一起》（Captain & Tennille 组合）。《让我们在一起》（艾尔·格林）。《直到结束才会落幕》（兰尼·克拉维茨）。《爱和它有什么关系?》（蒂娜·特纳）。《你不再送花给我了》（芭芭拉·史翠珊和尼尔·戴蒙德）。《我希望你没有那么说》（传声头像乐队）。《你太虚荣了》（卡莉·西蒙）。《爱似战场》（佩·班娜塔）。《天知道我现在很痛苦》（史密斯乐队）。《我不能一无所有》（滚石乐队）。《一定是爱（但现在已经结束了）》（Roxette 乐队）。《很难分手》（尼尔·萨达卡）。《我会活下来的》（葛罗莉亚·盖罗）。《上路吧，杰克》（玛丽·麦卡斯林和吉姆·林格）。《这些靴子是为走路而做的》（南茜·辛纳特拉）。《一切都出于爱》（空气补给合唱团）。《我独自一人》（艾瑞克·卡门）

——阿曼达·霍尔泽（Amanda Holzer）

发表于《故事季刊》

2004 年最佳美国非必读读物

练习 95
一些问题与答案

有时候，我们会在已经知道答案的情况下问问题。还有一些时候，我们即使不知道或永远无法知道答案也会问问题。举例来说，《母亲怎么会?》（*How Could a Mother?*）是由布鲁斯·霍兰·罗杰斯创作的一个充满疑问的故事。对于故事所涉及的人物、背景、情境以及许多问题的答案，读者会如何推断？它们相互构建，有些问题似乎是针对叙述者的，并成为叙述者自己生活中的私人问题。这个练习是由作家兼教师尼娜·施奈德（Nina Schneider）设计的。

练习

模拟一个人物向另一个人物提问的情景。第二个人物在故事中并没有回答，但第一个人物有时会继续说话，好像问题已经得到了回答。随着故事走向尾声，通过最后几个问题揭示叙述者自己的情感图景。

目标

问题是小说的核心。当叙述者问"为什么不"，想一想为什么。学会为你的人物提供问题，特别是为这些人物自己。问题有时比答案更重要。

练习 96
如何……

如何做某事？你可能会这样问。好吧，也许是任何事。想想所有关于如何在室内种植草药、如何减肥、如何训练狗、如何写遗嘱、如何提高高尔夫技术、如何提高网球发球技术、如何提高游泳技术、如何提高销售技巧以及如何……由你来继续问。但更好的做法是，围绕"如何做某事"写一个故事。这个练习的灵感来自作家南希·扎弗里斯（Nancy Zafris），她通过基特·欧文（Kit Irwin）传给了托尼·克拉克（Toni Clark）。托尼·克拉克从一位美食摄影师的角度写了一个滑稽的故事，名为《如何拍摄番茄》（*How to Shoot a Tomato*）。

练习

写一个故事，讲一个人学习如何做某事，或者告诉其他人如何做某事。让人物的方向和手头的任务变得特别，有时可能是一个不经意的教训，比如下面李·哈林顿的《如何成为西部乡村歌手》（*How to Become a Country-Western Singer*）。

目标

用日常教学中的东西作为故事的基础。可以是故事中的东西，也可以是故事本身。

学生范例

如何成为西部乡村歌手

首先你的女朋友不得不搬走，从 Lovett 专辑到豆肠剩饭都带走。然后你冲到放密信的抽屉前；果然，苏多莉的最新信件不见了。几分钟后，开始下雪。水沟和屋檐上渐渐结了冰。午夜时分，脏水从天花板滴落到你的白色毛毯上。当你跪在地上用锅碗瓢盆接漏水时，你的女朋友会打电话来。"你出轨太多次了，"她说，"你又懒又自私，从来不会逗我笑。"

你站着咳嗽，告诉她婚姻可能会改变一切。

"那么，那些该死的插线板呢？"她说。

"插线板？"

在广播中，查尔斯·弗朗西斯说了一些"这是四十年来最冷的冬天"之类的事情。

"你不能像正常人一样把它们放在家具后面吗？"她说，"而不是直接穿过地板？"她尖叫着，好像它们是地雷一样，然后狠狠地挂了电话。

你跨过其中几根连接低音功放、落地灯、麦克风的线。显然，它们代表了一些主要的性格缺陷。你试着像看手掌上的生命线一样阅读它们。就像手掌上的生命线！

这里面有一首歌，你告诉自己，然后打开一瓶朗姆酒。你坐在地毯上倾听；如果你听，音乐就会来。

爆米花碗哗啦啦响，迷你炒锅哗啦啦响。你杯子里的冰发出叮当的风铃声，但节奏需要调整。你可以少吃冰，多喝朗姆酒。然后你会添加一些可怜的歌词。稍后，当瓶子空了，你可以躺在插线板之间，比较水撞击皮肤的声音。也许它会像一颗破碎的心。

——世界最佳小小说大赛决赛选手李·哈林顿

> 我认为关于现实主义和魔幻现实主义的整个划分是毫无意义的。文学不一直都是魔幻现实主义的吗？不管你是在谈论《圣经》还是卡夫卡。事实上，当你写现实主义的时候，这在某种程度上不就是一种"魔幻现实主义"吗？它们是纸上的文字——这是多么真实！划分是任意的。我一直对日常生活中的可能性感兴趣。这就是为什么写作对我来说很有趣，你要去思考可能是什么而不是它是什么。自然世界是最神奇的东西。想想死亡，不就能让你明白一个人上一分钟还在那里，然后——他们去了哪里？
>
> ——艾利斯·霍夫曼

练习 97
纳米小说

当一个故事被称为一个"故事"时，其篇幅最短能有多短，同时还要吸引人？当我们的学生迈克尔·亨尼西（Michael Hennesey）在课堂作业中提交了一个关于"纳米小说"的练习时，这个问题就提了出来。我们都知道海明威著名的故事"待售：婴儿鞋，从未穿过"。迈克尔的练习将指导我们写五篇纳米小说——只有三句话的故事。当我们把这个练习布置给学生时，他们也被告知要把它们放在艺术家的"书"里。他们的作品非常多样、惊人。例如，一名学生使用了他录制的 78 张唱片，还有一名学生引用了雅各布的梯子，另外有一名学生则使用了一套卡片来写纳米小说。

练习

写五篇纳米小说，每篇只有三个句子。这五篇可以通过人物、地点或任何东西联系在一起，尽管它们并不需要。

目标

学习如何立即进入困境，并能够识别戏剧性的细微细节。

学生范例

像土豆或萝卜

"我不能迟到，"她说，"否则我会变成南瓜。"但我无法想象她在一个童话故事里的样子，至少不是她没有系好鞋带的样子，每个鞋环都是一个完美的兔子耳朵，而她的手闻起来像抗菌肥皂。不，她可能会变成更实用、更小的东西，嗯，橙子吧。

——伊丽莎白·普莱斯（Elisabeth Price）

原谅我

我太累了，甚至在我梦里。我还没来得及把你的衣服脱下来就睡着了。不论怎样，有一天，我会补偿你的。

——迈克尔·亨尼西

来自查尔斯·汉森夫人，她十七岁生日两周后，1947 年

我们写信宣布，查理和我从巴尔的摩旅行回来了，我意识到这可能让你觉得有点突兀。不要有招待会或仪式。我们不希望收到礼物，因为查理和我已经计划了三年，所以我想我们都准备好了。

——布丽吉特·佩基（Bridget Pelkie）

不挥舞的邻居

"扬基队？"我问表哥杰瑞。

"我本来不打算这么说的，"他一边说，一边用刀在橘子里划拉着，好让我吮吸汁水，"但我相信是它。"

——梅根·贝德福德（Megan Bedford）

喝多了

乔斯林告诉我们，她和垃圾清理工有染。她说，他的舌头很棒。但她打断了他，因为他只会用这一种方式。

——瓦妮莎·卡莱尔（Vanessa Carlisle）

第十二章　　向伟大的人学习

我至之处诗先至。

——弗洛伊德

> 《伟大的指南》是我在约翰·霍普金斯图书馆发现的书，我在那里的学生工作就是把书归档。人们或多或少地鼓励推上一推车的书，然后进入书堆里，七八个小时都不出来。所以我读了分配给我的书。我伟大的老师（对作家来说最棒的事情）是舍赫拉查德、荷马、维吉尔和薄伽丘，也是伟大的梵语故事家。文学的广度和深度给我留下了永久的深刻印象。
>
> ——约翰·巴思

我们希望这本书能带你朝两个方向发展：第一，进入你自己的灵感之井，即你自己被遗忘或被忽视的材料库，进入你的写作之路；第二，回到那些伟大的人那里，他们是你真正的老师。

其中一位老师，菲茨杰拉德，在下面的文章中提到了自己的老师：

说到风格，我指的是颜色……我想用文字做任何事情：像威尔斯那样处理尖锐、炽热的描述，用塞缪尔·巴特勒的明晰、萧伯纳的广度和奥斯卡·王尔德的机智来运用悖论，我想描绘康拉德的宽阔闷热的天空，希钦斯和吉卜林的金色日落和块状天空，以及切斯特顿的粉彩黎明和黄昏。所有这些都是举例说明。事实上，我是一个专业的文学窃贼，热衷于追求我这一代每个作家最好的方法。

在一封信中，菲茨杰拉德再次向一位"老师"致敬。他说："《夜色温柔》（*Tender Is the Night*）中'死亡坠落'的主题是经过深思熟虑的，并不是因为活力的减弱，而是一个明确的计划。这是我和欧内斯特·海明威总结出来的——很可能是从康拉德为《'水仙号'上的黑水手》（*The Nigger of the Narcissus*）所写的序言中得出的。"麦迪逊·斯马特·贝尔（Madison Smartt Bell）在为《华盛顿广场合奏曲》（*The Washington Square Ensemble*）作献辞时，与向大师学习技巧的感觉相呼应。他说："这本书献给我有着长久且巨大耐心的父母，并向乔治·加勒特（George Garrett）的一些技巧致敬。"

本章练习旨在向你展示如何通过阅读获得灵感和指导。研究作家的信件和日记，找到他们如何处理你在自己的小说中可能遇到的问题。例如，福楼拜担心《包法利夫人》中"缺乏行动"，在写给路易丝·科尔特（Louise Colet)的信中，他说："我的人物的心理发展给我带来了很多麻烦；在这部小说中，一切都取决于它。"他立即提出了解决方案："因为在我看来，想法可以像行动一样有趣，但要做到这一点，它们必须像一系列瀑布一样，一个接一个地流动，把读者带入句子的跳动和隐喻的沸腾中。"

要阅读作家们对写作的看法，例如，约翰·巴思的《迷失在游乐园》、伊丽莎白·鲍恩（Elizabeth Bowen）的《印象集》（Collected Impressions)、雷蒙德·卡佛的《火》（Fires）、安妮·迪拉德（Annie Dillard）的《以小说为生》（Living by Fiction）和《写作生涯》、约翰·加德纳的《小说的艺术》和《成为小说家》（Becoming a Novelist）、E. M. 福斯特的《小说面面观》、威廉·加斯的《蓝色》（On Being Blue）、亨利·詹姆斯的小说序言、弗兰纳里·奥康纳的《神秘与礼仪》（Mystery and Manners)、尤多拉·韦尔蒂的《故事之眼》（The Eye of the Story）和弗吉尼亚·伍尔夫的《一间自己的房间》（A Room of One's Own) 等等。现在开始我们的练习，向伟人学习。

> 对于一个作家来说，重要的是在开始写作之前先坐到办公桌前。
>
> ——赫伯·加德纳（Herb Gardner）

练习 98
从其他资源中寻找灵感——诗歌、非虚构作品等

作家是需要阅读的。我们建议你阅读作家的信件和笔记本、传记和自

传、戏剧和诗歌、历史和宗教。作家的阅读总是产生思想和形式的交叉打磨。对于作家来说，一切都可能是名言、标题、故事、小说等的来源。

以下是一些精心挑选的题词。

约瑟夫·康拉德的《诺斯特罗莫》（*Nostromo*）：

这样阴沉的天空必须要等一场暴风雨来把它廓清。

——《约翰王》（*King John*）

莎士比亚

约瑟夫·康拉德的《吉姆勋爵》（*Lord Jim*）：

我确信我的信念会无限增长，当另一个灵魂相信它的时候。

——诺瓦利斯（Novalis）

查尔斯·巴克斯特的《第一道光》：

生命只能被回望，但它必须向前发展。

——索伦·克尔凯郭尔（Søren Kierkegaard）

阿伦达蒂·罗伊（Arundhati Roy）的《微物之神》（*The God of Small Things*）：

再也不会有一个故事被讲述，好像它是唯一的故事。

——约翰·伯格

约翰·霍克斯（John Hawkes）的《血橙》（*The Blood Oranges*）：

那么，在橄榄叶的低语声中，有没有一个陆地天堂，人们可以和他们喜欢的人在一起，拥有他们喜欢的东西，在阴影和凉爽中放轻松？

——《好士兵》

福特·马多克斯·福特

玛戈特·利夫西的《家庭作业》（*Homework*）：

真的是孩子，也许是因为他们被禁止这么多，他们理解犯罪的本质。

——《漆黑》（*Pitch Dark*）

雷娜塔·阿德勒（Renata Adler）

詹姆斯·艾伦·麦克弗森的《自由活动的空间》(Elbow Room):

我不知道我要去哪一条路——
远的还是近的，
我只知道
我不能待在这里。

——《远去》(Long Gone)
斯特林·A. 布朗 (Sterling A. Brown)

娜丁·戈迪默的《伯格的女儿》(Burger's Daughter):

我的内心天翻地覆。

——克洛德·列维-斯特劳斯 (Claude Lévi-Strauss)

乔伊斯·卡罗尔·奥茨的《他们》(Them):

因为我们很穷
我们就应该恶毒吗?

——《白魔》(The White Devil)
约翰·韦斯特 (John Webster)

蒂姆·奥布赖恩的《追寻卡西艾托》:

士兵都是梦想家。

——西格弗里德·萨索恩 (Siegfried Sassoon)

埃米·亨普尔的《活着的理由》(Reasons to Live):

因为悲伤把我们团结在一起，
就像驼鹿被锁定的角
跪在地上成双地死去。

——威廉·马修斯 (William Matthews)

T. 科拉盖杉·博伊尔 (T. Coraghessan Boyle) 的《如果河是威士忌》(If the River Was Whiskey):

你知道，你所能期望的最好情况是避免最坏的情况。

——《如果在冬夜，一个旅人》
(If on a Winter's Night a Traveler)
伊塔洛·卡尔维诺 (Italo Calvino)

最后一个例子是赫尔曼·梅尔维尔（Herman Melville）的小说《白鲸》第一章前的"词源"和"选录"。其中，梅尔维尔引用了哈克卢伊特（Hakluyt）、《旧约·创世记》、荷兰（Holland）译的普鲁塔克（Plutarch）的《伦理学》（*Morals*）、拉伯雷、《亨利国王》、《哈姆雷特》、《失乐园》、托马斯·杰夫·弗森 1778 年就大鲸问题给法国外交部的备忘录、法尔科纳（Falconer）的《沉船》（*Shipwreck*）、霍桑（Hawthorne）的《故事新编》（*Twice Told Tales*）和《鲸鱼之歌》（*Whale Song*）等。

练习

广泛阅读以获得灵感，然后使用原文作为自己故事或小说中的名言。例如，想想斯坦利·库尼茨（Stanley Kunitz）那句精彩的台词："食心者乃失心者。"这句话会成为一本名为《失智者》（*Mostly Heart*）的故事集或小说的绝佳名言。记住你找到的这句话，然后开始创作一个故事。或者写一个故事来说明约翰·勒·卡雷（John le Carré）《修补匠、裁缝、士兵、间谍》（*Tinker，Tailor，Soldier，Spy*）中的这句台词："有些时刻由太多东西组成，超过了生命的容量。"

从你最喜欢的诗歌中选几首重读一遍，着眼于找到一个标题，或者用其中一行作为故事的题词。或者从文章或流行歌曲中选择一句话。

阅读，阅读，阅读；然后写作，写作，写作。有时顺序相反。

目标

以一种能够激发我们自己创造力的方式吸收我们阅读的内容，并将其作为我们写作的灵感。在原有的基础上再接再厉。

我们应该能够进入其他人的生活。我们应该能够提供我们自己以外的体验，以及我们没有经历过的时间和地点。为了分散痛苦，这是艺术的一个理由，对吗？写作老师总是告诉学生写你知道的。当然，这是你必须做的，但与此同时，在你写完之前，你怎么知道你知道什么？写作就是知晓的过程。卡夫卡知道什么？保险业？因此，这种建议是愚蠢的，因为它假定你必须参加战争才能打仗。嗯，有些人喜欢，有些人不喜欢。我这辈子都没什么经验。事实上，如果可以的话，我尽量避免这样的经验。大多数经验都不好。

——E. L. 多克托罗

《作家的小书》（*The Writer's Chapbook*）

练习 99

克里斯托弗·诺埃尔：天空的极限
——向卡夫卡和加西亚·马尔克斯致敬

在《巴黎评论》的一次采访中，加布里埃尔·加西亚·马尔克斯说：

在波哥大的大学里，我开始结交新朋友，他们引导我去读当代作家。有个晚上，一个朋友借给我一本书，是弗朗茨·卡夫卡写的短篇小说。我回到住的公寓，开始读《变形记》，开头那一句差点让我从床上跌下来。我惊讶极了。开头那一句写道："一天早晨，格里高尔·萨姆沙从不安的睡梦中醒来，发现自己躺在床上变成了一只巨大的甲虫。"读到这个句子的时候，我暗自寻思，我不知道有人可以这么写东西。要是我知道的话，我本来老早就可以写作了。于是我立马开始写短篇小说。①

练习

为了获得灵感，请阅读卡夫卡的故事，或者加西亚·马尔克斯的《巨翅老人》（*A Very Old Man with Enormous Wings*）。然后，如果你是一个小组的一员，每个成员都写一则奇幻故事的第一行，并将其传递给

---

① 译文摘自：美国《巴黎评论》编辑部. 巴黎评论·作家访谈：1. 黄昱宁，等译. 上海：上海文艺出版社，2015。——译者注

左边（或右边）的同伴。每个人在收到同伴的第一行后，都应该努力利用其隐含的财富，从这颗种子中打开一个世界，一个与日常世界不同的世界，但这个世界充满了具体的细节，有着清晰一致的质感和存在规则。

接下来，写一个你自己的故事。

目标

开拓思维，迎接更广泛的可能性，并看到有时即使是明显轻浮或荒谬的想法，即使是作家歪曲的完全不可信的想法，最终也可能会是一张门票。在一个故事中，奇怪的东西似乎有存在的必要；如果你在写作的时候，你感觉似乎在颠覆自己对世界的看法，在这些关键时刻都要保持坚定的信念，无论你是在故事的第一行还是第三章，抑或是最后一段。

学生范例

我每次看到房子被包围时都会尖叫，我知道这会让卡门不耐烦，就像炎热的海市蜃楼。卡门一直生活在这片沙漠中，他告诉我这是约书亚树的正常行为方式。但我怎样才能习惯他们呢，每次我经过窗户时都忘记了不要向外看，而它们站在那里，举起双臂。约书亚树每天都在向我靠近，对我来说，这是不祥的，我要告诉卡门还是不告诉呢？

这座房子，这片沙漠，应该是为了我的健康而存在的。卡门也应该是为了我的健康而存在的。波士顿的医生告诉我儿子，温暖的气候，一个伴侣，就是要为这位老太太准备的。嗯，那个医生不知道沙漠的路。我看着约书亚树像一支发育迟缓的军队一样成群结队，重新集结，从未下定决心要前进。如果我在电话里谈论约书亚树，他们是如何为某种最后的旅程做准备的，布拉德福德会很不高兴。卡门可以在月球上看到它，尽管我没有告诉布拉德福德这一点，以免他认为卡门对我有坏影响。

——《与约书亚树一起奔跑》（*Running with the Joshua Tree*）

莫莉·兰扎罗塔

当雷内从部队回来时，我起初觉得我们不应该拆穿他，尽管几周前收到的信明确表示他已经死了。

　　果然，我的堂兄雷内根本不想讨论他的死亡方式，他军中的朋友在信中详细描述了他的死亡方式，他是如何被山上叛军肢解的，他是怎样被剥皮的，他的眼睛是怎样被挖出来的，还有其他一些事情，以至于他已经没有东西可以送回家了；除了这封信，我们没有什么可哀悼的。我习惯了这一点，这种突然的悲伤，没有仪式感，我想知道我是否很快也会成为这个家庭的最后一个，我只是这么多人中的一个年轻女孩。

　　然后，雷内在一个被遥远的爆炸产生的光笼罩的灰色夜晚中漫步走来，他自己也是灰色的，被山上的泥土和我们小镇上已经变成沙漠的尘土覆盖着。当他把我们挂在倒塌的家门口的麻布拉起来时，小尤兰达尖叫起来，当然，我们谁也吃不下了。雷内坐下来，吃掉了我们每个人盘子里的所有东西，而他的哥哥伊维里奥则大喊大叫，在房间里踱来踱去，斥责他，他的母亲路易莎哭着亲吻他，扯她的念珠，直到它啪的一声，溅了我们一身黑色的小珠子。当他们杀死雷内时，他们似乎也切断了他的声音，因为他根本不想说话。

——《雷内·帕兹之死》(*The Death of Rene Paz*)

引自《卡罗琳娜季刊》(*Carolina Quarterly*)

莫莉·兰扎罗塔

　　如果不是因为我那条长长的蛇形尾巴，我不会失去出租车司机的工作。倒并不是管理层太过反对，天知道这些天很难找到好的服务，但最终乘客们抱怨了，尤其是当我在繁忙的交通中变得焦虑不安，把尾巴甩到后座时。我甚至打到过一名乘客，但不是故意的，没用力，也没有造成永久性的伤害。事后我道歉了。我没有得到多少小费。

　　我试图在节假日装饰我的尾巴，在它的周围系上鲜艳的丝带，直到它看起来像理发店前旋转的灯柱，或中世纪骑士的长矛。事情似乎在起作用，至少在摩托车警察的那起事件发生之前是这样的。

　　"相信我，梅尔文，不是你的原因，"调度员说，"嗯，事实上，从某种程度上来说，是你的原因。但这不是个人问题。"他恳求道，用担心的语气来避免集体诉讼："保险正在吞噬我，伙计。那天你撞上的那个行人……"

"我可以解释。我当时在打左转向灯……"

"梅尔文，去看医生。把它切除，你是个好司机。你有未来。"

"但它是我的一部分，它给了我一些可以依靠的东西。"

他耸了耸肩，看着墙上日历上那张几乎赤裸的女人抱着轮胎的照片。"他喜欢它。"他说，好像在对她说。然后他看着我："好吧，梅尔文，你喜欢它。你可以留着它。但不是在这里。"

于是，我失业了。

——《解雇》（*Fired*）

吉恩·朗斯顿（Gene Langston）

> 当我结束写作时，我会读莎士比亚，我的脑袋会变得呆滞和发红。多么令人惊讶啊！我从来都不知道他的伸展性、速度和造词能力有多么惊人，直到我觉得他完全超越了我自己，似乎一开始我们起点一样，然后我看到他在前进，在最疯狂的喧嚣和最大的压力下，到达我无法想象的高度。
>
> ——弗吉尼亚·伍尔夫
> 《作家日记》（*A Writer's Diary*）

练习 100
向伟大的人学习

> 每一位作家都是从模仿开始的读者。
>
> ——索尔·贝娄

大多数作家都能回过头来，说出那些似乎为他们打开创作大门的书的名字，那些让他们想走到打字机前开始写一个又一个字的书。当被问及是否有一位作家对她的影响比其他人更大时，琼·迪迪翁回答道：

我总是说起海明威，因为他教会了我句子的工作原理。在我十五六岁的时候，我会把他的故事用打字机打出来，学习句子是如何产生效果的……几年前，当我在伯克利大学教授一门课程时，我重读了《永别了，武器》，并重新回到了这些句子中。我的意思是它们是完美的句子，是非常直接的句子，如同奔腾的河流、花岗岩上的清水，没有坑洞。

在几次写作会议上讲课时，我们注意到，作家往往会记住其他作家关于写作所说的话，滔滔不绝，诗人也能背很多诗歌。"不是背诵，"诗人克里斯托弗·梅里尔（Christopher Merrill）说，"是写在心里。"这是他对所有学生的要求。亚伯拉罕·林肯（Abraham Lincoln）小时候学习的《圣经》经文风格和抑扬顿挫，就体现在他的葛底斯堡演说中！

练习

选择一位你钦佩的作家，一位经受住了时间考验的作家。把那个作家的故事或小说中的几章在电脑上敲出来。试着分析句子是如何工作的，里面的词汇与你自己的有何不同，故事的结构是如何从语言中显现出来的。用手指感受那篇文章有什么不同。

然后，把你最喜欢的段落写在心里。

接下来，在你欣赏的作家的故事或小说中，找到一个可以在两句话之间"打开"的"裂缝"，插入你自己写下的段落或场景。现在阅读整个故事，包括你的补充。

目标

理解你需要了解多少才能真正理解另一个人的故事，以及它是如何运作的，然后再加以补充。你可以补充一切，如人物塑造、情节、语调、风格等。

学生范例

加布里埃尔·加西亚·马尔克斯的《巨翅老人》中两个连续的句

子是这样的：

天使对这个孩子也同对其他人一样，有时也恼怒，但是他常常是像一只普通驯顺的狗一样忍耐着孩子的恶作剧，这样一来倒使埃丽森达有更多的时间去干家务活了。不久天使和孩子同时出了水痘。

一名学生在上述两句之间插入了下面的句子：

孩子把干螃蟹和蜥蜴挂在天使垂下的翅膀上，然后爬到他的背上，用小手抓住长长的羽毛。孩子试图把那只巨大的翅膀拉开，想象着当小鸡用它泥泞的脚趾在地上踏踏走时，他们在飞翔。他认为天使是一个巨大而破碎的玩偶，他花了好几个小时把彩色的抹布绑在他干燥的无花果一样的头上，再把念珠挂在他脖子上，又把烟灰和红土涂在他脸上的缝隙里，天使则一直用他困惑的水手方言喃喃自语。

当聪明的女邻居听到孩子嘴里说出天使的语言时，她摇摇头，往鸡笼里扔了更多的樟脑丸。她告诉埃丽森达："你的孩子会长出翅膀或者被带走。他会消失在天堂里。"有一段时间，埃丽森达试图把孩子留在花园里，佩莱约修复了鸡舍断了的铁丝网。但孩子继续在铁丝网的另一边玩耍，而天使仍然如此懒惰，以至于埃丽森达不再相信这是她孩子说的天使语言，而是他自己编的孩子语言。很快，孩子又一次在笼子里玩耍，坐在老人的背上飞翔。

——莫莉·兰扎罗塔

下面两个连续的句子来自约翰·巴思的《迷失在游乐园》：

安布罗斯的前敌人。

进入镜子房间后不久，他沿着一条陈旧的走廊摸索，他心里已经在担心自己没有磷光箭和其他标记物了。

一名学生在上述两句之间插入了这些句子：

安布罗斯漫无目的地徘徊，当玛格达追着彼得越过镜子，进入隔壁房间的黑暗中时，他看不见彼得。他们的笑声回荡着，他分不清笑声的方向。他不会向他们喊话。他还没有迷路。他会自己找到出路。镜子上的手印污迹让安布罗斯放心，他不是唯一一个沿着这条路穿过殡仪馆的人。在其中一幅图像中，他的胳膊搂着一个雅致的年轻女子的腰，她的身材似乎与她的年龄不符。他个子更高，穿着水手服。现在图像移走了，但安布罗斯留下来了。是玻璃，不是镜子。句子片段可以用来强调人物突然的发现或想法。向读者传达这一点时，不要说"他认为……"。零碎的想法可以采用斜体字表达，以产生紧迫感。安布罗斯试图创造一条与其他人所走的道路平行的道路，但由于镜子遮蔽了他的目标，他被迫不断改变方向。在一个不为人知的时刻，他伸出手去触摸他认为是另一面镜子的东西，但事实证明这是一条通道。

——扎雷·阿尔丁尼（Zareh Artinian）

> 每当我坐下来写作，想不出要说什么的时候，我就写下我的名字——威廉·萨默塞特·毛姆，一遍又一遍，直到发生点什么。
>
> ——毛姆

练习 101
借人物

> 没有文章无法弥合的鸿沟。
>
> ——亨利·詹姆斯

作家往往会借用其他作者作品中的人物。著名的例子如让·里斯（Jean Rhys）的精彩小说《浩瀚的马尾藻海》（*Wide Sargasso Sea*），该书讲述了罗切斯特夫人的早年生活，也就是夏洛蒂·勃朗特（Charlotte Bronte）的《简·爱》（*Jane Eyre*）中罗切斯特先生的妻子。乔治·麦克唐纳·弗雷泽（George Macdonald Fraser）在托马斯·休斯（Thomas

Hughes）的小说《汤姆·布朗的求学时代》（*Tom Brown's School Days*）中借用了汤姆·布朗和闪电侠。夏洛克·福尔摩斯的历险经历也有过无数次延续，尼古拉斯·迈耶（Nicholas Meyer）的《百分之七的解决方案》（*The Seven Percent Solution*）、里克·博耶（Rick Boyer）的《苏门答腊的大老鼠》（*The Giant Rat of Sumatra*）和塞娜·杰特·纳斯兰（Sena Jeter Nasland）的《夏洛克恋爱了》（*Sherlock in Love*）是其中最好的三本。约翰·加德纳写了一本名为《格伦德尔》的小说，讲述了《贝奥武夫》（*Beowulf*）中的野兽。约瑟夫·海勒在《上帝知道》（*God Knows*）中让大卫王再次复活。马克·吐温还为《亚当夏娃日记》翻阅了《圣经》。剧作家汤姆·斯托帕德（Tom Stoppard）为《罗森克兰茨和吉尔德斯特恩已死》（*Rosencrantz and Guildenstern Are Dead*）借用了莎士比亚《哈姆雷特》中的人物。塞娜·杰特·纳斯兰的《亚哈的妻子》（*Ahab's Wife*）以这句引人入胜的话开头："亚哈既不是我的第一任丈夫，也不是我的最后一任丈夫。"戴维·福斯特·华莱士用"LBJ"来表示林登·贝恩斯·约翰逊（Lyndon Baines Johnson）。在卡夫卡的小说《桑丘·潘沙真传》（*The Truth of Sancho Panza*）中，我们得知，堂吉诃德是桑丘·潘沙的魔鬼。桑丘"沉着地跟着这个堂吉诃德——也许是出于责任感吧——四处漫游，而且自始至终获得了巨大而有益的乐趣"。

练习

从别人的故事或小说中选取一个主角或次要人物——一个一直引发你兴趣的人物。让那个人物成为你自己的场景或故事中的主角。例如，如果艾利·福克斯的妻子讲述保罗·泰鲁的《蚊子海岸》（*Mosquito Coast*），或者写一个关于他们求爱的故事，她会怎么说？如果约翰·厄普代克的兔子系列小说中兔子的私生女能说出她的故事，她会怎么说？

目标

进入另一个作家的想象世界，了解那个特定的世界，并从中获益。

练习 102
什么让你持续阅读？

尤多拉·韦尔蒂在《故事之眼》中写道："学习写作可能是学习阅读的一部分。据我所知，写作源于对阅读的超凡投入。"

要想成为一名成功作家的学徒，有一点就是要学习像作家一样阅读，发现一个特定的故事如何吸引你的注意力，并让你一直跟到底。

练习

故事读到一半时，问自己几个问题：我在读什么？我希望看到哪些启动的工作被完成？作家要带我去哪里？然后，读完这个故事，看看作家是如何满足你的期待的。

目标

说明最好的故事或小说是如何在你读完故事或合上书时解决问题的。学习如何在你的故事或小说的前半部分激发读者的好奇心或制造期待，然后决定你应该在多大程度上满足这些期待。

玛丽·麦卡锡曾经丢失了一本小说的唯一手稿。采访者鲍勃·克罗米对她说："但这是你的小说，你可以再写一次。"麦卡锡回答说："哦，我做不到，因为我已经知道它的结局了。"

练习 103
乔治·加勒特：文学场景大约是在
1893 年、1929 年、1948 年，还是……？

1929 年，福克纳、菲茨杰拉德、托马斯·沃尔夫（Thomas Wolfe）还有其他人出版了他们主要的著作（从目前的观点来看）。普利策奖以及评论空间的最大份额则由奥利弗·拉·法奇（Oliver LaFarge）凭借《微笑的男孩》（*Laughing Boy*）占据。再举一个例子：20 世纪 20 年代，约瑟夫·赫格斯海默（Joseph Hergesheimer）是美国最多产和最有趣的小说家之一，受到了广泛的评论和赞扬。对年轻的威廉·福克纳的小说作品的少量评论中就有献给赫格斯海默的，它指出不仅福克纳非常认真地对待赫格斯海默的作品，而且赫格斯海默也影响了福克纳的创作。

练习

指定文学史中的某一年，比如说 1929 年，对这一年的文学史进行了解。具体来说，不是要通过文学史来了解 1929 年的文学场景，而是要借助当年的报纸和杂志来了解。然后向我们介绍那一年的情况。（为了让它更有趣，选择 1929 年的学生可以做一篇关于拉法奇《笑男孩》的报告来发现这部小说的优秀之处。）

目标

你会发现，不少如今广受赞誉的大师在他们自己的时代却被忽视了。因此，他们学到了一个基本的真理，即他们不知道或不能准确地判断自己的时代，我们也不能。由此可见，作家的工作就是写作。能否成功，是你无法控制的。持之以恒地写作，也许最后你会占据上风。

第十三章　笔记本、日记和备忘录

具有创造性的错误记忆是艺术的源泉。

——马塞尔·普鲁斯特

作为作家，我们过着两种生活。我们既作为普通人也作为观察者生活在这个世界上，后者随时准备在任何地方看到一个故事，记下一个根本无法虚构的细节，记下一段无意中听到的对话，借用家人和朋友的故事，探索截然不同的观点，并从记忆中筛选我们的快乐童年。真的快乐吗？作家的笔记本和日记就是这种双重生活的见证。正如苏格拉底所言，"未经检验的生活不值得过下去"。有一篇关于自传和小说交叉点的富有启发性的文章，就是斯蒂芬·邓恩（Stephen Dunn）的《真理：回忆录》（Truth：A Memoir），摘自《行走的光》（Walking Light）。

日记和笔记本有多种功能。有些作家可能会把它们作为小说原材料的仓库，并以此为灵感。有些作家可能会留一个笔记本，但永远不会再看他为自己写的东西，选择写下一些东西的行为本身就是有价值的练习，这是为了保持作家耳朵灵敏和眼睛锐利。还有些作家可能会用其日记来加深已经写过的故事。

亚历山德拉·约翰逊（Alexandra Johnson）在她的书《留下痕迹：将生活转化为故事的艺术》（Leaving a Trace：The Art of Transforming a Life into Stories）中雄辩地阐述了记日记的实用性和艺术性。约翰逊谈到了她自己写日记的经历，一个博物馆的存根如何"引发了一个关于意大利夏天的素描，当时我第一次遇到一个借给我一套公寓的人"。她发现了日记中隐藏的形式，谈到了与朋友或写作小组分享日记可能带来的自由，并提供了关于写日记的练习，或使用多年来在日记中积累的未经检查、未被使用的材料。在最后几页，约翰逊向她的祖母致敬，是祖母教她"如何建立联系，如何倾听，如何面对世界的。然而，她给我的真正礼物是想象力的遗产，知道如何将顽固的事实转化为故事，如何认识到没有被讲述的故事往往是最有趣的。每一个故事和生活都是有价值的"。《留下痕迹：将生活转化为故事的艺术》值得放在每一位作家的书架上。

威廉·汉密尔顿（William Hamilton）的一幅漫画就说明了这一点。一位神情烦躁的年轻女子坐在桌旁，手里拿着几页手稿。她的打字机被推到一边，她冲着电话说："弗朗西斯，我能稍后再答复你吗？戈登带着保姆跑了，我想看看能不能写篇短篇小说。"当然，里面有一个故事，可能还不止一个，但现在可能很快就可以开始写戈登的跑路了。汉密尔顿笔下的年轻女性需要牢记华兹华斯关于诗歌的话，那就是"在平静中回忆的情感"。

这位年轻女性既然决心要找到一个故事，就应该在笔记本或日记中记下一些她不想丢失的细节。也许戈登留下了一张奇怪的字条？或者他们的孩子之一问戈登，他最近失去了在沃尔玛的工作，是否打算开始他的保姆事业？再或者，被骚扰的妻子发现自己对戈登的离去暗自高兴？当她稍后回到这份材料和自己的笔记时，她可能想从戈登的角度讲述这个故事——关于一个男人离开妻子的故事，因为他知道她总有一天会离开他。或者从保姆的角度看——关于保姆为这位丈夫感到难过的故事，因为他的妻子在他下班回家后就开始打字。

我们自己的练习旨在展示写日记或做笔记的一些可能性及其回报。这里是记下你在节目中发现的那个奇怪名字的完美地方——"巴克·加斯"——一个你永远无法合法使用但却想记住的名字，或者列出你住过的所有地方，但要始终保持真实的自我。在一封写给拉德克利夫学生的信中，菲茨杰拉德谈到了对方渴望成为一名职业作家所必须付出的代价：

你必须展示你的内心，你最强烈的反应，而不是那些只能轻微触动你的小事，那些你可能会在吃晚餐时讲述的小经历。尤其是当你开始写作时，当你还没有开发出把人吸引过来的技巧，没有需要花时间来学习的技巧时。简言之，当你只有情绪可以选择时。

太多的作家想要回避自己最强烈的感情和故事，因为他们害怕它们，或者因为他们害怕自己有感情。然而，正是这些事情使初始作品变得真实，并影响着我们。你的故事必须在对读者产生影响之前，先让你成为作家；你的故事必须影响到你，才能影响到我们。威廉·基特里奇说："你如果不冒着多愁善感的风险，就没有接近你的内心。"

> 艺术就是艺术，因为它不是天性。
>
> ——歌德

练习 104
你是谁？某人！

理查德·雨果（Richard Hugo）在一篇题为《为创意写作课辩护》(In Defense of Creative Writing Classes) 的文章中回忆了他所学到的最重要的一课，"也许是一个人所能教的最重要一课。你是一个人，你有权拥有自己的生命"。他谴责这个世界在很多方面告诉我们"个体差异不存在"，"我们的生活是不重要的"。他说："创意写作课可能是你能去的最后一个认为生活仍然重要的地方。"对于独自坐在书桌旁的作家来说，也是如此。

练习

买一个笔记本，只用于这个练习。然后，定期针对以下每一个主题写 10~20 分钟，可以在你写作开始时，也可以在睡觉前。

■ 在每一页上详细列出你住过的所有地方。（这是一个很好的开始方式，因为它让整个笔记本在时间和地点上都有了具体的基础。）你甚至可能想写得更为具体，比如说，列举所有的厨房或卧室。

■ 接下来，回忆一下你在这些地方是开心还是不开心的。

■ 从父亲和母亲各自的角度考虑他们的关系。

■ 列出重要的家庭成员：兄弟姐妹、祖父母、叔叔阿姨、堂兄弟姐妹。你的核心家庭和大家庭的动态如何？（其中一些主题可能需要 20 分钟的时间。为未完成的工作留出空间。）

■ 列出室内外的气味，以及它们唤起的回忆。

■ 你的衣服如何定义你或未能定义你？

■ 你有反复做的梦或噩梦吗？为梦留一个区域写作。

■ 扪心自问，你五岁、十岁、十五岁、二十岁、二十五岁、三十岁等时候关心什么？你现在关心什么？

■ 有人给过你改变生活的建议吗？

■ 你遇到的岔路口是怎样的？想象一下你没走过的道路。

■ 你的五年计划是什么？

这些问题有助于你定义自己是谁。现在，在笔记本中写下你自己的问题。事实上，通过回答问题来回顾过去、探索现在、表达你对未来的希望和期待，是这个练习的乐趣之一。

目标

过一种被审视的生活。你的笔记本将成为你一生的伴侣和宝贵的素材来源。

应避免可能让人分心的工作场所。要有一个没有风景的房间，这样想象力就可以在黑暗中与记忆相遇。七年前，当我布置这间书房时，我把长桌推到了一面空白的墙壁前，这样我就看不到任何一扇窗户。十五年前，有一次，我在停车场上的一个煤渣房里写信。它俯瞰着沥青和碎石铺就的屋顶。松树下的棚子不像煤渣房那样好，但它也会有所帮助。

一句西非的谚语："智慧的开端是为你找到一个屋顶。"

——安妮·迪拉德

练习 105
来自过去的人：未来的人物

> 你如果没有故事，就什么都没有。
>
> ——莱斯利·马蒙·西尔科（Leslie Marmon Silko）
> 《仪式》（*Ceremony*）

我们大多数人都曾有过令人不安的记忆，它可能来自另一个孩子，在我们成长过程中笼罩在我们生活之上。我们憎恨、害怕、嫉妒的人可能是自己的兄弟姐妹、表亲、邻居，或是同一所学校的人。通常，那个年龄比我们稍大或稍小的孩子会让我们承担我们自己永远不会承担的风险，或者让我们感到痛苦。这是玛格丽特·阿特伍德的小说《猫眼》的主题。在这部小说中，艺术家伊莱恩·里斯利为科迪莉亚所困扰，科迪莉亚就是这样一位"朋友"。最终，这些小孩都长大了。

练习

首先，回想你 6～12 岁之间的时光，试着回忆这样一个人，即使现在也能唤起你强烈的、通常是负面的感觉。可以是班级恶霸、小丑、胆小鬼、镇上的势利鬼、邻里的无聊鬼等等。写下你记得的关于这个人的细节，他看起来和说话时的样子。你曾对上过这个人，还是只从远处观察他？

其次，你如果已经十年或更长时间没有见过这个人了，想象一下他现在在做什么，会住在哪里等。

你如果和这个人是很久以前认识的，或者现在仍然和他相熟，想象一下十年后他会在哪里。

目标

了解我们的过去如何成为我们想象力的素材，以及写作如何成为最好的回报。

学生范例

他的名字叫弗兰克，或弗兰基。当时我们在加利福尼亚的一所小型私立走读学校上学。我八年级的班上有十三个学生，我们都害怕九年级的弗兰基。他是学校的恶霸，归根到底，一个凶暴的人。

有一次，当我走进更衣室时，弗兰基把一个日本忍者飞镖扔到了我旁边的墙上。"该死，没打中。"他说。他谈到了他父亲是如何用粗木棍打他的，他还会要求他再打，他吹嘘自己的父亲开枪打死过一个黑人。弗兰基恨所有人。

我可以想象十年后的弗兰基。他将是一名白人至上主义者，居住在佐治亚州农村，在一家工厂工作。他将结婚，有三个孩子。他会把装有子弹的枪留在房子里，并威胁要杀死孩子们。在他 35 岁之前，他将因在酒吧外犯下的谋杀罪服刑。

——亨特·赫勒（Hunter Heller）

达琳比我大两岁，是个重量级足球运动员。她喜欢达拉斯牛仔队，就像所有男生一样——尽管我们也喜欢啦啦队。达琳教我骑自行车，因为她厌倦了骑车载着我兜风。有一天，她让我骑上西尔斯十速车，把我推到街上，结果我撞上了一辆停着的车。她生气了，因为我把她自行车上的油漆刮花了。她说，有一天晚上，当所有邻居家的孩子都在玩躲猫猫时，我毁了她的第一次性尝试。据她说，她当时在灌木丛下，正要对杰里米·维特金斯"动手动脚"，这时我看到她，喊出了她的名字，暴露了她的位置。我们过去常在当地游泳池后面抽红色万宝路，喝偷来的百威啤酒。在我认识她的五年里，她从来没有穿过裙子。

我敢打赌，达琳将会上格拉滕维尔贸易学校——她很强壮，善于使用工具。她可能一直穿着演唱会 T 恤、牛仔夹克，最终爱上重金属音乐。我想知道她的牙齿是否变齐了，痤疮是否消失了，胸部是否变得更大了。我可以想象她会辍学，一直和家人打架，在卡维尔朝九晚五地迢冰激凌，或者在小福托马特的窗外卖胶卷。她大多数晚上都会吃外卖。我可以看到她排队喝几杯啤酒，给她同居的男朋友吃一片意大利辣香肠，她男朋友是一位名叫艾尔的消声器机械工，他会因为太嗨了，以至于无法与别人打交道。

——丹尼尔·比格曼

练习 106
梅拉妮·蕾·索恩：一本图像笔记本

剧作家兼演员山姆·谢泼德（Sam Shepard）在越野旅行时，将旅途见闻记在了一本笔记本中，这本笔记本后来促成了《汽车旅馆纪事》（*Motel Chronicles*）。这本包含诗歌、图像、场景和片段的日记，唤起了人们在旅途中迷失方向的体验。搬家或上大学通常也能产生同样的效果。当你身处其中时，可能很难理解发生的一切，就像谢泼德无法理解他的经历一样。但你可以像谢泼德那样生动地展示这些时刻，把它们放在一起，看看会有什么浮现出来。当你身处故事之中不确定下一步要去哪里时，这便是开启一个很好的练习的契机。它让你在没有压力的情况下写作，并为材料提供了一个可能的空间。

练习

在整个学期里，做一个"图像笔记本"。每天至少记录一幅图像（注明这些图像的日期）。用你所有的感官，扪心自问：今天我听到的、看到的、闻到的、摸到的、尝到的最引人注目的东西是什么？图像从精确的感官细节描述开始。某天你可能会无意中听到一段奇怪的对话，另外一天你会闻到一些东西，从而引发对熟悉气味的回忆。

还有一天你可能会找到或拍摄一张照片，或者画一幅画。你可以把杂志上的文字和图片拼贴起来。这个练习非常开放，篇幅也不固定。你可以写一页，也可以写一行，但不要缺漏。即使你还没有意识到图像是如何发生碰撞的，有趣的并置也会出现。然而你如果一次性完成一周的记录，就会失去这种神秘感。

目标

学习关注细节，收集图像以供日后使用。在故事中寻找有趣的搭配，寻找故事线索，更清楚地了解你感兴趣的事情。

学生范例

我想到了福特家院子里的一只白狗，像哈士奇一样大，长着近乎白色的眼睛。它跳到拴狗链的最长处，然后自由奔跑，躲避汽车，但也只是勉强躲开。

我还记得伦敦电视台，那个男人盯着那个朋克女孩，好像想杀了她，好像她很恶心、很可恶。眼泪在我眼里涌出，因为我知道被人这样看的感觉，但她没有注意到。她有一头红色的短发，一条灰绿色的迷你裙，一双破了的渔网袜，是一个黑人少女。他正处中年，工人阶级？我想知道他是否有女儿。他看着她的样子吓坏了我，因为我真的觉得他可能会跳起来，打她，或是撕开她的喉咙。

沿着街道，孩子们堆了一条雪蛇。暴风雪要来了。15英尺长、2英尺高的甜脸蛇，现在肯定不见了。

在烫发过程中，安妮特沿着我的发际线涂上凝胶，然后在卷发器下面裹上棉花，以保持我的面部清洁。凝胶吸引了我：凉爽，光滑。我告诉她，这让我想起了遭受电击的女性，她们在电极打开之前如何被人在头部涂抹凝胶。

克里斯蒂娜告诉我一个故事。她的朋友骑着自行车，完全迷路了。这个朋友在哈佛广场撞上了一棵树。（他在哪里找到了这棵树？）他的手腕撞断了，但他不知道，只是觉得很尴尬。他跳回自行车上，缓慢骑行。忽然，他休克了，倒在地上。当他苏醒过来时，他发现自己被一名消防员搂在怀里。克里斯蒂娜和我哀号着，制订着我们的崩溃计划。就这样醒来。

> 废纸篓是作家最好的朋友。
>
> ——艾萨克·巴舍维斯·辛格

练习 107
威廉·梅尔文·凯利：为作家写日记

每个人都有可以记录的一天，所以在记录一天这个事上让每个人都是平等的。写日记将写作与塑造人物和情节分开。你可以每天都这样写，从中学习某些虚构技巧，而无须根据要求创作小说。

练习

每天写一页。专注于观察和描述，而不是感觉。例如，如果你收到一封信，通常会在日记中写道："我收到了一封让我高兴（或者伤心）的信。"现在要写不同的东西，描述信封的大小、纸张的质量，以及邮票的样子。

写日记时不要使用 to be 动词。To be 动词的形式不会创造任何生动的形象。在避免使用它的同时，要养成选择更多有趣动词的习惯，这样也会使你的表达更准确。例如，有些人会说"约翰·史密斯是一个非常有趣的人"，而他们真正的意思是"约翰·史密斯会让我笑"，或者"我喜欢约翰·史密斯的幽默感"。[①]

用十个词或较少的句子写日记一周。然后，试着只用一句话写下每

---

① 这里是指英语写作的情形，不过对有趣而有力动词的选用思路同样适用于中文写作。——译者注

天的记述。避免使用"和"来连接长句的各个部分；试试其他的连词。

暂时把你的日记换成第三人称，这样你就可以写"他"或"她"，而不是写"我"。然后，尝试混合视角。以第三人称开始一天，然后换成第一人称对行动进行评论。通过穿插第一人称和第三人称的观点，你可以尝试意识流和内心独白的写作技巧。

试着用口音写日记，先是一个正在学写英语的人，然后是一个正在学说英语的人。

用孩子的语言说：宝宝想要。宝宝受伤了。宝宝需要食物。宝宝想要爱。宝宝想散步。

试着为日记列清单，只记录当天使用过的名词，如牙刷、咖啡、课本、运动鞋。

目标

提高你的观察力和描述力，而不必兼顾人物塑造和情节的要求。

练习 108
创造性错误记忆

写真实事件的一个风险是过于接近字面真相。因为你不太相信自己对它的记忆，所以你要么简单叙述，要么添加一些细节或事件，而这样可能会令读者难以信服。"真的就是这样发生的"或"这是一个真实的故事"并不能作为辩护。此外，请记住，仅仅背诵事实很少会构成令人满意的虚构事实，以及很难揭示真实事件背后的情感真相。

这是另一个向你展示如何记住你不知道的东西，将自传和想象结合起来，实现普鲁斯特所说的"创造性错误记忆"的练习。

练习

首先，回忆你童年时发生的一个事件或具有戏剧性的情况，并在页面的顶端用一两句话概括。

其次，用词语列出你记得的关于此事的一切。

再次，把你不记得的关于此事的一切也列出来。

最后，从这两张列表中分别选出几个具体细节来，创作一个故事。完成这项工作的方法之一是在开始之前链接重要的细节。例如：我记得卡尔叔叔和玛丽阿姨吵架了，但不知是什么原因引起的。

目标

通过编造你不记得的内容并将其添加到你的作品中，来扩大和深化你的自传性材料。

学生范例

楷体表示虚构部分。

笔记

事件：一位同学的死亡（阿尔伯特·帕森斯）。

我记得的：我对他的突然失踪感到困惑。他有一头黑发，严肃认真。那是秋天。不久后，我最喜欢的叔叔去世了，我去大教堂参加了他的葬礼，哭了起来。我记得自己躺在床上，想到我的父母也不会永远在，他们也会死。我记得那一刻，一种可怕的恐惧和失落感涌上心头。

我不记得的：阿尔伯特·帕森斯是怎么死的。疾病？我不记得我是怎么知道的。我不记得班上其他人的反应了。我也不记得我叔叔是怎么死的，也不记得对于他的死姑姑和父母的反应。

故事的开始

这是一个晴朗的下午，双方都在球场上排队练习足球，我看到阿尔伯特·帕森斯不在。早些时候，在教室里，我没有注意阿尔伯特失踪了。他是一个严肃的黑发男孩，安静地坐在第一排的后面；他没有参加任何课间游戏。但足球是必修课，我还在担心我们的球员，艾尔·豪斯，他在比赛中是个害羞的人。事情不正常。

"托德先生。"我对我们的教练喊道，他实际上是我们五年级的老师。

他穿着一件外套，戴着一项圆顶礼帽，急于吹口哨让我们开始，这样他就可以到场边抽支烟了。

"阿尔伯特·帕森斯不在这儿，"我喊道，"这不公平。"

托德先生转过身来，从嘴里取下口哨。"你是个懦夫，坎贝尔。"他咆哮道。他朝另一边的哈灵顿庄园队猛地抬头，他们队服是黄色的。"你害怕那边的黄肚子会打败你，而你最终不会站在胜利的一边？什么不公平？你可能会因为阿尔伯特·帕森斯不在这里就输了？"

他突然提出的问题让我大吃一惊。我们一直在提防托德先生。关于他的可怕故事比其他任何老师都多；他班级的阴云笼罩在我们面前，若隐若现，就像一个龙的洞穴，我们总有一天要进去。

——唐纳德·弗雷泽·麦克尼尔（Donald Fraser Mcneill）

> 没有读者，我无法写作。这就像一个吻——你无法独自完成。
>
> ——约翰·奇弗

练习 109
让我们写信

> 在人们毫无保留地表达内心情感的信件中，十分之九是在晚上十点以后写的。
>
> ——托马斯·哈代

我们认识的作家中，有几位把写给亲密朋友的信的副本作为一种日记保存，还有一些每天早上写一封一页的信，然后再写小说。写信也是一种锻炼写作的方式。"让我们写信"并不是一个真正意义上的练习，而是说我们应该给家人和朋友（甚至杂志和报纸的社论版）写更多的信。罗伯特·沃森（Robert Watson）在他的诗《请写信：不要打电话》

（Please Write：Don's Phone）中就很好地证明了这一点：

> 只要还能写信就还有希望
> 我们挂断电话后我想不起
> 你的话。你的声音听起来也很奇怪
> 无论是因为距离，还是因为重感冒，还是因为欺瞒
> 我都不知道。你打电话给我时我睡着了
> 或者正在洗澡，或者嘴里塞满吐司。
>
> 我想不出该说什么。
> "我们下雨了"？"我们下雪了"？
>
> 让我们改成写信吧：我们的手指舒展
> 用笔和纸触摸心灵的肉体
> 而不是声波从喉咙传到嘴唇
> 通过电话，通过电线，传到一只耳朵。
> 我可以触摸你触摸的纸。
> 我可以看到你在书法中褪去衣服。
> 我可以一遍又一遍地读你。
> 我可以日复一日地读你。
> 我可以梳好头发在信箱等着，
> 穿着我最好的西装。
> 而我挂断后，你说了什么？
> 我说了什么？你随电话消失了。
> 而我手里拿着你写的信封。
> 好似抚摸你的皮肤。

参考文献

Allen, Roberta. 2002. *The Playful Way to Serious Fiction*. New York: Houghton
  Mifflin Company.
Atchity, Kenneth. 1986. *A Writer's Time*. New York: W. W. Norton.
Bauer, Douglas. 2000. *The Stuff of Fiction: Advice on Craft*. Ann Arbor: The University
  of Michigan Press.
Booth, Wayne C. 1961. *The Rhetoric of Fiction*. Chicago: University of Chicago Press.
Borges, Jorge Luis. 1973. *Borges on Writing*. Ed. Norman Thomas di Giovanni, Daniel Halpern,
  and Frank MacShane. New York: E. P. Dutton.
Boswell, Robert. *The Half-Known World: On Writing Fiction*. 2008. Saint Paul, Minnesota,
  Graywolf Press.
Bowen, Elizabeth. 1950. *Collected Impressions*. New York: Alfred A. Knopf.
Brande, Dorothea. 1981. *On Becoming a Writer*. Los Angeles: Jeremy Tarcher.
Burroway, Janet. 1992. *Writing Fiction*, 3rd ed. New York: HarperCollins.
Carlson, Ron. *Ron Carlson Writes a Story*, 2008. Saint Paul, Minnesota, Graywolf Press.
Dillard, Annie. 1989. *The Writing Life*. New York: Harper and Row.
Fitzgerald, F. Scott. 1978. *The Notebooks of F. Scott Fitzgerald*. Ed. Matthew J. Bruccoli.
  New York: Harcourt Brace Jovanovich.
Forster, E. M. 1954. *Aspects of the Novel*. New York: Harcourt Brace & World.
Gardner, John. 1984. *The Art of Fiction*. New York: Alfred A. Knopf.
Hall, Donald. 1979. *Writing Well*. Boston: Little, Brown.
Hemingway, Ernest. 1984. *Ernest Hemingway on Writing*. Ed. Larry W. Phillips. New York:
  Charles Scribner's and Sons.
Hills, Rust. 1987. *Writing in General and the Short Story in Particular*. Boston:
  Houghton Mifflin.
Hughes, Elaine Farris. 1990. *Writing from the Inner Self*. New York: HarperCollins.
Hugo, Richard. 1979. *The Triggering Town*. New York: W. W. Norton.
James, Henry. 1947. *The Art of the Novel*. Oxford: Oxford University Press.
———. 1947. *The Notebooks of Henry James*. Oxford: Oxford University Press.
———. 1948. *The Art of Fiction*. New York: Charles Scribner's and Sons.
Kennedy, Thomas E. 2002. *Realism and Other Illusions: Essays on the Craft of Fiction*.
  La Grande, OR: Wordcraft of Oregon.
Koch, Steven. 2003. *The Modern Library Writer's Workshop*. New York: Random House.
Lodge, David. 1992. *The Art of Fiction*. New York: Penguin Books.
Macauley, Robie, and George Lanning. 1987. *Technique in Fiction*, 2nd ed. New York:
  St. Martin's Press.
Madden, David. 1988. *Revising Fiction: A Handbook for Fiction Writers*. New York:
  New American Library.
Minot, Stephen. 1988. *Three Genres*, 4th ed. Englewood Cliffs, NJ: Prentice-Hall.
O'Connor, Flannery. 1969. *Mystery and Manners*. New York: Farrar, Straus & Giroux.
O'Connor, Frank. 1963. *The Lonely Voice: A Study of the Short Story*. Cleveland:
  World Publishing.
Pack, Robert and Jay Parini, eds. 1991. *Writers on Writing*. Hanover, New Hampshire:
  University Press of New England.

Plimpton, George. 1953–1989. *Writers at Work: The Paris Review Interviews,* 8 vols. New York: Viking Penguin.

———. 1989. *The Writer's Chapbook.* New York: Viking.

Reed, Kit. 1982. *Story First: The Writer as Insider.* Englewood Cliffs, NJ: Prentice-Hall.

Shelnutt, Eve. 1989. *The Writing Room.* Atlanta, Georgia: Longstreet Press.

Stern, Jerome. 1991. *Making Shapely Fiction.* New York: W. W. Norton.

Strunk, William C., and E. B. White. 1979. *The Elements of Style,* 3rd ed. New York: Macmillan.

Times Books. *Writers on Writing: Collected Essays from the New York Times.* 2001. New York: Henry Holt and Co.

Welty, Eudora. 1977. *The Eye of the Story.* New York: Random House.

West, Paul. 2001. *Master Class: Scenes from a Fiction Workshop.* New York: Harcourt.

练习的贡献者介绍

道格拉斯·鲍尔写了三部小说《灵巧》（*Dexterity*）、《正在那空中》（*Very Air*）和《艾奥瓦人的名著》（*The Famous Book of Iowans*），以及两部非虚构作品《艾奥瓦州草原城》（*Prairie City，Iowa*）和《虚构的要素：工艺建议》（*The Stuff of Fiction：Advice on Craft*）。他最近的一本书是回忆录《艾奥瓦州草原城：家里的三个季节》（*Prairie City，Iowa：Three Seasons at Home*）。他的故事和文章出现在《纽约时报》（*The New York Times*）、《骑士》、《阿格尼》（*Agni*）、《时代》（*Epoch*）、《哈泼斯》（*Harper's*）等许多报刊上。他在班宁顿学院（Bennington College）教授 MFA 课程。

乔丹·丹恩是阿斯彭作家基金会的教育项目协调员，她也是"故事交换"的创作者，这是她与安德森牧场艺术中心合作创建的一个项目。

罗恩·卡尔森是八本小说的作者，最近一本是 W. W. 诺顿出版社出版的《一种飞翔（选集）》[*A Kind of Flying（Selected Stories）*]，还有哈珀柯林斯出版集团出版的一本青年小说《光速》（*The Speed of Light*）。卡尔森获得 1993 年的犁铧科恩奖（Ploughshares Cohen Award）。他在加州大学欧文分校教授写作课程。

劳伦斯·戴维斯编辑了约瑟夫·康拉德的书信集。他的故事出现在《新英格兰评论》（*New England Review*）、《自然桥》（*Natural Bridge*）、《神秘河流评论》（*Mystic River Review*）、《故事季刊》和《图解》（*The Diagram*）上。他正在完成一部小说《死者之杯》（*The Cup of the Dead*），并汇编了一组他的微小说。

乔治·加勒特在世时是弗吉尼亚大学亨利·霍恩斯创意写作学院的教授，著有二十五本书。他新近的作品是《肥城的悲哀》（*The Sorrows* of Fat City）、《黑暗中的低语》（Whistling in the Dark）、《我的丝绸钱包和你的》（My Silk Purse and Yours）。1989 年，他获得了 T. S. 艾略特奖（T. S. Eliot Award），最近还获得了美国笔会/福克纳·伯纳德·马拉默德短篇小说奖（PEN/Faulkner Bernard Malamud Award for Short Fiction）。

作为犁铧科恩奖的创始人，德威特·亨利著有《安妮·梅·波茨的婚姻》（The Marriage of Anne Mae Potts）、《沉默的另一面》（The Other Side of Silence）、《父亲：男人的反思》（Fatherings：Reflections by Men）和《安全自杀》（Safe Suicide）。他在爱默生学院教写作。

赫斯特·卡普兰是小说集《婚姻的边缘》（The Edge of Marriage）的作者，该书获得了弗兰纳里·奥康纳的短篇小说奖，她还著有小说《亲属关系理论》（Kinship Theory）。她的小说被广泛出版，并两次被收录在《最佳美国短篇小说》中。2007 年，她获得了美国国家艺术基金会的资助。她是莱斯利大学 MFA 项目的教员，也是即将出版的小说《电话》（The Tell）的作者。

克里斯托弗·基恩最近的小说是《圣诞宝贝》（Christmas Babies）。他也是一名编剧，著有《炙手可热：新好莱坞的编剧》（Hot Property：Screenwriting in the New Hollywood）。他在爱默生学院教授一个研究生讲习班。

威廉·梅尔文·凯利出版了四部小说，包括最近重新发行的《不同的鼓手》（A Different Drummer）、一本名为《岸上舞者》（Dancers on the Shore）的故事书，以及非虚构作品《女猎手》（The Huntress）。他在莎拉·劳伦斯学校任教。

罗德·凯斯勒是《津巴布韦之旅》（Off in Zimbabwe）一书的作者，该书是一本故事集。他还著有书评集《地狱之旅》（Guided Tours of Hell）。他在塞勒姆州立学院教授写作。在那里，他还是《六分仪》（The Sextant）的编辑和东方作家会议（Eastern Writers' Conference）的候补导演。

威廉·基特里奇是《慷慨的本质》（The Nature of Generosity）一

书的作者，同时也是一本自传体书《天空中的洞》（*Hole in the Sky*）、《拥有一切》（*Owning It All*）、《我们不在一条战线》（*We Are Not in This Together*）的作者。他在蒙大拿大学任教。

玛戈·利夫西是获奖故事集《用心学习》（*Learning by Heart*）的作者，以及小说《家庭作业》、《罪犯》（*Criminals*）和《失踪的世界》（*The Missing World*）的作者。她最近的小说是《财富街上的房子》（*The House on Fortune Street*）。她出生于苏格兰，目前住在波士顿地区，在爱默生学院任教。

罗比·麦考利是两本小说、一本短篇小说集和两部非虚构作品的作者。他的《小说的技巧》（与乔治·兰宁共著）已由圣马丁出版社重新发行。

卡罗尔-林恩·马拉佐是一位住在新罕布什尔州的教师和作家。她在蒙彼利埃的佛蒙特学院获得了文学硕士学位，目前正在完成一系列题为《关闭时间》（Closing Time）的论文。

克里斯托弗·诺埃尔是小说《危险与五乐》（*Hazard and the Five Delights*）、回忆录《在不太可能发生的水上登陆事件中》（*In the Unlikely Event of a Water Landing*）以及一部名为《脆弱的房子》（*A Frail House*）的短篇小说集的作者。他还改编了儿童故事《童话镇》（*Rumplestilskin*）。诺埃尔在佛蒙特学院教授 MFA 课程。

诗人兼回忆录作家戴维·雷的第二十一本书是《当》（*When*），一本诗集。他写有《离河不远》（*Not Far from the River*）、《马哈拉尼的新墙》（*The Maharani's New Wall*）和其他诗歌。1988 年，《山姆的书》（*Sam's Book*）获得莫里斯英语诗歌奖（Maurice English Poetry Award）。雷是密苏里大学堪萨斯城分校的英语教授，在那里他教授小说和诗歌讲习班。

弗雷德里克·雷肯的第一部小说《奇海》（*The Odd Sea*）获得了哈克尼文学奖（Hackney Literary Award），并被《书单》（*Booklist*）和《图书馆杂志》（*Library Journal*）选为 1998 年首批最佳小说之一。他的第二部小说《新泽西的失落传奇》（*The Lost Legends of New Jersey*）

被《纽约时报》评为"2000 年杰出图书"，被《洛杉矶时报》评为"年度最佳图书"。他的短篇小说已在《纽约客》上发表。他在爱默生学院任教。

肯·里瓦德最近完成了一部关于一对母子应对儿子学习障碍的电影剧本，目前正在创作一部故事集和一部小说。他在哈佛继续教育学院教授小说工坊。

塔利亚·塞尔兹为许多报刊撰写了小说，包括《游击队评论》（*Partisan Review*）、《安太斯》（*Antaeus*）、《芝加哥》（*Chicago*）和《新快报》（*New Letters*）。她的故事被选为美国最佳短篇小说和欧·亨利奖小说。她获得了二十三项文学奖及奖学金。她在康涅狄格州哈特福德的三一学院任教。

詹姆斯·托马斯是故事集《图片，移动》（*Pictures, Moving*）的作者，也是《突发小说》《国际突发小说》和《闪小说》的共同主编。他在莱特州立大学教授小说写作，在那里还为公立学校的教师主持了一个暑期写作项目。

梅兰妮·蕾·索恩最近的小说是《甜心》（*Sweet Hearts*）。她也是小说《八月流星》（*Meteors in August*）和《爱奥娜月亮》（*Iona Moon*）以及故事集《第一，身体：故事》（*First, Body: Stories*）和《草地上的女孩》（*The Girls in the Grass*）的作者。她在犹他大学任教。

引用信息

创意写作书系

　　这是一套广受读者喜爱的写作丛书，系统引进国外创意写作成果，推动本土化发展。它为读者提供了一把通往作家之路的钥匙，帮助读者克服写作障碍，学习写作技巧，规划写作生涯。从开始写，到写得更好，都可以使用这套书。

综合写作		
书名	作者	出版时间
成为作家	多萝西娅·布兰德	2011 年 1 月
一年通往作家路——提高写作技巧的 12 堂课	苏珊·M. 蒂贝尔吉安	2013 年 5 月
创意写作大师课	于尔根·沃尔夫	2013 年 6 月
渴望写作——创意写作的五把钥匙	格雷姆·哈珀	2015 年 1 月
与逝者协商——布克奖得主玛格丽特·阿特伍德谈写作	玛格丽特·阿特伍德	2019 年 10 月
文学的世界	刁克利	2022 年 12 月
从创意到畅销书——修改与自我编辑	詹姆斯·斯科特·贝尔	2016 年 1 月
来稿恕难录用——为什么你总是被退稿	杰西卡·佩奇·莫雷尔	2018 年 1 月
虚构写作		
小说写作教程——虚构文学速成全攻略	杰里·克里弗	2011 年 1 月
开始写吧！——虚构文学创作	雪莉·艾利斯	2011 年 1 月
冲突与悬念——小说创作的要素	詹姆斯·斯科特·贝尔	2014 年 6 月
视角	莉萨·蔡德纳	2023 年 6 月
悬念——教你写出扣人心弦的故事	简·K. 克莱兰	2023 年 6 月
情节与人物——找到伟大小说的平衡点	杰夫·格尔克	2014 年 6 月
人物与视角——小说创作的要素	奥森·斯科特·卡德	2019 年 3 月
情节线——通过悬念、故事策略与结构吸引你的读者	简·K. 克莱兰	2022 年 1 月
经典人物原型 45 种——创造独特角色的神话模型（第三版）	维多利亚·林恩·施密特	2014 年 6 月
经典情节 20 种（第二版）	罗纳德·B. 托比亚斯	2015 年 4 月
情节！情节！——通过人物、悬念与冲突赋予故事生命力	诺亚·卢克曼	2012 年 7 月
如何创作炫人耳目的对话	詹姆斯·斯科特·贝尔	2016 年 11 月
如何创作令人难忘的结局	詹姆斯·斯科特·贝尔	2023 年 5 月
超级结构——解锁故事能量的钥匙	詹姆斯·斯科特·贝尔	2019 年 6 月
故事工程——掌握成功写作的六大核心技能	拉里·布鲁克斯	2014 年 6 月
故事力学——掌握故事创作的内在动力	拉里·布鲁克斯	2016 年 3 月
畅销书写作技巧	德怀特·V. 斯温	2013 年 1 月
30 天写小说	克里斯·巴蒂	2013 年 5 月
从生活到小说（第二版）	罗宾·赫姆利	2018 年 1 月

如果，怎样？——给虚构作家的 109 个写作练习（第三版）	安妮·伯奈斯 帕梅拉·佩因特	2023 年 6 月
写小说的艺术	安德鲁·考恩	2015 年 10 月
成为小说家	约翰·加德纳	2016 年 11 月
小说的艺术	约翰·加德纳	2021 年 7 月
非虚构写作		
开始写吧！——非虚构文学创作	雪莉·艾利斯	2011 年 1 月
写作法宝——非虚构写作指南	威廉·津瑟	2013 年 9 月
故事技巧——叙事性非虚构文学写作指南（第二版）	杰克·哈特	2023 年 3 月
自我与面具——回忆录写作的艺术	玛丽·卡尔	2017 年 10 月
写我人生诗	塞琪·科恩	2014 年 10 月
类型及影视写作		
金牌编剧——美剧编剧访谈录	克里斯蒂娜·卡拉斯	2022 年 1 月
开始写吧！——影视剧本创作	雪莉·艾利斯	2012 年 7 月
开始写吧！——科幻、奇幻、惊悚小说创作	劳丽·拉姆森	2016 年 1 月
开始写吧！——推理小说创作	劳丽·拉姆森	2016 年 7 月
弗雷的小说写作坊——悬疑小说创作指导	詹姆斯·N. 弗雷	2015 年 10 月
好剧本如何讲故事	罗伯·托宾	2015 年 3 月
经典电影如何讲故事	许道军	2021 年 5 月
童书写作指南	玛丽·科尔	2018 年 7 月
网络文学创作原理	王祥	2015 年 4 月
写作教学		
剑桥创意写作导论	大卫·莫利	2022 年 7 月
小说写作——叙事技巧指南（第十版）	珍妮特·伯罗薇	2021 年 6 月
你的写作教练（第二版）	于尔根·沃尔夫	2014 年 1 月
创意写作教学——实用方法 50 例	伊莱恩·沃尔克	2014 年 3 月
创意写作思维训练	丁伯慧	2022 年 6 月
故事工坊（修订版）	许道军	2022 年 1 月
大学创意写作·文学写作篇	葛红兵 许道军	2017 年 4 月
大学创意写作·应用写作篇	葛红兵 许道军	2017 年 10 月
小说创作技能拓展	陈鸣	2016 年 4 月
青少年写作		
会写作的大脑 1——梵高和面包车（修订版）	邦妮·纽鲍尔	2018 年 7 月
会写作的大脑 2——怪物大碰撞（修订版）	邦妮·纽鲍尔	2018 年 7 月
会写作的大脑 3——33 个我（修订版）	邦妮·纽鲍尔	2018 年 7 月
会写作的大脑 4——亲爱的日记（修订版）	邦妮·纽鲍尔	2018 年 7 月
奇妙的创意写作——让你的故事和诗飞起来	卡伦·本基	2019 年 3 月
有个性的写作（人物篇＋景物篇）	丁丁老师	2022 年 10 月
成为小作家	李君	2020 年 12 月
写作魔法书——让故事飞起来	加尔·卡尔森·莱文	2014 年 6 月
写作魔法书——28 个创意写作练习，让你玩转写作（修订版）	白铅笔	2019 年 6 月
写作大冒险——惊喜不断的创作之旅	凯伦·本克	2018 年 10 月
小作家手册——故事在身边	维多利亚·汉利	2019 年 2 月
北大附中创意写作课	李韧	2020 年 1 月
北大附中说理写作课	李亦辰	2019 年 12 月

创意写作课程平台

从入门到进阶多种选择，写作路上助你一臂之力

扫二维码随时了解课程信息

"创意写作课程平台"由中国人民大学出版社"创意写作书系"编辑团队精心打造，历经十余年积累，依托"创意写作书系"海量素材，邀请国内外优秀写作导师不断研发而成。这里既有丰富的资源分享和专业的写作指导，也有你写作路上的同伴，曾帮助上万名写作者提升写作技能，完成从选题到作品的进阶。

写作训练营，持续招募中

• 叶伟民故事写作营

高人气写作导师叶伟民的项目制写作训练营。导师直播课，直击写作难点痛点，解决根本问题。班主任 Office Hour，及时答疑解惑，阅读与写作有问必答。三级作业点评机制，导师、班主任、编辑针对性点评，帮助突破自身创作瓶颈。

• 开始写吧！——21 天疯狂写作营

依托"创意写作书系"海量练习技巧，聚焦习惯养成、人物塑造、情节设置等练习方向，21 天不间断写作打卡，班主任全程引导练习，更有特邀嘉宾做客直播间传授写作经验。

精品写作课，陆续更新中

• 小说写作四讲

精美视频＋英文原声＋中文字幕

全美最受欢迎的高校写作教材《小说写作》作者珍妮特·伯罗薇亲授，原汁原味的美式写作课，涵盖场景、视角、结构、修改四大关键要素，搞定写作核心问题。

• 从零开始写故事

高人气写作导师叶伟民系统讲解故事写作的底层逻辑和通用方法，30 讲视频课程帮你提高写作技能，创作爆品故事。

精品写作课

作家的诞生——12位殿堂级作家的写作课

中国人民大学刁克利教授10余年研究成果倾力呈现，横跨2800年人类文学史，走近12位殿堂级写作大师，向经典作家学写作，人人都能成为作家。

荷马： 作家第一课，如何处理作品里的时间？

但丁： 游历于地狱、炼狱和天堂，如何构建文学的空间？

莎士比亚： 如何从小镇少年成长为伟大的作家？

华兹华斯和弗罗斯特： 自然与作家如何相互成就？

勃朗特姐妹： 怎样利用有限的素材写作？

马克·吐温： 作家如何守望故乡，如何珍藏童年，如何书写一个民族的性格和成长？

亨利·詹姆斯： 写作与生活的距离，作家要在多大程度上妥协甚至牺牲个人生活？

菲兹杰拉德： 作家与时代、与笔下人物之间的关系？

劳伦斯： 享有身后名，又不断被诋毁、误解和利用，个人如何表达时代的伤痛？

毛姆： 出版商的宠儿，却得不到批评家的肯定。选择经典还是畅销？

一个故事的诞生——22堂创意思维写作课

郝景芳和创意写作大师们的写作课，国内外知名作家、写作导师多年创意写作授课经验提炼而成，汇集各路写作大师的写作法宝。它将告诉你，如何从一个种子想法开始，完成一个真正的故事，并让读者沉浸其中，无法自拔。

郝景芳： 故事是我们更好地去生活、去理解生活的必需。

故事诞生第一步： 激发故事创意的头脑风暴练习。

故事诞生第二步： 让你的故事立起来。

故事诞生第三步： 用九个句子描述你的故事。

故事诞生第四步： 屡试不爽的故事写作法宝。

图书在版编目（CIP）数据

如果，怎样？：给虚构作家的 109 个写作练习：第三版/（美）安妮·伯奈斯（Anne Bernays），（美）帕梅拉·佩因特（Pamela Painter）著；叶炜，杨玥，军雨译 . -- 北京：中国人民大学出版社，2023.6

（创意写作书系）

ISBN 978-7-300-31816-5

Ⅰ.①如… Ⅱ.①安… ②帕… ③叶… ④杨… ⑤军… Ⅲ.①小说创作－创作方法 Ⅳ.①I054

中国国家版本馆 CIP 数据核字（2023）第 102068 号

创意写作书系

如果，怎样？（第三版）

给虚构作家的 109 个写作练习

［美］ 安妮·伯奈斯
　　　帕梅拉·佩因特 著

叶炜　杨玥　军雨　译

Ruguo, Zenyang?

出版发行	中国人民大学出版社		
社　　址	北京中关村大街 31 号	**邮政编码**	100080
电　　话	010 - 62511242（总编室）	010 - 62511770（质管部）	
	010 - 82501766（邮购部）	010 - 62514148（门市部）	
	010 - 62515195（发行公司）	010 - 62515275（盗版举报）	
网　　址	http://www.crup.com.cn		
经　　销	新华书店		
印　　刷	天津中印联印务有限公司		
开　　本	720 mm×1000 mm　1/16	**版　　次**	2023 年 6 月第 1 版
印　　张	20.75 插页 1	**印　　次**	2023 年 6 月第 1 次印刷
字　　数	289 000	**定　　价**	69.00 元